A INFÂNCIA DE JESUS

J.M. COETZEE

A infância de Jesus

Tradução
José Rubens Siqueira

1ª reimpressão

Copyright © 2013 by J.M. Coetzee
Publicado mediante acordo com Peter Lampack Agency, Inc. 551 Fifth Avenue, Suite 1613, New York, NY 10176-0187 USA.

Grafia atualizada segundo o Acordo Ortográfico da Língua Portuguesa de 1990, que entrou em vigor no Brasil em 2009.

Título original
The Childhood of Jesus

Capa
WH Chong

Foto de capa
Foto da criança, iStock

Preparação
Ana Cecília Agua de Melo

Revisão
Adriana Cristina Bairrada
Marise Leal

Dados Internacionais de Catalogação na Publicação (CIP)
(Câmara Brasileira do Livro, SP, Brasil)

Coetzee, J.M.
  A infância de Jesus / J.M. Coetzee; tradução José Rubens Siqueira. — 1ª ed. — São Paulo: Companhia das Letras, 2013.

  Título original: The Childhood of Jesus.
  ISBN 978-85-359-2257-8

  1. Romance inglês - Escritores sul-africanos I. Título

13-02724   CDD-823

Índice para catálogo sistemático:
1. Romances: Literatura sul-africana em inglês   823

Todos os direitos desta edição reservados à
EDITORA SCHWARCZ S.A.
Rua Bandeira Paulista, 702, cj. 32
04532-002 — São Paulo — SP
Telefone: (11) 3707-3500
www.companhiadasletras.com.br
www.blogdacompanhia.com.br
facebook.com/companhiadasletras
instagram.com/companhiadasletras
twitter.com/cialetras

A INFÂNCIA DE JESUS

1.

O homem no portão aponta um prédio baixo e esparramado a meia distância. "Se correrem", diz, "dá para registrar antes de encerrarem o expediente."

Eles correm. *Centro de Reubicación Novilla*, diz a placa. *Reubicación*: o que quer dizer isso? É uma palavra que ele não aprendeu.

O escritório é grande e vazio. Muito quente também — ainda mais quente que lá fora. Nos fundos, um balcão de madeira da largura da sala, repartido por divisórias de vidro jateado. Encostada à parede uma fileira de gaveteiros de arquivos de madeira envernizada.

Suspensa sobre uma das divisórias, uma placa: *Recién Llegados*, as palavras impressas a estêncil sobre um retângulo de papelão. A atendente atrás do balcão, uma moça, o recebe com um sorriso.

"Bom dia", ele diz. "Somos recém-chegados." Ele articula as palavras devagar, no espanhol que trabalhou duro para dominar. "Estou procurando emprego e também um lugar para morar." Pega o menino pelas axilas e o ergue para que ela o veja direito. "Tenho uma criança comigo."

A moça estende a mão para cumprimentar o menino. "Olá, mocinho!", diz ela. "É seu neto?"

"Nem neto, nem filho, mas sou responsável por ele."

"Um lugar para morar." Ela olha seus papéis. "Nós temos um quarto aqui no Centro que o senhor pode usar enquanto procura uma coisa melhor. Nada de luxo, mas acho que o senhor não vai se importar. Quanto ao emprego, vamos cuidar disso de manhã: o senhor parece cansado, tenho certeza que está querendo descansar. Veio de muito longe?"

"Ficamos na estrada a semana inteira. Viemos de Belstar, do campo. Conhece Belstar?"

"Sim, conheço Belstar muito bem. Eu também sou de lá. Foi lá que aprendeu espanhol?"

"Aula todo dia durante seis semanas."

"Seis semanas? Que sorte a sua. Eu fiquei três meses em Belstar. Quase morri de tédio. A única coisa que me animava eram as aulas de espanhol. Por acaso a sua professora era a señora Piñera?"

"Não, nosso professor era um homem." Ele hesita. "Posso falar de uma outra coisa? Meu menino..." — ele olha o menino — "não está bem. Um pouco porque está indisposto, confuso e indisposto, não tem comido direito. Estranhou a comida do campo, não gostou. Tem algum lugar onde a gente possa comer uma refeição normal?"

"Quantos anos ele tem?"

"Cinco. Essa é a idade que deram para ele."

"E o senhor disse que não é seu neto."

"Nem neto, nem filho. Não é meu parente. Olhe aqui." Tira do bolso dois passes e mostra a ela.

A moça inspeciona os passes. "Expedidos em Belstar?"

"Foi. Lá é que deram os nossos nomes, nossos nomes em espanhol."

Ela se debruça sobre o balcão. "David. Lindo nome", diz. "Gosta do seu nome, mocinho?"

O menino olha diretamente para ela, mas não responde. O que ela vê? Uma criança magra e pálida, usando um casaco de lã abotoado até o pescoço, calça curta cinzenta cobrindo os joelhos, botinhas de amarrar pretas com meias de lã e um gorro de pano num bolso.

"Não acha que essa roupa está muito quente? Quer tirar o casaco?"

O menino sacode a cabeça.

Ele intervém. "A roupa é de Belstar. Ele mesmo que escolheu do que tinham para oferecer. Ficou muito apegado a essa roupa."

"Entendo. Perguntei porque parece um pouco quente demais para um dia como hoje. Deixe eu falar: nós temos aqui no Centro um depósito de roupas que as pessoas doam quando não servem mais para os filhos. Fica aberto toda manhã nos dias de semana. O senhor pode ir lá e escolher à vontade. Vai achar mais variedade aqui do que em Belstar."

"Obrigado."

"Além disso, assim que o senhor preencher todos os formulários vai poder tirar dinheiro com o seu passe. Tem direito a quatrocentos reais. O menino também. Quatrocentos cada um."

"Obrigado."

"Agora vou levar vocês para o quarto." Ela se inclina e sussurra para a mulher do guichê ao lado, identificado como *Trabajos*. A mulher abre uma gaveta, vasculha dentro, sacode a cabeça.

"Um probleminha", diz a moça. "Parece que estamos sem a chave do seu quarto. Deve estar com a supervisora do prédio. O nome dela é señora Weiss. Vá até o prédio C. Eu faço um

9

mapa para o senhor. Quando encontrar a señora Weiss, peça para ela a chave do C-55. Diga que foi a Ana do escritório central quem mandou o senhor."

"Não seria mais fácil nos dar outro quarto?"

"Infelizmente, o C-55 é o único quarto vago."

"E comida?"

"Comida?"

"É. Tem alguma coisa para a gente comer?"

"Isso também é com a señora Weiss. Ela pode resolver."

"Obrigado. Só mais uma coisa: tem aqui alguma organização especializada em encontrar pessoas?"

"Encontrar pessoas?"

"É. Deve ter muita gente procurando membros da família. Tem alguma organização que ajude a reunir as famílias: familiares, amigos, namorados?"

"Não, nunca ouvi falar de nenhuma organização assim."

Em parte porque está cansado e desorientado, em parte porque o mapa que a moça desenhou não é claro, em parte por não haver sinalização, ele leva um longo tempo para encontrar o Prédio C e a sala da señora Weiss. A porta está fechada. Ele bate. Ninguém responde.

Ele se dirige a uma moça que passa, uma mulher minúscula com um rosto pontudo de ratinho, usando o uniforme cor de chocolate do Centro. "Estou procurando a señora Weiss", ele diz.

"Ela não está", diz a moça, e como ele não entende: "Já foi embora por hoje. Volta amanhã de manhã".

"Quem sabe você pode ajudar. Estou procurando a chave do quarto C-55."

A moça sacode a cabeça: "Desculpe, eu não cuido das chaves".

Eles voltam para o *Centro de Reubicación*. A porta está trancada. Ele bate de leve no vidro. Nem sinal de vida lá dentro. Ele bate outra vez.

"Estou com sede", o menino geme.

"Espere mais um pouquinho", ele diz. "Vou procurar uma torneira."

A moça, Ana, aparece na esquina do prédio. "Estava batendo?", ela pergunta. Ele se surpreende outra vez: com a juventude dela, a saúde e o frescor que ela irradia.

"Parece que a señora Weiss já foi embora", ele diz. "Você pode fazer alguma coisa? Não tem — como se diz? — uma *llave universal* que abra o quarto?"

"*Llave maestra. Llave universal* não existe. Se existisse uma *llave universal* todos os nossos problemas estariam resolvidos. Não, a señora Weiss é a única que tem a *llave maestra* do Prédio C. O senhor não tem algum amigo com quem possa passar a noite? E aí volta amanhã de manhã e fala com a señora Weiss."

"Amigo para passar a noite? Nós chegamos aqui há seis semanas, e desde então estamos morando numa barraca no deserto. Como a senhora quer que eu tenha algum amigo para receber a gente?"

Ana franze a testa. "Vá até o portão principal", ela ordena. "Me espere do lado de fora. Vou ver o que eu posso fazer."

Eles saem pelo portão, atravessam a rua, se sentam à sombra de uma árvore. O menino descansa a cabeça em seu ombro. "Estou com sede", reclama. "Quando que você vai achar a torneira?"

"Shh", diz ele. "Escute os passarinhos."

Escutam o estranho canto dos pássaros, sentem o vento estranho na pele.

Ana aparece. Ele se levanta e acena. O menino também se levanta, os braços rígidos ao longo do corpo, polegares apertados na mão fechada.

"Trouxe um pouco de água para seu filho", ela diz. "Olhe, David, beba."

O menino bebe, devolve o copo. Ela o guarda na bolsa. "Estava bom?", ela pergunta.

"Estava."

"Bom. Agora venham comigo. Tem de andar bastante, mas pensem que o exercício faz bem para a saúde."

Ela depressa pega a trilha que atravessa o parque. Uma moça atraente, não há como negar, embora as roupas que usa não combinem bem com ela: saia escura, sem forma, blusa branca apertada no pescoço, sapatos baixos.

Sozinho, ele seria capaz de acompanhá-la, mas com o menino no colo não consegue. "Por favor, não tão depressa!", ele diz. Ela o ignora. A uma distância cada vez maior, ele a segue através do parque, através de uma rua, através de uma segunda rua.

Na frente de uma casa estreita, simples, ela para e espera. "É aqui que eu moro", diz. Destranca a porta. "Entrem."

Ela os leva por um corredor escuro, passam por uma porta nos fundos, descem uma escada de madeira rangente, chegam a um quintalzinho com mato alto, fechado de dois lados por cerca de madeira e no terceiro por uma tela de arame.

"Sentem", diz ela, indicando uma cadeira de ferro enferrujada meio coberta de mato. "Vou buscar alguma coisa para vocês comerem."

Ele não sente vontade de sentar. Junto com o menino, espera na porta.

A moça reaparece trazendo um prato e uma jarra. A jarra tem água. O prato, quatro fatias de pão com margarina. Exatamente a mesma coisa que comeram no café da manhã na central de caridade.

"Legalmente, como recém-chegados vocês são obrigados a residir em moradias aprovadas ou então no Centro", diz ela. "Mas tudo bem passarem a primeira noite aqui. Como eu sou funcionária do Centro, a gente pode dizer que minha casa conta como moradia aprovada."

"Muita gentileza sua, muita generosidade", ele diz.

"Tem uns restos de material de construção ali naquele canto." Ela aponta. "O senhor pode construir um abrigo, se quiser. Posso deixar por sua conta?"

Ele fica olhando para ela, intrigado. "Não sei se entendi bem", diz. "Onde exatamente nós vamos passar a noite?"

"Aqui." Ela indica o quintal. "Volto daqui a pouco para ver como estão se virando."

Os materiais de construção mencionados são meia dúzia de chapas de ferro galvanizado, com pontos enferrujados, sem dúvida, restos de telhado, e uns pedaços de madeira. Será um teste? Será que ela está falando sério de ele e o menino dormirem ao ar livre? Ele espera a volta prometida, mas ela não vem. Ele experimenta a porta dos fundos: está trancada. Ele bate; nenhuma resposta.

O que está acontecendo? Ela está atrás da cortina, observando como ele vai reagir?

Eles não são prisioneiros. Seria fácil escalar a cerca de arame e ir embora. É isso que devem fazer? Ou ele deve esperar para ver o que vai acontecer?

Ele espera. Quando ela reaparece, o sol está se pondo.

"O senhor não fez muita coisa", ela observa, franzindo a testa. "Tome." Entrega a ele uma garrafa de água, uma toalha de rosto, um rolo de papel higiênico. E quando ele olha para ela interrogativamente: "Ninguém vai ver o senhor".

"Mudei de ideia", ele diz. "Vamos voltar para o Centro. Deve ter algum espaço comum para a gente passar a noite."

"Não dá para fazer isso. Os portões do Centro estão fechados. Fecham às seis."

Exasperado, ele vai até a pilha de chapas de cobertura, pega duas e encosta em ângulo contra a cerca de madeira. Faz a mesma coisa com a terceira e a quarta chapas, criando uma cabana rústica. "É isso que você tinha pensado para nós?", ele pergunta, se virando para ela. Mas ela foi embora.

"É aqui que a gente vai dormir hoje", ele diz ao menino. "Vai ser uma aventura."

"Estou com fome", o menino diz.

"Não comeu seu pão."

"Não gosto de pão."

"Bom, vai ter de se acostumar porque só tem isso. Amanhã a gente encontra alguma coisa melhor."

Desconfiado, o menino pega uma fatia de pão e dá pequenas mordidas. Ele nota que a criança está com as unhas pretas de sujeira.

Com a luz do dia declinando, eles se acomodam no abrigo, ele numa cama de mato, o menino na curva de seu braço. O menino logo adormece, o polegar na boca. No seu caso, o sono demora a chegar. Não tem casaco; logo o frio começa a penetrar em seu corpo; ele começa a tremer.

Nada sério, é só frio, não mata ninguém, diz a si mesmo. *A noite vai passar, o sol vai surgir, o dia virá. Que pelo menos não haja insetos rastejantes. Insetos rastejantes seria demais.*

Ele dorme.

Nas primeiras horas da madrugada acorda, o corpo duro, dolorido de frio. Sente a raiva crescer por dentro. Por que essa desgraça sem sentido? Engatinha para fora do abrigo, tateia até a porta dos fundos, bate, primeiro discretamente, depois com mais força.

Uma janela se abre no alto; ao luar mal pode discernir o rosto da moça. "O que foi?", ela pergunta. "Algum problema?"

"Muitos problemas", ele diz. "Está frio aqui. Poderia, por favor, nos deixar entrar?"

Uma longa pausa. Depois: "Espere", ela diz.

Ele espera. Depois: "Olhe aí", diz a voz dela.

Um objeto cai a seus pés: um cobertor, nada grande, dobrado em quatro, feito de algum material áspero, com cheiro de cânfora.

"Por que nos trata assim?", ele pergunta. "Como lixo."

A janela se fecha com ruído.

Ele engatinha de volta para o abrigo, enrola o cobertor em si mesmo e no menino adormecido.

Acorda com o alarido do canto dos pássaros. O menino, ainda dormindo profundamente, está de costas para ele, o boné debaixo do rosto. Suas roupas estão úmidas de orvalho. Ele cochila outra vez. Quando abre os olhos de novo, a moça está olhando para ele. "Bom dia", diz ela. "Trouxe café da manhã. Tenho de sair logo. Quando estiverem prontos deixo vocês saírem."

"Deixa a gente sair?"

"Deixo vocês passarem por dentro da casa. Por favor, não demorem. E não esqueça de levar o cobertor e a toalha."

Ele acorda o menino. "Venha", diz, "hora de levantar. Hora do café da manhã."

Eles fazem xixi lado a lado num canto do quintal.

O café da manhã não é nada mais que pão e água outra vez. O menino torce o nariz; ele próprio não está com fome. Deixa a bandeja intacta no degrau. "Estamos prontos para ir", diz, alto.

A moça os conduz pela casa até a rua vazia. "Até logo", diz ela. "Pode voltar à noite se precisar."

"E o quarto que você prometeu no Centro?"

"Se não encontrarem a chave ou se o quarto já tiver sido ocupado, podem dormir aqui de novo. Até logo."

"Espere um pouco. Pode ajudar a gente com algum dinheiro?" Até esse momento ele não precisou mendigar, mas não sabe mais a quem recorrer.

"Eu disse que ia ajudar, não falei em dar dinheiro. Para isso vocês precisam ir ao escritório da *Asistencia Social*. Pode pegar um ônibus para a cidade. Não esqueça de levar seu passe e o atestado de residência. Então vai poder retirar sua verba de realocação. Pode também arrumar um emprego e pedir um adiantamento. Não vou poder ir ao Centro agora de manhã, tenho uma reunião. Mas o senhor pode ir lá e dizer que está procurando emprego e quer *un vale*, eles vão entender o que está dizendo. *Un vale*. Agora eu preciso mesmo ir."

A trilha que ele e o menino seguem pelo parque vazio se revela o caminho errado; quando chegam ao Centro o sol já está alto no céu. Atrás do balcão de *Trabajos*, está uma mulher de meia-idade, rosto severo, o cabelo puxado para trás cobrindo as orelhas e bem preso na nuca.

"Bom dia", ele diz. "Nós nos registramos ontem. Somos recém-chegados e estou procurando trabalho. Me disseram que a senhora pode me dar *un vale*."

"*Vale de trabajo*", diz a mulher. "Me mostre o seu passe."

Ele dá a ela o passe. Ela o inspeciona e devolve. "Vou fazer um *vale*, mas é o senhor que tem de decidir que tipo de trabalho vai fazer."

"Tem alguma sugestão? Por onde eu devo começar? Não conheço nada aqui."

"Tente nas docas", diz a mulher. "Estão sempre precisando de gente para trabalhar lá. Pegue o ônibus número 29. Sai ali da frente do portão principal a cada meia hora."

"Não tenho dinheiro para ônibus. Não tenho dinheiro nenhum."

"O ônibus é grátis. Todos os ônibus são grátis."

"E um lugar para ficar? Posso tratar dessa questão da acomodação? A moça que estava de serviço ontem, Ana ela se chama, reservou um quarto para nós, mas não conseguimos entrar."

"Não tem nenhum quarto vago."

"Ontem tinha o quarto C-55, mas não encontraram a chave. A chave estava com a señora Weiss."

"Não sei de nada. Volte de tarde."

"Posso falar com a señora Weiss?"

"Hoje de manhã tem uma reunião dos funcionários principais. A señora Weiss está na reunião. Só volta depois do almoço."

2.

No ônibus 29 ele examina o *vale de trabajo* que recebeu. Não é nada mais que uma folha arrancada de um bloco de anotações, na qual está escrito: "Portador recém-chegado. Por favor, considere a possibilidade de emprego". Nenhum selo oficial, nem assinatura, apenas as iniciais P. X. Parece tudo muito informal. Será suficiente para lhe garantir um emprego?

São os últimos passageiros a desembarcar. Considerando a extensão das docas — os ancoradouros se estendem pela beira do rio até onde a vista alcança — estão estranhamente desolados. Só num cais parece haver atividade: um cargueiro está sendo carregado ou descarregado, homens sobem e descem a prancha de acesso.

Ele se aproxima de um homem alto, de macacão, que parece supervisionar as operações. "Bom dia", diz. "Estou procurando trabalho. O pessoal do Centro de Realocação disse que eu devia vir aqui. É com você que eu devo falar? Tenho um *vale*."

"Pode falar comigo", diz o homem. "Mas o senhor não está um pouco velho para *estibador*?"

Estibador? Ele deve parecer desnorteado porque o homem (é o capataz?) faz a mímica de jogar um saco nas costas e se curvar sob o peso.

"Ah, *estibador*!", ele exclama. "Desculpe, não sou muito bom com o espanhol. Não, não estou velho, não."

É verdade o que acabou de se ouvir dizendo? Não está velho demais para trabalho pesado? Ele não se sente velho, assim como não se sente moço. Não se sente de nenhuma idade específica. Ele se sente sem idade, se isso é possível.

"Deixe eu experimentar", ele propõe. "Se achar que não sirvo, vou embora na mesma hora, sem reclamar."

"Bom", diz o capataz. Amassa o vale numa bolinha e joga na água. "Pode começar já. O menino está com o senhor? Ele pode ficar aqui comigo, se quiser. Eu cuido dele. Quanto ao espanhol, não se preocupe, continue insistindo. Chega uma hora que para de parecer uma língua, fica parecendo o jeito como as coisas são."

Ele vira para o menino. "Você fica aqui com este moço enquanto eu ajudo a carregar os sacos?"

O menino faz que sim. Está chupando o dedo outra vez.

A largura da prancha só permite a passagem de um homem de cada vez. Ele espera enquanto um estivador desce com um saco imenso nas costas. Depois, sobe ao convés e desce uma escada sólida de madeira até o porão. Seus olhos demoram um pouco para se acostumar à penumbra. O porão está carregado de grandes sacos idênticos, centenas, talvez milhares.

"O que tem dentro dos sacos?", ele pergunta ao homem a seu lado.

O homem olha para ele, estranhando. "*Granos*", diz.

Quer perguntar quanto pesam os sacos, mas não dá tempo. É a sua vez.

Empoleirado na pilha está um sujeito grande, de antebraços musculosos e um largo sorriso, cujo trabalho, evidentemente, é derrubar um saco nos ombros do estivador que espera na fila. Ele vira as costas, o saco desce; ele cambaleia, depois agarra as pontas como vê os outros fazendo, dá um primeiro passo, um segundo. Será que vai realmente conseguir subir a escada levando aquele peso grande como os outros homens estão fazendo? Tem essa capacidade?

"Firme, *viejo*", diz uma voz atrás dele. "Vá com calma."

Ele põe o pé esquerdo no primeiro degrau da escada. É uma questão de equilíbrio, diz a si mesmo, de se manter firme, de não deixar o saco escorregar nem o conteúdo dele mexer. Se as coisas começam a mexer ou escorregar, você está perdido. De estivador você volta a ser um mendigo tremendo de frio num abrigo de lata no quintal de uma estranha.

Ergue o pé direito. Está começando a aprender uma coisa sobre a escada: se encostar o peito contra ela então o peso do saco, em vez de ameaçar desequilibrar a pessoa, dá estabilidade. Com o pé esquerdo encontra o segundo degrau. Soam alguns aplausos no porão. Ele cerra os dentes. Dezoito degraus mais (ele contou). Não vai fracassar.

Devagar, passo a passo, descansando a cada degrau, ouvindo o coração disparado (e se tiver um enfarte? Que vergonha seria!), ele sobe. No alto ele vacila e cai de frente, de forma que o saco despenca para o convés.

Ele se põe de pé outra vez, aponta o saco. "Alguém pode me dar uma mão?", pergunta, tentando controlar a respiração ofegante, tentando parecer normal. Mãos atenciosas erguem o saco para suas costas.

A prancha tem dificuldades próprias: ela balança de leve de um lado para outro quando o navio se move, sem oferecer o apoio que a escada oferecia. Ele tenta ao máximo se manter ereto enquanto desce, embora isso signifique que não consegue olhar onde está pisando. Fixa os olhos no menino, que está imóvel ao lado do capataz, observando. *Que eu não envergonhe o menino!*, ele diz a si mesmo.

Sem um tropeço, chega ao cais. "Vire à esquerda!", diz o capataz. Ele vira com dificuldade. Uma carroça está se aproximando, uma carroça de fundo chato puxada por dois imensos cavalos de patas peludas. Percherões? Nunca viu um percherão ao vivo. Eles fedem, o cheiro forte de urina o envolve.

Ele se vira e deixa o saco cair na caçamba da carroça. Um jovem com chapéu velho salta com leveza para a carroça e puxa os sacos. Um dos cavalos despeja uma carga de estrume fumegante. "Sai fora!", diz uma voz atrás dele. É o próximo estivador, o próximo companheiro, com o próximo saco.

Ele refaz o caminho até o porão, volta com uma segunda carga, e uma terceira. É mais lento que os companheiros (às vezes precisam esperar por ele), mas não muito. Vai melhorar quando se acostumar com o trabalho e seu corpo ficar mais forte. Não é velho demais, afinal.

Embora atrase os outros, não sente animosidade nos outros homens. Ao contrário, eles lhe dão uma ou duas palavras de ânimo, um tapinha nas costas. Se a estiva é isso, não é um mau trabalho. Pelo menos você realiza alguma coisa. Pelo menos você ajuda a transportar o trigo, trigo que vai virar pão, o sustento da vida.

Soa um apito. "Descanso", explica o homem a seu lado. "Se quiser, sabe?"

Os dois urinam atrás de um abrigo, lavam as mãos numa torneira. "Tem algum lugar para a gente tomar um chá?", ele pergunta. "E quem sabe comer alguma coisa?"

"Chá?", pergunta o homem. Parece divertido. "Não que eu saiba. Se está com sede pode usar minha caneca; mas amanhã traga a sua." Ele enche a caneca na torneira, e entrega. "Traga um pão também, ou meio pão. É muito tempo de trabalho para ficar de barriga vazia."

A pausa dura apenas dez minutos e o trabalho de descarregar é retomado. Quando o capataz toca o apito no fim do dia, ele carregou trinta e um sacos do porão para o cais. Num dia inteiro, pode carregar talvez cinquenta. Cinquenta sacos por dia: duas toneladas, mais ou menos. Não é grande coisa. Um guindaste carrega duas toneladas de uma vez. Por que não usam um guindaste?

"Muito bom esse rapazinho, seu filho", diz o capataz. "Não deu trabalho nenhum." Sem dúvida o chama de rapazinho, *jovencito*, para fazê-lo se sentir bem. Um bom rapaz que vai crescer para ser estivador também.

"Se trouxessem um guindaste", ele observa, "dava para descarregar num décimo do tempo. Mesmo um guindaste pequeno."

"Dava, sim", o capataz concorda. "Mas para quê? Para que fazer as coisas em um décimo do tempo? Nem tem nenhuma emergência acontecendo, nenhuma falta de nada, por exemplo."

Para quê, de fato? Parece uma pergunta genuína, não um tapa na cara. "Para a gente usar o esforço em alguma outra coisa melhor", ele sugere.

"Melhor que o quê? Melhor que fornecer pão para nossos irmãos?"

Ele dá de ombros. Devia ter ficado de boca fechada. Com certeza não diria: *Melhor que arrastar todo esse peso feito burros de carga*.

"Eu e o menino temos de correr", diz ele. "Temos de estar no Centro às seis da tarde, senão vamos dormir ao relento. Volto amanhã de manhã?"

"Claro, claro. Você foi bem."

"E posso pegar um adiantamento?"

"É pena, mas não dá. O pagador só passa na sexta-feira. Mas se está sem dinheiro" — ele enfia a mão no bolso e tira um punhado de moedas — "tá aqui, pegue quanto precisa."

"Não sei quanto eu preciso. Sou novo aqui, não faço ideia dos preços."

"Fique com tudo. Você me paga na sexta."

"Obrigado. Muita bondade sua."

É verdade. Tomar conta do *jovencito* enquanto ele trabalha e ainda por cima emprestar dinheiro: não é o que se espera de um capataz.

"Não é nada. Você faria a mesma coisa. Até mais, rapazinho", ele diz, se virando para o menino. "Te vejo amanhã cedinho bem animado."

Eles chegam ao escritório quando a mulher de rosto duro está encerrando o expediente. Nem sinal de Ana.

"Alguma novidade sobre o nosso quarto?", ele pergunta. "Encontraram a chave?"

A mulher franze a testa. "Siga a rua, vire a primeira à direita, procure um prédio comprido, térreo, chamado Prédio C. Pergunte pela señora Weiss. Ela vai levar vocês para o quarto. E pergunte para a señora Weiss se podem usar a lavanderia para lavar suas roupas."

Ele entende a insinuação e fica vermelho. Depois de uma semana sem banho o menino começou a cheirar; sem dúvida, ele está cheirando ainda pior.

Ele mostra o dinheiro a ela. "Pode me dizer quanto é isto?"

"Não sabe contar?"

"O que eu quero saber é o que dá para comprar com isso. Dá para uma refeição?"

"O Centro não fornece refeições, só café da manhã. Mas fale com a señora Weiss. Explique sua situação. Ela talvez possa ajudar."

A sala C-41, escritório da señora Weiss, está fechada e trancada como antes. Mas no porão, num canto debaixo da escada, iluminado por uma única lâmpada nua, ele encontra um rapaz esparramado numa cadeira, lendo uma revista. Além do uniforme cor de chocolate do Centro, usa um chapeuzinho redondo com uma correia passando pelo queixo, igual a um macaco de realejo.

"Boa tarde", ele diz. "Estou procurando a arisca señora Weiss. Faz ideia de onde ela está? Deram um quarto para a gente neste prédio e ela tem a chave, ou pelo menos a chave mestra."

O rapaz se põe de pé, pigarreia e responde. Sua resposta é polida, mas não ajuda nada. Se a sala da señora Weiss está trancada então a señora deve ter ido para casa. Quanto à chave mestra, se existe, deve estar trancada na mesma sala. Do mesmo jeito que a chave para a lavanderia.

"Você pode pelo menos nos levar até o quarto C-55?", ele pergunta. "Foi o quarto que deram para a gente."

Sem dizer uma palavra o rapaz o leva por um longo corredor, passam na frente do C-49, C-50... C-54. Chegam ao C-55. Ele experimenta a porta. Não está trancada. "Seus problemas terminaram", ele observa com um sorriso e se retira.

O C-55 é pequeno, sem janela, a mobília extremamente simples: uma cama de solteiro, um gaveteiro, uma pia. Em cima do gaveteiro há uma bandeja com um pires com dois cubos e meio de açúcar. Ele dá o açúcar para o menino.

"A gente tem de ficar aqui?", o menino pergunta.

"Temos de ficar aqui, sim. Só por um tempinho, enquanto eu procuro uma coisa melhor."

No fim do corredor, ele encontra um cubículo com chuveiro. Não há sabonete. Ele despe o menino, se despe. Juntos, ficam debaixo de um fio de água morna enquanto ele faz o melhor possível para lavar ambos. Depois, enquanto o menino espera, ele põe a roupa de baixo na mesma água (que logo fica fresca e depois fria) e torce. Desafiadoramente nu, com o menino a seu lado, ele segue o corredor de volta para seu quarto e tranca a porta. Com a sua única toalha, ele enxuga o menino. "Agora, vá para a cama", diz.

"Estou com fome", o menino reclama.

"Paciência. De manhã a gente come bastante, prometo. Pense nisso." Ele o arranja na cama, dá-lhe um beijo de boa-noite.

Mas o menino está sem sono. "Por que a gente está aqui, Simón?", ele pergunta, baixo.

"Já falei: vai ser só por uma ou duas noites. Até a gente encontrar um lugar melhor para ficar."

"Não, estou falando por que a gente está *aqui*?" Seu gesto abrange o quarto, o Centro, a cidade de Novilla, tudo.

"Você está aqui para encontrar sua mãe. E eu estou aqui para ajudar você."

"Mas depois que a gente encontrar ela, por que a gente está aqui?"

"Não sei o que dizer. Estamos aqui pela mesma razão que todo mundo está. Nos deram uma chance de viver e nós aceitamos essa chance. É uma grande coisa, viver. É a coisa mais importante de todas."

"Mas a gente tem que viver aqui?"

"Se não for aqui, onde seria? Não tem outro lugar para estar, só aqui. Agora feche os olhos. Está na hora de dormir."

3.

Ele acorda de bom humor, cheio de energia. Eles têm um lugar para ficar, ele tem um emprego. Está na hora de partir para a tarefa principal: encontrar a mãe do menino.

Deixa-o dormindo e sai quietinho do quarto. O escritório principal acabou de abrir. Ana, atrás do balcão, o recebe com um sorriso. "Passou bem a noite?", ela pergunta. "Se instalaram?"

"Obrigado, estamos instalados. Mas preciso pedir outro favor. Você deve lembrar que eu perguntei sobre a localização de membros de família. Preciso encontrar a mãe do David. O problema é que não sei por onde começar. Vocês mantêm um registro de quem chega em Novilla? Se não, existe algum registro central que eu possa consultar?"

"Nós mantemos dados de todo mundo que passa pelo Centro. Mas o registro não adianta nada se o senhor não souber o que está procurando. A mãe de David tem um novo nome. Uma nova vida, um novo nome. Ela está esperando vocês?"

"Ela nunca ouviu falar de mim, não tem por que me esperar. Mas assim que o menino encontrar com ela, vai reconhecer a mãe, tenho certeza."

"Há quanto tempo estão separados?"

"É uma história complicada, não quero incomodar você. Digamos apenas que eu prometi a David que ia encontrar a mãe dele. Dei minha palavra. Então, posso dar uma olhada nos seus registros?"

"Mas sem um nome, como o senhor vai fazer?"

"Vocês têm cópias dos passes. O menino vai reconhecer uma fotografia. Ou eu. Eu vou reconhecer se olhar uma foto dela."

"O senhor nunca viu a mãe dele, mas vai reconhecer?"

"É. Juntos ou separados, ele e eu vamos reconhecer. Tenho certeza."

"E essa mãe anônima? Tem certeza que ela quer reencontrar o filho? Pode parecer desalmado dizer isso, mas a maioria das pessoas quando chega aqui perdeu o interesse nas antigas relações."

"Este caso é diferente, é, sim. Não sei explicar por quê. Então: posso olhar os registros?"

Ela sacode a cabeça. "Não, isso eu não posso permitir. Se o senhor tivesse o nome da mãe seria outra coisa. Mas não posso deixar o senhor fuçar nos nossos arquivos à vontade. Não só é contra o regulamento como é um absurdo. Temos milhares de nomes, centenas de milhares, mais do que se pode contar. Além disso, como o senhor sabe que ela passou pelo centro de Novilla? Cada cidade tem um centro de recepção."

"Concordo que não faz sentido. Mesmo assim, insisto. O menino está sem mãe. Está perdido. Dá para ver como ele está perdido. Está num limbo."

"Limbo. Não sei o que quer dizer isso. A resposta é não. Não vou ceder, portanto não insista. Sinto muito pelo menino, mas esse não é o jeito certo de levar as coisas."

Há um longo silêncio entre eles.

"Posso olhar durante a noite", ele diz. "Ninguém vai saber. Trabalho em silêncio, serei discreto."

Mas ela não está mais prestando atenção. "Oi!", ela diz, olhando por cima do ombro dele. "Acordou agora?"

Ele se vira. Na porta, despenteado, descalço, de cueca, o polegar na boca, ainda meio adormecido, está o menino.

"Venha!", ele diz. "Dê bom-dia para a Ana. Ela vai ajudar a gente a procurar."

O menino vai devagar até eles.

"Vou ajudar", diz Ana, "mas não do jeito que está pedindo. As pessoas aqui tiraram da cabeça ligações antigas. O senhor devia fazer a mesma coisa: abandonar antigas relações, não procurar por elas." Ela estende a mão, mexe no cabelo do menino. "Oi, dorminhoco!", diz. "Ainda não tirou tudo da cabeça? Diga para seu pai que você já tirou tudo da cabeça."

O menino olha dela para ele e de volta. "Tirei tudo da cabeça", resmunga.

"Isso!", diz Ana. "Não falei?"

Estão no ônibus, a caminho do cais. Depois de um café da manhã substancial, o menino está decididamente mais alegre que ontem.

"A gente vai encontrar com o Álvaro outra vez?", ele pergunta. "O Álvaro gosta de mim. Ele deixa eu tocar o apito dele."

"Que bom. Ele falou que você pode chamar ele de Álvaro?"

"Falou, é o nome dele. Álvaro Avocado."

"Álvaro Avocado? Bom, não esqueça que o Álvaro é um homem ocupado. Ele tem uma porção de coisas para fazer além de cuidar de menino. Você tem de tomar cuidado para não atrapalhar."

"Ele não faz nada", diz o menino. "Só fica parado, olhando."

"Você pode achar que ele só fica parado olhando, mas na verdade ele está supervisionando o pessoal, cuidando para o navio ser descarregado no prazo, cuidando para todo mundo fazer o que tem de fazer. É um trabalho importante."

"Ele disse que vai me ensinar a jogar xadrez."

"Que ótimo. Você vai gostar de xadrez."

"Eu vou ficar sempre com o Álvaro?"

"Não, logo você vai encontrar outros meninos para brincar."

"Não quero brincar com outros meninos. Quero ficar junto com você e o Álvaro."

"Mas não o tempo inteiro. Não é bom para você ficar com gente grande o tempo inteiro."

"Não quero que você caia no mar. Não quero que você morra afogado."

"Não se preocupe, vou tomar todo cuidado para não morrer afogado, prometo. Você tem de espantar ideias tristes como essa. Deixe elas irem embora voando feito passarinhos. Consegue fazer isso?"

O menino não responde. "Quando nós vamos voltar?", pergunta.

"Para o outro lado do mar? Não vamos voltar. Estamos aqui agora. É aqui que a gente vive."

"Para sempre?"

"Para sempre. Logo vamos começar a procurar sua mãe. Ana vai ajudar. Quando a gente encontrar sua mãe, você não vai mais pensar em voltar."

"Minha mãe está aqui?"

"Está em algum lugar aqui por perto, esperando você. Está esperando faz tempo. Vai ficar tudo claro quando você olhar para ela. Você vai lembrar dela e ela vai lembrar de você. Você pode achar que tirou tudo da cabeça, mas não tirou. Ainda tem suas lembranças, elas só estão enterradas, provisoriamente. Agora temos de descer. É o nosso ponto."

* * *

O menino ficou amigo de um dos cavalos da carroça, que chamou de El Rey. Embora seja minúsculo perto de El Rey, não tem medo nenhum. Parado na ponta dos pés, oferece punhados de feno que o animal enorme se curva preguiçosamente para aceitar.

Álvaro faz um buraco num dos sacos que descarregaram, deixando que o grão caia. "Olhe, dê isto aqui para El Rey e para o amigo dele", diz ao menino. "Mas cuidado para não dar demais senão a barriga deles incha feito um balão e a gente vai ter de furar com um alfinete."

Na verdade, El Rey e a parceira são éguas, mas ele nota que Álvaro não corrige o menino.

Seus colegas estivadores são simpáticos, mas estranhamente pouco curiosos. Ninguém pergunta de onde ele é, nem onde está morando. Ele adivinha que o tomam por pai do menino — ou talvez, como Ana no Centro, por seu avô. *El viejo*. Ninguém pergunta quem é a mãe do menino nem por que ele passa o dia inteiro no cais.

Há um pequeno barracão de madeira de um lado, que os homens usam como vestiário. Embora a porta não tenha fecho, deixam os macacões e botas ali. Ele pergunta a um dos homens onde pode comprar um macacão e botas para si. O homem escreve um endereço num pedaço de papel.

"Quanto se paga por um par de botas", ele pergunta.

"Dois, talvez três reais", diz o homem.

"Parece muito pouco", ele diz. "A propósito, meu nome é Simón."

"Eugenio", diz o homem.

"Posso perguntar se é casado, Eugenio? Tem filhos?"

Eugenio sacode a cabeça.

"Bom, você ainda é moço", ele diz.

"É", Eugenio fala, desinteressado.

Ele espera que o outro pergunte sobre o menino — o menino que parece ser seu filho ou neto, mas de fato não é. Espera que pergunte o nome do menino, sua idade, por que não está na escola. Espera em vão.

"David, esse menino de que eu estou cuidando, ainda é muito novo para a escola", diz. "Sabe alguma coisa de escolas por aqui? Tem algum — procura as palavras — *jardín para los niños?*"

"Parquinho?"

"Não, escola para crianças novinhas. Uma escola que vem antes da escola de verdade."

"Não, não sei dizer." Eugenio se levanta. "Hora de voltar para o trabalho."

No dia seguinte, na hora de soar o apito para a pausa do almoço, aparece um estranho de bicicleta. Com seu chapéu, terno preto e gravata, parece deslocado no cais. Desce da bicicleta, cumprimenta Álvaro com familiaridade. As barras das calças estão presas com prendedores especiais para bicicleta que ele não se dá ao trabalho de tirar.

"É o pagador", diz uma voz a seu lado. É Eugenio.

O pagador solta as correias do bagageiro da bicicleta e remove uma lona, revelando uma caixa de dinheiro metálica pintada de verde, que coloca em cima de um tambor emborcado. Álvaro chama os homens. Um a um eles avançam, dizem seu nome e recebem seus salários. Ele se põe no fim da fila, espera sua vez. "O nome é Simón", diz ao pagador. "Sou novo, talvez não esteja na lista ainda."

"Está, está aqui, sim", diz o pagador, e marca seu nome. Conta o dinheiro em moedas, tantas que pesam nos bolsos.

"Obrigado", ele diz.

"De nada. Você merece."

Álvaro rola o tambor. O pagador prende a caixa de dinheiro na bicicleta, aperta a mão de Álvaro, ajeita o chapéu e pedala pelo cais.

"O que vai fazer de tarde?", Álvaro pergunta.

"Não sei. Talvez leve o menino para dar uma volta. Ou se tiver um zoológico, podemos ir ver os bichos."

É sábado, meio-dia, fim da semana de trabalho.

"Quer ir junto no futebol?", Álvaro pergunta. "Seu menino gosta de futebol?"

"Ainda é um pouco novo para futebol."

"Tem de começar alguma hora. O jogo é às três. Me encontre no portão, umas quinze para as três."

"Tudo bem, mas qual portão e onde?"

"O portão do campo de futebol. Só tem um portão."

"E onde fica o campo?"

"Siga o caminho da margem do rio e não tem como errar. Fica a uns vinte minutos daqui, acho. Se não estiver com vontade de andar pegue o ônibus número 7."

O campo fica mais longe do que Álvaro disse; o menino se cansa e vai devagar; chegam atrasados. Álvaro está no portão, esperando. "Depressa", diz, "vão dar o pontapé inicial a qualquer momento."

Passam pelo portão, entram no campo.

"Não precisa comprar ingresso?", ele pergunta.

Álvaro olha para ele, estranhando. "É futebol", diz. "Um jogo. Não tem de pagar para ver jogo."

O campo é mais modesto do que ele esperava. O gramado é demarcado com corda; a arquibancada coberta comporta no máximo mil espectadores. Eles encontram lugares sem dificuldade. Os jogadores já estão em campo, chutando a bola, se aquecendo.

"Quem está jogando?", ele pergunta.

"Cais-do-porto, os de azul, Morro Norte de vermelho. A partida é classificatória. Os jogos do campeonato são domingo de manhã. Se ouvir as buzinas tocando domingo de manhã é porque tem jogo do campeonato."

"Você torce para quem?"

"Cais-do-porto, claro."

Álvaro parece bem-humorado, excitado, quase eufórico. Ele fica contente por isso, grato por ter sido escolhido para acompanhá-lo. Álvaro lhe parece um bom homem. Na verdade, todos os seus colegas estivadores lhe parecem boa gente: trabalhadores, simpáticos, atenciosos.

No primeiro minuto do jogo, o time de vermelho comete um erro defensivo simples e o Cais-do-porto marca um gol. Álvaro ergue os braços e solta um grito de triunfo. Depois, se vira para o menino. "Viu isso, rapazinho? Viu só?"

O rapazinho não viu nada. Ignorando o futebol, o rapazinho não sabe que devia estar prestando atenção nos homens que correm para lá e para cá no campo e não no mar de estranhos em torno deles.

Ele pega o menino no colo. "Olhe", diz, apontando, "o que eles têm que fazer é chutar a bola para dentro da rede. E aquele lá, aquele de luvas, é o goleiro. Ele tem que pegar a bola. Tem um goleiro de cada lado. Quando chutam a bola para dentro da rede, é um gol. O time de azul acabou de marcar um gol."

O menino faz que sim com a cabeça, mas parece ausente.

Ele baixa a voz: "Quer ir ao banheiro?".

"Estou com fome", o menino cochicha de volta.

"Eu sei. Eu também estou com fome. A gente tem de se acostumar. Vou ver se encontro batata frita ou amendoim no intervalo. Você quer amendoim?"

O menino faz que sim. "Quando é o intervalo?", pergunta.

"Logo. Primeiro, os jogadores têm que jogar mais um pouco e tentar marcar mais uns gols. Assista."

4.

Ao voltar para o quarto essa noite, ele encontra um recado debaixo da porta. É de Ana: *O senhor e David gostariam de ir a um piquenique para recém-chegados? Me encontrem amanhã ao meio-dia no parque, perto da fonte. A.*

Ao meio-dia, estão na fonte. Já está quente — até os pássaros parecem letárgicos. Longe do barulho do tráfego, se instalam debaixo de uma árvore frondosa. Ana chega pouco depois, com uma cesta. "Desculpe", diz, "tive de resolver uma coisa."

"Quantas pessoas vêm?", ele pergunta.

"Não sei. Talvez meia dúzia. Vamos esperar para ver."

Eles esperam. Não vem ninguém. "Parece que somos só nós", Ana diz afinal. "Vamos começar?"

A cesta contém apenas um pacote de bolachas, um pote de pasta de feijão sem sal e uma garrafa de água. Mas o menino devora sua parte sem reclamar.

Ana boceja, se estende na grama, fecha os olhos.

"O que você quis dizer outro dia quando usou as palavras *tirar tudo da cabeça*?", ele pergunta. "Você disse que David e eu temos de tirar da cabeça as ligações antigas."

Preguiçosa, Ana sacode a cabeça. "Outra hora", diz. "Agora não."

No tom dela, em seu olhar velado, ele sente um convite. A meia dúzia de participantes que não apareceu — seria uma invenção? Se o menino não estivesse ali ele deitaria ao lado dela no gramado e talvez deixasse sua mão pousar bem de leve na mão dela.

"Não", ela murmura, como se lesse seus pensamentos. Um fantasma de ruga passa por sua testa. "Isso não."

Isso não. Como entender essa moça, ora quente, ora fria? Será que tem alguma coisa na etiqueta dos sexos ou das gerações nesta terra nova que ele não está entendendo?

O menino o cutuca, aponta o pacote de bolachas quase vazio. Ele passa um pouco de pasta numa bolacha e dá a ele.

"Ele tem bastante apetite", diz a moça, sem abrir os olhos.

"Está o tempo todo com fome."

"Não se preocupe. Ele se adapta. Criança se adapta depressa."

"Se adapta a passar fome? Por que ele haveria de se adaptar à fome se não existe nenhuma falta de comida?"

"Se adapta a uma dieta moderada, eu quis dizer. A fome é como um cachorro dentro do estômago: quanto mais comida se dá, mais ele exige." Ela se senta de repente, se dirige ao menino. "Ouvi dizer que você está procurando sua mãe", ela diz. "Está com saudade da mamãe?"

O menino faz que sim.

"E como é o nome da sua mãe?"

O menino olha interrogativamente para ele.

"Ele não sabe o nome dela", ele diz. "Tinha uma carta quando tomou o navio, mas perdeu."

"O barbante arrebentou", o menino diz.

"A carta estava numa bolsinha", ele explica, "pendurada no pescoço dele com um barbante. O barbante arrebentou e a carta se perdeu. Procuraram no navio inteiro. Foi assim que eu conheci o David. Mas a carta, não encontraram."

"Caiu no mar", diz o menino. "Os peixes comeram."

Ana franze a testa. "Se você não lembra o nome da sua mamãe, pode me contar como ela era? Consegue desenhar um retrato dela?"

O menino sacode a cabeça.

"Então, a mamãe se perdeu e você não sabe onde procurar." Ana faz uma pausa para refletir. "Então, que tal se o seu *padriño* começar a procurar outra mamãe para você, para te amar e cuidar de você?"

"O que que é *padriño*?", o menino pergunta.

"Você fica me encaixando em papéis", ele interrompe. "Não sou pai do David, nem *padriño*. Simplesmente estou ajudando o menino a encontrar a mãe."

Ela ignora o protesto. "Se arrumar uma esposa", diz ela, "pode servir de mãe para ele."

Ele cai na gargalhada. "Que mulher vai querer casar com um homem como eu, um estranho que não tem nem uma muda de roupa?" Ele espera que a moça discorde, mas ela não fala nada. "Além disso, mesmo que eu arrumasse de fato uma esposa, quem garante que ela ia querer — sabe — um filho adotivo? Ou que o nosso amiguinho aqui ia aceitar outra mãe?"

"Nunca se sabe. Crianças se adaptam."

"Como você sempre diz." Ele sente a raiva crescer por dentro. O que essa moça tão assertiva sabe de crianças? E que direito tem de lhe passar sermão? Então, de repente, as peças do quebra-cabeças todas se encaixam. As roupas de mau gosto, a severidade desconcertante, a história de padrinho — "Você por acaso é freira, Ana?", ele pergunta.

Ela sorri. "Por que está perguntando?"

"Você é uma daquelas freiras que largou o convento para viver no mundo? Para trabalhar com coisas que ninguém mais quer fazer: em prisões, orfanatos, asilos? Em centros de recepção de refugiados?"

"Que ridículo. Claro que não. O Centro não é uma prisão. Não é uma entidade filantrópica. Faz parte da *Asistencia Social*."

"Mesmo assim, como aguentar uma onda sem fim de gente como nós, desamparada, ignorante, carente, se não tiver fé em alguma coisa para ganhar forças?"

"Fé? Não tem nada a ver com fé. Fé quer dizer acreditar no que você faz mesmo que não dê frutos visíveis. O Centro não é assim. As pessoas chegam precisando de ajuda e nós ajudamos. Ajudamos e a vida delas melhora. Não tem nada de invisível. Nada que exija fé cega. Nós fazemos o nosso trabalho e tudo acaba dando certo. É só isso."

"Nada de invisível?"

"Nada de invisível. Duas semanas atrás o senhor estava em Belstar. Na semana passada, encontrou trabalho nas docas. Hoje está fazendo piquenique no parque. O que tem de invisível nisso tudo? É progresso, progresso visível. E só para responder a sua pergunta, não, eu não sou freira."

"Então por que prega esse ascetismo? Diz que temos de dominar a fome, de deixar o cachorro interno a pão e água. Por quê? Qual o problema com a fome? Para que servem os apetites da gente senão para mostrar o que precisamos? Se a gente não tivesse apetites, desejos, como ia viver?"

Parece-lhe uma boa questão, uma questão séria, que poderia perturbar até a freira mais estudada.

A resposta dela vem bem fácil, tão fácil e em voz tão baixa, como se fosse para o menino não ouvir, que por um momento ele se equivoca: "E no seu caso, para onde seus desejos levam o senhor?".

"Meus desejos? Posso ser franco?"

"Pode."

"Sem querer desrespeitar você nem sua hospitalidade, me levam a mais que bolacha e pasta de feijão. Me levam, por exemplo, a carne com purê de batata e molho. E tenho certeza que este rapazinho aqui" — ele estende a mão e pega o braço do menino — "sente a mesma coisa. Não sente?"

O menino balança vigorosamente a cabeça.

"Carne pingando molho", ele continua. "Sabe o que mais me surpreende neste país?" Um tom ousado está se infiltrando em sua fala; seria mais sensato parar, mas ele não para. "Que seja tão manso. Todo mundo que eu encontro é tão bom, tão gentil, tão bem-intencionado. Ninguém xinga, ninguém fica bravo. Ninguém fica bêbado. Ninguém nem levanta a voz. Vivem num regime de pão, água e pasta de feijão e dizem que estão satisfeitos. Como pode ser, humanamente falando? Vocês estão mentindo, até para si mesmos?"

A moça abraça os joelhos, olha para ele sem dizer nada, esperando que ele termine a tirada.

"Nós estamos com fome, esse menino e eu." Com força, ele puxa o menino para si. "Estamos com fome o tempo todo. Você me diz que nossa fome é uma coisa de outro mundo que trouxemos conosco, que não tem lugar para ela aqui, que temos que dominar a fome. Quando acabarmos com nossa fome, teremos provado que somos capazes de nos adaptar, e poderemos ser felizes para sempre. Mas eu não quero matar de fome o cachorro aqui dentro! Quero dar comida para ele! Você não acha?" Sacode o menino. O menino se enfia debaixo de sua axila, sorrindo, fazendo que sim com a cabeça. "Não acha, menino?"

Cai um silêncio.

"O senhor está mesmo com raiva", diz Ana.

"Não estou com raiva. Estou com fome! Me diga: o que tem de errado em satisfazer um apetite comum? Por que nossos impulsos, fomes e desejos normais precisam ser eliminados?"

"Tem certeza que quer continuar falando disso na frente do menino?"

"Não tenho vergonha do que estou dizendo. Não é nada que se deva esconder de uma criança. Se uma criança pode dormir ao relento, em cima do chão duro, então também pode escutar uma discussão séria entre adultos."

"Muito bem, então eu vou em frente com a discussão séria. O que o senhor quer de mim é uma coisa que eu não faço."

Ele olha, perplexo. "O que eu quero de você?"

"É. O senhor quer que eu deixe o senhor me abraçar. Nós dois sabemos o que isso quer dizer: *abraçar*. E eu não permito isso."

"Não falei nada de te abraçar. E o que tem de errado em abraçar, afinal, se você não é freira?"

"Recusar desejos não tem nada a ver com ser ou não ser freira. Eu simplesmente não faço isso. Não permito. Não gosto. Não tenho apetite para isso. Não tenho apetite para a coisa em si e não desejo ver o que isso faz com os seres humanos. O que faz com um homem."

"O que quer dizer isso: *o que faz com um homem?*"

Ela olha intensamente para o menino. "Tem certeza que quer continuar?"

"Continue. Nunca é cedo para aprender sobre a vida."

"Tudo bem. O senhor me acha atraente, eu sei disso. Talvez até me ache bonita. E porque me acha bonita, seu apetite, seu impulso, é me abraçar. Estou lendo direito os sinais? Os sinais que o senhor está me dando? Porque se não me achasse bonita, não teria esse impulso."

Ele fica em silêncio.

"Quanto mais bonita acha que eu sou, mais urgente fica seu apetite. É assim que funcionam esses apetites que o senhor toma por estrelas guias e segue cegamente. Agora pense um pouco. Por favor, me diga, o que a beleza tem a ver com o abraço ao qual o senhor quer me submeter? Qual a relação entre uma coisa e outra? Explique."

Ele fica quieto, mais que quieto. Fica pasmo.

"Vamos lá. O senhor falou que não se importava que o seu afilhado ouvisse. Falou que queria que ele aprendesse sobre a vida."

"Entre um homem e uma mulher", ele diz, afinal, "às vezes surge uma atração natural, imprevista, não premeditada. Um acha o outro atraente, ou mesmo, para usar a outra palavra, bonito. A mulher mais bonita que o homem, geralmente. Porque uma coisa vem depois da outra, a atração e o desejo de abraçar vêm da beleza, é um mistério que eu não sei explicar a não ser para dizer que ser atraído por uma mulher é o único tributo que eu, que o meu ser físico, sabe prestar à beleza de uma mulher. Chamo de tributo porque sinto que é uma oferenda, não um insulto."

Ele faz uma pausa. "Continue", ela diz.

"É só isso que eu queria dizer."

"É isso. E como um tributo a mim — uma oferenda, não um insulto —, o senhor quer me abraçar apertado e enfiar uma parte do seu corpo dentro de mim. Como um tributo, o senhor diz. Estou perplexa. A coisa toda me parece um absurdo — absurdo o senhor querer fazer isso, absurdo se eu permitir."

"Só quando você fala desse jeito é que parece absurdo. Em si, não tem nada de absurdo. Não pode ser absurdo, uma vez que é um desejo natural do corpo natural. É a natureza falando em nós. É o jeito como as coisas são. O jeito como as coisas são não pode ser absurdo."

"É mesmo? E se eu disser que me parece não só absurdo, mas feio também?"

Ele sacode a cabeça sem poder acreditar. "Não pode estar falando sério. Eu posso parecer velho e feio — eu e meus desejos. Mas com certeza você não pode acreditar que a natureza em si seja feia."

"Posso, sim. A natureza pode fazer parte da beleza, mas a natureza pode fazer parte da feiura também. As partes do corpo que o senhor discretamente não menciona, não na frente do seu afilhado: acha que são bonitas?"

"Em si mesmas? Não, em si elas não são bonitas. O todo é que é bonito, não as partes."

"E essas partes que não são bonitas — o senhor quer pôr dentro de mim! O que eu devo pensar?"

"Não sei. Me diga o que pensa."

"Que toda essa conversa bonita de prestar tributo à beleza é *una tontería*. Se o senhor achasse que eu sou uma encarnação do bem, não ia querer praticar essas coisas comigo. E então por que quer fazer isso se eu sou uma encarnação da beleza? A beleza é inferior ao bem? Explique."

"*Una tontería*: o que é?"

"Bobagem. Absurdo."

Ele se põe de pé. "Eu não vou mais ficar me desculpando, Ana. Acho que essa discussão não vai levar a nada. Acho que não sabe do que está falando."

"É mesmo? Acha que eu sou uma criança ignorante?"

"Pode não ser uma criança, mas acho, sim, que é ignorante das coisas da vida. Venha", ele diz ao menino, e pega sua mão. "Já fizemos nosso piquenique, agora está na hora de agradecer à moça e procurar alguma coisa para a gente comer."

Ana se reclina na grama, estica as pernas, cruza as mãos no colo, sorri para ele, zombeteira. "Cutucou a ferida, foi?", ela pergunta.

Debaixo do sol escaldante, ele atravessa o parque vazio, o menino trotando para acompanhar seu ritmo.

"O que é *padriño*?", o menino pergunta.

"*Padriño* é uma pessoa que fica no lugar do seu pai quando, por alguma razão, seu pai não está."

"Você é meu *padriño*?"

"Não, não sou. Ninguém me convidou para ser seu padrinho. Sou só seu amigo."

"Eu posso convidar você para ser meu *padriño*."

"Isso não é você que faz, meu menino. Não pode escolher um padrinho para você mesmo, do mesmo jeito que não pode escolher seu pai. Não tem uma palavra certa para o que eu sou para você, assim como não tem uma palavra certa para o que você é para mim. Mas se você quiser, pode me chamar de Tio. Quando perguntarem: *Quem ele é para você?*, você pode responder: *Ele é meu tio. Ele é meu tio e gosta de mim*. E eu vou dizer: *Ele é o meu menino*.

"Mas aquela moça vai ser minha mãe?"

"Ana? Não. Ela não está interessada em ser mãe."

"Você vai casar com ela?"

"Claro que não. Não estou aqui procurando esposa, estou aqui para ajudar você a encontrar sua mãe, sua mãe de verdade."

Ele está tentando manter a voz controlada, o tom leve; mas a verdade é que o ataque da moça o abalou.

"Você ficou bravo com ela", diz o menino. "Por que ficou bravo?"

Ele para de andar, ergue o menino e lhe dá um beijo na testa. "Desculpe eu ter ficado bravo. Não estava bravo com você."

"Mas ficou bravo com a moça e ela ficou brava com você."

"Fiquei bravo com ela porque ela nos trata mal e eu não entendo por quê. Nós discutimos, ela e eu, discutimos a sério. Mas agora já passou. Não foi importante."

"Ela disse que você queria enfiar uma coisa dentro dela."

Ele se cala.

"O que que é isso? Você quer mesmo enfiar uma coisa dentro dela?"

"Era só um modo de dizer. Ela estava querendo dizer que eu estava tentando impor as minhas ideias para ela. E tinha razão. A gente não deve impor ideias para os outros."

"Eu imponho ideias para você?"

"Não, claro que não. Vamos procurar alguma coisa para comer."

Eles vasculham as ruas a leste do parque, em busca de algum tipo de restaurante. É um bairro de casas modestas, com um prédio de apartamentos de vez em quando. Encontram apenas uma loja. NARANJAS, diz a placa, em letras grandes. As portas metálicas estão fechadas de forma que ele não consegue ver se vendem laranjas de fato ou se *Naranjas* é apenas um nome.

Ele se dirige a um homem que passa com um cachorro na guia. "Com licença", diz, "meu menino e eu estamos procurando um café ou um restaurante para comer, ou, se não isso, uma loja de mantimentos."

"Domingo de tarde?", o homem pergunta. O cachorro fareja os sapatos do menino, depois seus fundilhos. "Não sei o que sugerir, a menos que esteja disposto a ir até a cidade."

"Tem algum ônibus?"

"O número 42, mas não funciona domingo."

"Então, não podemos de fato ir até a cidade. E não tem nada por perto onde a gente possa comer. E todas as lojas estão fechadas. O que o senhor sugere que a gente faça?"

Os traços do homem endurecem. Ele puxa a guia do cachorro. "Vamos, Bruno", diz.

Mal-humorado, ele volta ao Centro. Avançam devagar, uma vez que o menino fica hesitando e pulando para evitar as rachaduras do calçamento.

"Vamos mais depressa", ele diz, irritado. "Deixe para brincar outro dia."

"Não. Não quero cair dentro de uma rachadura."

"Que bobagem. Como um menino grande como você pode cair dentro de uma rachadura pequena dessas?"

"Não essa rachadura. Outra rachadura."

"Qual rachadura? Mostre qual."

"Não sei! Não sei qual rachadura. Ninguém sabe."

"Ninguém sabe porque ninguém pode cair dentro de uma rachadura do calçamento. Agora vamos depressa."

"Eu posso! Você pode! Qualquer um pode! Você que não sabe!"

5.

No dia seguinte, durante a pausa do meio-dia, ele puxa Álvaro de lado. "Desculpe falar de um assunto particular", diz ele, "mas estou ficando muito preocupado com a saúde do menino, principalmente a alimentação que, como você pode ver, consiste de pão, pão e mais pão."

E de fato podem ver o menino, sentado entre os estivadores, a sota-vento do barracão, mascando dolorosamente meio pão umedecido com água.

"Me parece", continua, "que um menino em fase de crescimento precisa de mais variedade, mais nutrição. Não se pode viver só de pão. Não é um alimento universal. Não sabe onde eu posso comprar carne, sem ter de ir até a cidade?"

Álvaro coça a cabeça. "Por aqui, não sei, não aqui por perto do cais. Tem gente que caça rato, eu ouvi dizer. Rato não falta. Mas para isso vai precisar de uma ratoeira e, assim de cara, não sei onde você pode arrumar uma boa ratoeira. Talvez tenha de fazer você mesmo. Pode usar arame, com algum mecanismo de disparo."

"Ratos?"

"É. Não viu ainda? Onde tem navio, tem ratos."

"Mas quem come rato? Você come rato?"

"Não, nem em sonho. Mas você me perguntou onde podia arrumar carne e só isso que eu sei sugerir."

Ele olha um longo tempo nos olhos de Álvaro. Vê que não há nem sinal de que esteja fazendo piada. Ou, se for uma piada, é uma piada muito profunda.

Depois do trabalho, ele e o menino vão diretamente para o enigmático Naranjas. Chegam no momento em que o proprietário vai baixar as portas. Naranjas é, de fato, uma loja e realmente vende laranjas, além de outras frutas e vegetais. Enquanto o proprietário espera, impaciente, ele escolhe tudo o que os dois são capazes de carregar: um pacote pequeno de laranjas, meia dúzia de maçãs, algumas cenouras e pepinos.

De volta a seu quarto no Centro, ele fatia uma maçã para o menino e descasca uma laranja. Enquanto o menino come, corta uma cenoura e um pepino em fatias finas e arruma num prato. "Pronto!", diz.

Desconfiado, o menino cutuca o pepino, cheira. "Isso eu não gosto", diz. "Tem cheiro."

"Bobagem. Pepino não tem cheiro de nada. A parte verde é só a casca. Experimente. Faz bem para a saúde. Vai fazer você crescer." Ele próprio come metade do pepino, uma cenoura inteira e uma laranja.

Na manhã seguinte, volta ao Naranjas e compra mais frutas: bananas, peras, pêssegos, que leva para o quarto. Agora estão com um bom estoque.

Chega atrasado ao trabalho, mas Álvaro não repara.

Apesar da bem-vinda melhora na dieta, a sensação de exaustão física não passa. Em vez de aumentar sua força, o trabalho diário de erguer e carregar sacos o deixa esgotado. Está começando a se sentir um tanto espectral; teme desmaiar na frente dos camaradas e passar vergonha.

Procura Álvaro outra vez. "Não estou me sentindo bem", diz. "Faz uns dias que não venho me sentindo bem. Tem algum médico que você recomende?"

"Tem uma clínica no Cais Sete que fica aberta de tarde. Vá lá agora mesmo. Diga que trabalha aqui, assim não precisa pagar."

Ele segue as placas até o Cais Sete onde há de fato uma pequena clínica, chamada simplesmente *Clínica*. A porta está aberta, o balcão deserto. Ele aperta uma campainha, mas não funciona.

"Oi!", diz alto. "Tem alguém aqui?"

Silêncio.

Ele passa para trás do balcão e bate numa porta marcada como *Cirurgía*. "Oi!", chama.

A porta se abre e ele se vê diante de um homem grande, de rosto corado, com jaleco branco de laboratório e no colarinho uma grande mancha do que parece chocolate. O homem está suando intensamente.

"Boa tarde", ele diz. "O senhor é o médico?"

"Entre", diz o homem. "Sente." Indica uma cadeira, tira os óculos, limpa cuidadosamente as lentes com um lenço de papel. "Trabalha aqui nas docas?"

"No Cais Dois."

"Ah, Cais Dois. Em que posso ajudar?"

"Faz uma ou duas semanas que não estou me sentindo bem. Nenhum sintoma específico, só me canso muito fácil e de vez em quando sinto tontura. Acho que talvez seja por causa da alimentação, da falta de nutrição."

"Quando sente tontura? Em algum horário específico?"

"Não tem horário específico. A tontura vem quando estou cansado. Trabalho como estivador, carregando e descarregando, como eu disse. Não estou acostumado com esse trabalho. Durante o dia eu tenho de atravessar a prancha muitas vezes. Às vezes, quando olho o espaço entre o cais e a lateral do navio, as ondas batendo no cais, fico tonto. Sinto que vou escorregar e cair, posso bater a cabeça e me afogar."

"Isso não está me parecendo subnutrição."

"Talvez não. Mas se eu estivesse mais bem alimentado conseguiria resistir melhor à tontura."

"Já teve esses medos antes, medo de cair e morrer afogado?"

"Não é um problema psicológico, doutor. Sou um trabalhador. Faço um trabalho duro. Carrego cargas pesadas hora após hora. Meu coração dispara. Estou sempre no limite das minhas forças. Claro que é natural que o meu corpo às vezes chegue ao ponto de cair, de falhar."

"Claro que é natural. Mas se é natural o que o senhor veio fazer na clínica? O que espera de mim?"

"Não acha que devia ouvir meu coração? Não acha que devia fazer um exame de anemia? Não acha que a gente podia discutir uma possível deficiência da minha alimentação?"

"Vou auscultar seu coração como sugeriu, mas não posso fazer o teste de anemia. Aqui não é um laboratório, é só uma clínica, uma clínica de primeiros socorros para trabalhadores das docas. Tire a camisa."

Ele tira a camisa. O médico pressiona o estetoscópio contra seu peito, olha para o teto, escuta. Seu hálito cheira a alho. "Nada errado com seu coração", diz, afinal. "Coração muito bom. Ainda vai durar muitos anos. Pode voltar ao trabalho."

Ele se levanta. "Como pode dizer isso? Estou exausto. Não estou no meu normal. Minha saúde geral está se deteriorando dia a dia. Não era isso que eu esperava quando cheguei aqui: doença, exaustão, infelicidade. Não esperava nada disso. Tenho pressentimentos, não pressentimentos apenas intelectuais, mas pressentimentos físicos de que estou a ponto de apagar. Meu corpo está me dando sinais, de todo jeito possível, sinais de que está falhando. Como pode dizer que não tem nada errado comigo?"

Há um silêncio. O médico dobra cuidadosamente o estetoscópio dentro de sua bolsa preta, guarda numa gaveta. Apoia os cotovelos na mesa, junta as mãos, apoia o queixo nas mãos, fala. "Meu caro senhor, tenho certeza que o senhor não veio a esta pequena clínica esperando um milagre. Se estivesse esperando um milagre, teria ido a um hospital de verdade com um laboratório de verdade. Aqui só posso dar conselhos. Meu conselho é simples: não olhe para baixo. Tem esses ataques de vertigem porque olha para baixo. Vertigem é um problema psicológico, não médico. Olhar para baixo é que provoca o ataque."

"É só isso que o senhor sugere? Não olhe para baixo?"

"Só isso. A menos que tenha sintomas de natureza objetiva que queira me contar."

"Não, sintomas desses, não. Nenhum sintoma assim."

"Como foi?" Álvaro pergunta quando ele volta. "Encontrou a clínica?"

"Encontrei a clínica e falei com o médico. Ele disse que eu tenho de olhar para cima. Se ficar olhando para cima, vai ficar tudo bem comigo. E se eu olhar para baixo, eu caio."

"Acho um conselho de bom senso", diz Álvaro. "Nada complicado. Agora, por que não tira o dia de folga e descansa um pouco?"

Apesar das frutas frescas do Naranjas, apesar da garantia do doutor de que seu coração está bom e de que não há razão para que não viva muitos anos, ele continua exausto. A tontura também não vai embora. Embora siga o conselho do médico de não olhar para baixo ao passar pela prancha, não consegue deixar de ouvir o barulho ameaçador das ondas que batem no cais oleoso.

"É só uma vertigem", Álvaro o consola, dando-lhe um tapinha nas costas. "Muita gente sente isso. Felizmente, é só na cabeça. Não é real. Não ligue que logo passa."

Ele não se convence. Não acredita que aquilo que o oprime vá passar.

"De qualquer jeito", diz Álvaro, "se por acaso escorregar e cair, não vai morrer afogado. Alguém te salva. Eu salvo. Para que servem os camaradas?"

"Você pularia na água para me salvar?"

"Se precisar. Ou jogo uma corda."

"É, jogar uma corda seria mais eficiente."

Álvaro ignora, ou talvez não perceba, a insinuação do comentário. "Mais prático", ele diz.

"É só isso que a gente descarrega sempre, trigo?", ele pergunta a Álvaro, em outra ocasião.

"Trigo e centeio", Álvaro responde.

"Mas é só isso que a gente importa no cais: cereais?"

"Depende de quem você chama de *a gente*. O Cais Dois é para descarregar cereais. Se você trabalhasse no Cais Sete estaria descarregando cargas variadas. Se trabalhasse no Cais Nove estaria descarregando aço e cimento. Não andou aí pelas docas? Não explorou o porto?"

"Explorei. Mas os outros cais estavam sempre vazios. Como estão agora."

"Bom, faz sentido, não faz? Ninguém precisa de uma bicicleta nova todo dia. Ninguém precisa de sapato novo todo dia, nem de roupa nova. Mas todo mundo tem de comer todo dia. Então a gente precisa de muito cereal."

"Portanto, se eu fosse transferido para o Cais Sete ou o Cais Nove seria mais tranquilo. Eu teria semanas inteiras sem trabalhar."

"Certo. Se trabalhasse no Sete ou no Nove seria mais tranquilo. Mas também não teria um emprego de tempo integral. Então, no fim das contas, o Dois é melhor."

"Entendo. Então é para o melhor, afinal, eu estar aqui, neste cais, neste porto, nesta cidade, nesta terra. Tudo é para o melhor neste melhor dos mundos possíveis."

Álvaro franze a testa. "Isto aqui não é um mundo possível", diz. "É o único mundo. Se isso faz dele o melhor não é você nem eu quem decide."

Ele pensa em várias respostas, mas não se dá ao trabalho de formulá-las. Talvez, neste mundo que é o único mundo, seja prudente deixar de lado a ironia.

6.

Conforme o prometido, Álvaro tem ensinado xadrez ao menino. Quando o trabalho fica mais folgado, eles podem ser vistos curvados sobre um tabuleiro de bolso em algum retalho de sombra, absortos no jogo.

"Ele acaba de ganhar de mim", Álvaro conta. "Só duas semanas e ele já é melhor que eu."

Eugenio, o mais lido dos estivadores, faz um desafio ao menino. "Um jogo-relâmpago", diz ele. "Cada um tem cinco segundos para fazer a jogada. Um-dois-três-quatro-cinco."

Cercados por espectadores, jogam sua partida-relâmpago. Em questão de minutos, o menino põe Eugenio encurralado num canto. Eugenio dá um peteleco em seu rei e ele cai de lado. "Vou pensar duas vezes antes de jogar com você de novo", diz ele. "Você tem um diabo de verdade por dentro."

No ônibus, essa tarde, ele tenta discutir o jogo e a estranha observação de Eugenio; mas o menino é reticente.

"Quer que eu compre um jogo de xadrez para você?", ele oferece. "Assim pode treinar em casa."

O menino sacode a cabeça. "Não quero treinar. Não gosto de xadrez."

"Mas você é bom no jogo."

O menino dá de ombros.

"Se alguém é abençoado com um talento, tem o dever de não esconder isso!", ele insiste.

"Por quê?"

"Por quê? Porque o mundo fica um lugar melhor, eu acho, se cada um de nós for bom em alguma coisa."

Indiferente, o menino olha pela janela.

"Ficou chateado com o que o Eugenio falou? Não fique. Ele não falou por mal."

"Não estou chateado. Só não gosto de xadrez."

"Bom, Álvaro vai ficar triste."

No dia seguinte, aparece um estranho nas docas. É pequeno e delgado; a pele queimada tem um tom profundo de nogueira; os olhos são fundos, o nariz curvado como o bico de um gavião. Usa calça jeans desbotada e manchada de óleo de máquina, e botas de couro surradas.

Do bolso da camisa, tira uma folha de papel e entrega para Álvaro e sem dizer uma palavra fica parado, olhando ao longe.

"Certo", diz Álvaro. "Vamos descarregar o resto do dia e amanhã quase o dia inteiro. Quando estiver pronto, entre na fila."

Do mesmo bolso da camisa, o estranho tira um maço de cigarros. Sem oferecer a ninguém, acende um cigarro e dá uma tragada profunda.

"Lembre bem", diz Álvaro, "proibido fumar no navio."

O homem não dá nenhum sinal de ter ouvido. Tranquilamente olha em torno. A fumaça de seu cigarro sobe no ar parado.

Seu nome, Álvaro comunica, é Daga. Ninguém o chama de nenhuma outra coisa, nem de "o homem novo", nem de "o sujeito novo".

Apesar da baixa estatura, Daga é forte. Não oscila nem um milímetro quando o primeiro saco é derrubado em seus ombros. Sobe a escada depressa e com firmeza; desce pela rampa e larga o saco na carroça que está à espera sem sinal de esforço. Mas então vai para a sombra do barracão, se agacha sobre os calcanhares e acende outro cigarro.

Álvaro vai até ele. "Sem parar, Daga", diz. "Vamos lá."

"Qual é a cota?", Daga pergunta.

"Não tem cota. A gente recebe por dia."

"Cinquenta sacos por dia", diz Daga.

"A gente faz mais que isso."

"Quantos?"

"Mais de cinquenta. Sem cota. Cada homem carrega o que pode."

"Cinquenta. Nem um a mais."

"Levante. Se quiser fumar, espere o intervalo."

As coisas se complicam ao meio-dia da sexta-feira dessa semana, ao serem pagos. Quando Daga chega perto da prancha de madeira que serve de mesa, Álvaro se inclina e cochicha no ouvido do pagador. O pagador assente com a cabeça. Põe o dinheiro de Daga na prancha à sua frente.

"O que é isso?", Daga pergunta.

"Seu pagamento pelos dias que trabalhou", diz Álvaro.

Daga pega as moedas e com um movimento rápido e desdenhoso atira tudo de volta na cara do pagador.

"Por que isso?", Álvaro pergunta.

"Salário de rato."

"É a taxa. É o que você ganhou. É o que todo mundo ganha. Está querendo dizer que nós somos todos ratos?"

Os homens se amontoam. Discretamente, o pagador junta seus papéis e fecha a tampa da caixa de dinheiro.

Ele, Simón, sente o menino agarrado à sua perna. "O que eles estão fazendo?", ele choraminga. O rosto pálido, ansioso. "Eles vão brigar?"

"Não, claro que não."

"Fale para o Álvaro não brigar. Fale para ele!" O menino puxa os dedos dele, puxa e puxa.

"Venha, vamos sair de perto", ele diz. Leva o menino para a beira da água. "Olhe! Está vendo as focas? A grande, com o nariz no ar, é o macho, a foca macho. E as outras, as menores, são as esposas dele."

Um grito agudo chega dos homens amontoados. Há um surto de agitação.

"Eles estão brigando!", o menino choraminga. "Não quero que eles briguem!"

Formou-se um semicírculo de homens em torno de Daga, que está acocorado, um leve sorriso nos lábios, um braço estendido à frente. Em sua mão rebrilha a lâmina de uma faca. "Venha!", ele diz, e faz um gesto de chamado com a faca. "Quem é o próximo?"

Álvaro está sentado no chão, curvado. Parece estar abraçando o peito. Há uma risca de sangue em sua camisa.

"Quem é o próximo?", Daga repete. Ninguém se mexe. Ele endireita o corpo, guarda a faca no bolso da calça, pega a caixa de dinheiro, entorna em cima da prancha. Caem moedas por todo lado. "Veados!", ele diz. Retira o dinheiro que quer, dá um chute de desprezo no barril. "Peguem à vontade", diz, e vira as costas aos homens. Tranquilamente, monta na bicicleta do pagador e vai embora pedalando.

Álvaro se põe de pé. O sangue na camisa vem de sua mão, jorrando de um talho na palma.

Ele, Simón, é o mais experiente, ou pelo menos o mais velho: deve dominar a situação. "Você precisa de um médico", diz a

Álvaro. "Vamos." Faz sinal para o menino. "Venha, vamos levar o Álvaro no médico."

O menino não se mexe.

"O que foi?"

O menino mexe os lábios, mas ele não ouve nem uma palavra. Ele se inclina. "O que foi?", repete.

"O Álvaro vai morrer?", sussurra o menino. O corpo todo rígido. Está tremendo.

"Claro que não. Fez um corte na mão, só isso. Precisa de um curativo para parar de sangrar. Venha. Vamos levar o Álvaro no médico e o médico cuida dele."

Na verdade, Álvaro já está a caminho, acompanhado por outro homem.

"Ele estava brigando", diz o menino. "Ele estava brigando e agora o médico vai ter de cortar fora a mão dele."

"Bobagem. Médico não corta mão. O médico vai lavar o corte e fazer um curativo, ou talvez costurar com agulha e linha. Amanhã o Álvaro está trabalhando de novo e nós vamos esquecer isso tudo."

O menino fixa nele um olhar penetrante.

"Não estou mentindo", ele diz. "Eu não mentiria para você. O machucado do Álvaro não é sério. Aquele homem, o señor Daga, ou seja lá como se chama, não queria machucar. Foi um acidente. A faca escorregou. Faca afiada é perigoso. Lembre bem dessa lição: nunca brinque com faca. Se brincar com faca pode se machucar. O Álvaro se machucou, felizmente, nada sério. E o señor Daga já foi, levou o dinheiro dele e foi embora. Ele não vai voltar. Aqui não é lugar para ele e ele sabe disso."

"*Você* não pode brigar", diz o menino.

"Não brigo, prometo."

"Não pode brigar nunca."

"Eu não costumo brigar. E o Álvaro não estava brigando. Estava se protegendo. Ele tentou se proteger e levou um corte."

Ele ergue a mão para mostrar como Álvaro tentou se proteger, como Álvaro levou o corte.

"O Álvaro estava brigando", diz o menino, pronunciando as palavras com solene determinação.

"Se proteger não é brigar. Se proteger é um instinto natural. Se alguém tentar bater em você, você se protege. Não pensa duas vezes. Olhe."

Em todo o tempo que estão juntos, ele nunca encostou nem um dedo no menino. Agora, de repente, ele ergue a mão ameaçadoramente. O menino nem pisca. Ele finge dar um tapa em sua bochecha. Ele não se mexe.

"Tudo bem", diz. "Eu acredito." Ele baixa a mão. "Você está certo, eu estava errado. O Álvaro não devia ter tentado se proteger. Devia ter feito igual a você. Devia ter sido valente. Agora vamos até a clínica ver como ele está."

No dia seguinte, Álvaro vem trabalhar com o braço numa tipoia. Recusa-se a discutir o incidente. Entendendo a situação, os homens também não falam nada a respeito. Mas o menino continua insistindo. "O señor Daga vai devolver a bicicleta?", pergunta. "Por que o nome dele é señor Daga?"

"Não, ele não vai voltar", ele responde. "Não gosta de nós, não gosta deste tipo de trabalho, não tem por que voltar. Nem sei se Daga é o nome verdadeiro dele. Não interessa. Nomes não interessam. Se ele quer se chamar de Daga, deixe estar."

"Mas por que ele roubou o dinheiro?"

"Ele não *roubou* o dinheiro. Ele não *roubou* a bicicleta. Roubar é pegar o que não é seu quando ninguém está olhando. Estava todo mundo olhando quando ele pegou o dinheiro A gente podia ter impedido, mas não impediu. Escolhemos não brigar com ele. Escolhemos deixar que ele fosse embora. Você deve concordar. Você é o primeiro a dizer que a gente não deve brigar."

"O homem devia ter dado mais dinheiro para ele."

"O pagador? O pagador devia ter dado o que ele queria?"

O menino faz que sim.

"Ele não podia fazer isso. Se o pagador pagasse o que cada um quisesse, ia acabar sem dinheiro."

"Por quê?"

"Por quê? Porque todo mundo quer mais do que tem direito. É a natureza humana. Porque nós todos queremos mais do que nós valemos."

"O que é natureza humana?"

"Quer dizer o jeito como todo mundo é, você, eu, o Álvaro e o señor Daga, todo mundo. Quer dizer o jeito como a gente é quando chega no mundo. Quer dizer o que nós todos temos em comum. A gente gosta de pensar que é especial, meu menino, cada um de nós. Mas de verdade mesmo não pode ser assim. Se todo mundo fosse especial, não sobrava para ninguém ser especial de verdade. Mas nós continuamos a acreditar em nós mesmos. A gente desce até o porão do navio, no calor e na poeira, carrega o saco nas costas, leva para a luz, vê os amigos batalhando do mesmo jeito, fazendo exatamente o mesmo trabalho sem nada de especial e sentimos orgulho deles e de nós mesmos, nossos camaradas trabalhando juntos com um objetivo comum; mas num cantinho do nosso coração, que escondemos bem, cochichamos para nós mesmos: *Porém, porém, você é especial, você vai ver! Um dia, quando menos se esperar, vai soar o apito do Álvaro e todo mundo vai ser chamado para se reunir no cais, onde uma multidão vai estar esperando, com um homem de terno preto e cartola; e o homem de terno preto vai chamar você e dizer:* Atentem para este trabalhador que nos honra a todos; *e ele vai apertar a sua mão e prender uma medalha no seu peito* — Por serviços prestados além do exigido pelo dever, *dirá a medalha — e todo mundo vai dar vivas e bater palmas.*

"É da natureza humana ter sonhos assim, só que o mais inteligente é guardar isso só para si próprio. Igual a todos nós, o señor Daga achou que era especial; mas ele não guardou essa ideia para si mesmo. Ele queria se destacar. Queria ser reconhecido."

Ele para. No rosto do menino não há o menor sinal de que tenha entendido uma única palavra. Será que hoje é um daqueles seus dias idiotas ou ele está simplesmente sendo teimoso?

"O señor Daga queria ser elogiado e ganhar uma medalha", ele diz. "Quando nós não demos para ele a medalha dos seus sonhos, ele pegou o dinheiro. Ele pegou o que ele achava que valia. É isso."

"Por que ele não ganhou uma medalha?", o menino pergunta.

"Porque se todo mundo ganhasse medalhas, as medalhas não iam valer nada. Porque medalha tem de ser conquistada. Igual a dinheiro. Ninguém ganha medalha só porque quer uma."

"Eu dava uma medalha para o señor Daga."

"Bom, talvez a gente devesse pedir para você ser o nosso pagador. Aí todo mundo ganha medalha e todo o dinheiro que quiser e na semana que vem não tem nada na caixa de dinheiro."

"Sempre tem dinheiro na caixa", diz o menino. "Por isso que chama caixa de dinheiro."

Ele ergue as mãos. "Não vou discutir com você se vai ficar falando bobagem."

7.

Algumas semanas depois de terem se apresentado no Centro, chega uma carta do Ministério de *Reubicación* em Novilla, informando que ele e sua família foram alocados em um apartamento na Vila Leste, que deve ser ocupado até o meio-dia da segunda-feira seguinte.

A Vila Leste, conhecida como Blocos Leste, é uma propriedade a leste do parque, um grupo de prédios de apartamentos separados por extensos gramados. Ele e o menino já exploraram por lá, assim como exploraram também o bairro gêmeo, Vila Oeste. Os prédios que constituem a vila são de padrão idêntico, de quatro andares. Em cada andar, seis apartamentos que dão para uma praça com amenidades coletivas como um playground para crianças, um tanquinho, um estacionamento para bicicletas e varal para roupas. A Vila Leste é considerada no geral mais desejável que a Vila Oeste; eles podem se considerar privilegiados de terem sido mandados para lá.

Mudar do Centro é fácil porque têm poucos pertences e não fizeram amigos. Os vizinhos foram, de um lado, um velho que cambaleia com seu camisolão falando sozinho, e do outro um casal cheio de pose que finge não entender o espanhol que ele fala.

O apartamento novo, no segundo andar, é de tamanho modesto, com poucos móveis: duas camas, uma mesa com cadeiras, um gaveteiro, estantes de metal. Um pequeno anexo contém um fogão elétrico num suporte e uma pia com água encanada. Um painel de correr esconde o chuveiro e a privada.

Para o primeiro jantar deles nos Blocos, faz o prato preferido do menino, panquecas com manteiga e geleia. "Nós vamos gostar daqui, não vamos?", ele diz. "Vai ser um novo capítulo na nossa vida."

Tendo avisado Álvaro de que não está se sentindo bem, não tem nenhum remorso por tirar uns dias de folga do trabalho. Está ganhando mais que o suficiente para suas necessidades, não há muito em que gastar o dinheiro, ele não vê por que se exaurir sem necessidade. Além disso, há sempre recém-chegados procurando trabalho eventual que podem substituí-lo nas docas. Então, passa algumas manhãs preguiçando na cama, cochilando e acordando, gozando o calor do sol que entra pelas janelas de sua nova casa.

Estou me preparando, ele diz a si mesmo. *Estou me preparando para o próximo capítulo dessa empreitada*. Por próximo capítulo ele quer dizer a busca pela mãe do menino, a busca que ele não sabe ainda por onde começar. *Estou concentrando energias; fazendo planos*.

Enquanto relaxa, o menino brinca lá fora no tanque de areia, nos balanços, ou então vaga entre os varais de roupa, cantarolando para si mesmo, se enrolando como um casulo nos lençóis a secar, depois girando e se desenrolando. É um jogo do qual parece não se cansar.

"Não sei se os nossos vizinhos vão gostar de ver você mexendo na roupa lavada deles", diz. "Por que acha isso tão divertido?"

"Gosto do cheiro."

Da próxima vez que passam pelo pátio, ele discretamente encosta o rosto num lençol e aspira fundo. O cheiro é limpo, cálido, reconfortante.

Mais tarde, nesse mesmo dia, ao olhar pela janela, vê o menino deitado no gramado com a cabeça encostada à cabeça de outro menino, maior. Os dois parecem estar conversando com toda intimidade.

"Vi que arrumou um amigo novo", observa durante o almoço. "Quem é?"

"O Fidel. Ele toca violino. Ele me mostrou o violino dele. Posso ganhar um violino também?"

"Ele também mora nos Blocos?"

"Mora. Posso ganhar um violino também?"

"Vamos ver. Violino custa caro. E você vai precisar de um professor. Não dá para pegar um violino e sair tocando."

"A mãe do Fidel me ensina. Ela disse que pode me ensinar também."

"Que bom que você arrumou um amigo, eu fico contente. Quanto a essas lições de violino, é melhor eu conversar com a mãe do Fidel primeiro."

"Vamos agora?"

"Vamos mais tarde, depois da sua soneca."

O apartamento de Fidel é no outro extremo do pátio. Antes que possam bater, a porta se abre e Fidel está diante deles, forte, de cabelos cacheados, sorridente.

Apesar de não ser maior que o deles e não ser tão ensolarado, o apartamento tem um ar mais acolhedor, talvez por causa das cortinas com estampa de cerejeiras, que se repete nas colchas das camas.

A mãe de Fidel vem cumprimentá-lo: uma mulher jovem, angulosa, magra, de dentes proeminentes e o cabelo bem preso atrás das orelhas. De alguma forma obscura, ele se decepciona com esse primeiro encontro com ela, embora não tenha razão para isso.

"Eu disse, sim", ela confirma, "que seu filho pode fazer as aulas de música junto com o Fidelito. Mais adiante a gente avalia e vê se ele tem aptidão e vontade de continuar."

"É muita gentileza sua. Na verdade, David não é meu filho. Eu não tenho filho."

"Onde estão os pais dele?"

"Os pais... É uma questão complicada. Eu explico com mais tempo depois. Sobre as aulas: ele vai precisar de um violino dele mesmo?"

"Principiantes geralmente começam com a flauta doce. O Fidel" — ela puxa o filho para perto, ele a abraça afetuosamente — "Fidel estudou flauta durante um ano antes de começar com o violino."

Ele se volta para David. "Ouviu, meu menino? Primeiro você aprende a tocar a flauta doce, depois o violino. Certo?"

O menino fecha a cara, dá uma olhada no amigo, fica calado.

"É uma grande coisa, virar violinista. Você não vai conseguir se não fizer todo o esforço para isso." Vira-se para a mãe de Fidel. "Posso perguntar quanto a senhora cobra?"

Ela se surpreende. "Não cobro nada", diz. "É pela música."

O nome dela é Elena. Nome que ele não teria imaginado. Teria imaginado Manuela, ou mesmo Lourdes.

Ele convida Fidel e a mãe para darem uma volta de ônibus até Nova Floresta, um passeio que Álvaro recomendou ("Antes, era uma plantação, mas deixaram o mato crescer — você vai gostar"). Do terminal de ônibus, os dois meninos saem correndo pelo caminho, enquanto ele e Elena seguem a passo mais lento.

"Tem muitos alunos?", ele pergunta.

"Ah, não sou professora de música de verdade. Só ajudo algumas crianças com o básico."

"Como ganha a vida se não cobra pelas aulas?"

"Eu costuro para fora. Faço uma coisa e outra. Recebo uma pequena pensão da *Asistencia*. O suficiente. Tem coisas mais importantes que o dinheiro."

"A música?"

"A música, sim, mas também como se vive. Como a pessoa vive."

Uma boa resposta, uma resposta séria, uma resposta filosófica. Por um momento, ele silencia.

"Conhece muita gente?", ele pergunta. "Quer dizer" — vai direto ao ponto — "existe algum homem na sua vida?"

Ela franze a testa. "Eu tenho amigos. Alguns são mulheres, outros homens. Não faço distinção entre eles."

A trilha se estreita. Ela segue na frente; ele fica para trás, observa o movimento dos quadris dela. Prefere uma mulher com mais carnes. Mas, mesmo assim, gosta de Elena.

"No meu caso, não é uma distinção que eu possa esquecer", ele diz. "Ou que eu gostaria de esquecer."

Ela diminui o passo para que ele a alcance, olha diretamente para ele. "Ninguém deve esquecer o que acha importante", diz.

Os meninos voltam, ofegantes por causa da corrida, rebrilhando de saúde. "Tem alguma coisa para beber?", Fidel pergunta.

Só no ônibus de volta para casa é que ele tem chance de falar com Elena de novo.

"Não sei como é para você", diz ele, "mas o passado não está morto em mim. Detalhes podem perder a nitidez, mas a sensação de como era a vida continua bem clara. Homens e mulheres, por exemplo: você diz que superou esse pensamento; mas eu não. Ainda me vejo como homem e você como mulher."

"Eu concordo. Homens e mulheres são diferentes. Têm papéis diferentes a desempenhar."

Os dois meninos no banco à frente deles estão cochichando e rindo. Ele pega a mão de Elena. Ela não a retira. No entanto, pelos meios inescrutáveis com que o corpo fala, a mão dela lhe dá uma resposta. Morre na mão dele, como um peixe fora d'água.

"Posso perguntar", diz ele: "Você está além de sentir qualquer coisa por um homem?".

"Não é nada o que eu sinto", ela responde devagar e cautelosamente. "Ao contrário, sinto boa vontade, muita boa vontade. Tanto por você como por seu filho. Simpatia e boa vontade."

"Por boa vontade você quer dizer que nos quer bem? Estou fazendo um esforço para entender o conceito. É benevolência o que sente por nós?"

"É, exatamente."

"Pois eu vou te dizer que benevolência é o que nós encontramos o tempo todo por aqui. Todo mundo nos quer bem, todo mundo está pronto a ser bom conosco. Somos realmente levados numa nuvem de boa vontade. Mas fica tudo um pouco abstrato. Será que boa vontade em si consegue satisfazer nossas necessidades? Não é da nossa natureza querer alguma coisa mais tangível?"

Deliberadamente, Elena retira a mão da mão dele. "Você pode querer mais do que boa vontade; mas o que você quer é melhor que boa vontade? Isso é o que você devia perguntar a si mesmo." Ela faz uma pausa. "Sempre se refere a David como 'o menino'. Por que não usa o nome dele?"

"David foi um nome que deram para ele no campo. Ele não gosta, diz que não é seu nome de verdade. Eu tento não usar, a não ser que precise."

"É bem fácil mudar um nome, sabe? É só ir ao registro civil e preencher um formulário de troca de nome. Só isso. Sem perguntas." Ela se inclina para a frente. "E o que vocês dois estão cochichando aí?", pergunta aos meninos.

O filho sorri para ela, ergue os dedos aos lábios fingindo que o que ocupa os dois é um assunto secreto.

O ônibus os deixa na frente dos Blocos. "Eu gostaria de convidar você para tomar um chá", diz Elena, "mas infelizmente está na hora do banho e do jantar de Fidelito."

"Eu entendo", ele diz. "Até logo, Fidel. Obrigado pelo passeio. Foi divertido."

"Você e o Fidel parece que se dão bem", diz para o menino assim que estão sozinhos.

"Ele é meu melhor amigo."

"Então Fidel sente boa vontade por você, é isso?"

"Muita boa vontade."

"E você? Você sente boa vontade também?"

O menino balança vigorosamente a cabeça.

"Sente mais alguma coisa?"

O menino olha para ele, intrigado. "Não."

Então é isso, saído da boca de bebês de colo. Da boa vontade vêm a amizade e a felicidade, vêm piqueniques camaradas no parque ou tardes camaradas passeando pela floresta. Enquanto do amor, ou pelo menos do desejo em suas manifestações mais urgentes, vêm frustração, dúvida, coração machucado. Simples assim.

E o que ele está pretendendo, afinal, com Elena, uma mulher que mal conhece, mãe do amigo novo de seu menino? Está esperando seduzi-la, porque em lembranças que não perdeu totalmente seduzir um ao outro é coisa que homens e mulheres fazem? Está insistindo na primazia do pessoal (desejo, amor) sobre o universal (boa vontade, benevolência)? E por que está permanentemente se fazendo perguntas em vez de simplesmente viver, como todo mundo? Será que isso faz parte de uma transição tardia demais do velho e cômodo (o pessoal) para o novo e inquietante (o universal)? Será que o ciclo de autointerrogação não é nada mais que uma fase no crescimento de cada recém-chegado, uma fase que pessoas como Álvaro, Ana e Elena agora já conseguiram ultrapassar? Se assim é, quanto tempo falta para ele emergir como um homem novo, aperfeiçoado?

8.

"Outro dia você estava me falando sobre boa vontade, sobre a boa vontade como um bálsamo para os nossos males", ele diz a Elena. "Mas às vezes você não se vê sentindo falta do bom e velho contato físico?"

Estão no parque, ao lado de um campo onde uma meia dúzia de partidas de futebol são disputadas desordenadamente. Fidel e David foram aceitos em um dos jogos, embora, na verdade, sejam novos demais. Empenhados, eles acompanham os outros jogadores para lá e para cá, mas nunca passam a bola para os dois.

"Quem cria um filho não sente falta de contato físico", Elena responde.

"Por contato físico eu quero dizer outra coisa. Quero dizer amar e ser amado. Quero dizer dormir com alguém toda noite. Não sente falta disso?"

"Se eu sinto falta? Não sou do tipo de pessoa que sofre com lembranças, Simón. Você está falando de uma coisa que me parece muito distante. E se por dormir com alguém você está falando de sexo, é uma coisa bem estranha também. Uma coisa estranha para ser motivo de preocupação."

"Mas com toda a certeza não há nada melhor que sexo para aproximar as pessoas. Sexo aproximaria nós dois. Por exemplo."

Elena se vira. "Fidelito!", ela chama e acena. "Venha! Temos de ir embora agora!"

É impressão dele ou ela ficou com o rosto afogueado?

A verdade é que ele acha Elena apenas medianamente atraente. Não gosta do corpo ossudo dela, do queixo forte, dos dentes da frente proeminentes. Mas é um homem, ela é uma mulher, e a amizade dos meninos está sempre aproximando os dois. Então, apesar dos polidos chega pra lá, um atrás do outro, ele continua a se permitir brandas liberdades, liberdades que parecem mais diverti-la que aborrecê-la. Involuntariamente, ele se vê deslizando para divagações nas quais algum golpe da fortuna impele Elena para seus braços.

Esse golpe da fortuna, quando ocorre, é sob a forma de um corte de energia. Cortes de energia não são raros na cidade. Geralmente são anunciados com um dia de antecedência e ocorrem em moradias pares ou ímpares. No caso dos Blocos, se aplicam a prédios inteiros seguindo uma escala rotativa.

Na noite em questão, porém, não há anúncio, apenas Fidel batendo na porta, perguntando se pode entrar para fazer a lição de casa, uma vez que estão sem energia elétrica no apartamento deles.

"Já jantaram?", ele pergunta ao menino.

Fidel sacode a cabeça.

"Volte correndo", ele diz. "Diga para sua mãe que você e ela estão convidados para jantar."

O jantar que ele serve não é nada mais que pão e sopa (cevada e abóbora cozidas com uma lata de feijão; ele ainda não encontrou uma loja que venda temperos), mas é o bastante. Fidel termina depressa a lição de casa. Os meninos se distraem com livros de figuras; de repente, como se atingido na cabeça, Fidel adormece.

"Ele é assim desde bebê", diz Elena. "Não acorda com nada. Eu carrego, levo para a cama. Obrigada pelo jantar."

"Não pode voltar para aquele apartamento sem luz. Passe a noite aqui. Fidel pode dormir na cama do David. Eu durmo na cadeira. Estou acostumado."

É mentira, ele não está acostumado a dormir em cadeiras, e na cadeirinha de encosto reto da cozinha duvida que seja humanamente possível dormir. Mas não permite que Elena recuse. "Sabe onde é o banheiro. Aqui tem uma toalha."

Quando ele volta do banheiro, ela está na cama e os dois meninos dormem lado a lado. Ele se enrola no cobertor de reserva e apaga a luz.

Durante algum tempo, fica tudo em silêncio. Então, no escuro, ela diz: "Se está incômodo aí, e tenho certeza que está, posso deixar espaço".

Ele se deita na cama com ela. Silenciosamente, discretamente, fazem o ritual do sexo, com cuidado por causa das crianças dormindo ao alcance da mão.

Não é o que ele esperava que fosse. Ela não está entregue à coisa, ele sente imediatamente; quanto a si próprio, a reserva de desejo acumulado com que ele contava se revela uma ilusão.

"Está vendo o que eu digo?", ela sussurra quando acabam. Com um dedo ela toca os lábios dele. "Não leva a gente adiante, leva?"

Será que ela tem razão? Será que devia levar essa experiência a sério e dizer adeus ao sexo, como Elena parece ter feito? Talvez. No entanto, apenas abraçar uma mulher, mesmo ela não sendo nenhuma beldade do outro mundo, o deixa mais leve.

"Eu não concordo", ele murmura de volta. "Na verdade, acho que você está completamente errada." Faz uma pausa. "Você já perguntou a si mesma se o preço que a gente paga por esta nova vida, o preço do esquecimento, não seria alto demais?"

Ela não responde, mas ajeita a roupa de baixo e vira de costas para ele.

Embora não vivam juntos, depois dessa primeira noite compartilhada, ele gosta de pensar nele e em Elena como um casal, ou um casal em perspectiva, e portanto nos dois meninos como irmãos, ou irmãos de criação. Vai ficando cada vez mais habitual os quatro jantarem juntos; nos fins de semana, saem para fazer compras, ou para piqueniques e excursões pelo campo; e embora ele e Elena não passem juntos mais nenhuma noite inteira, de vez em quando, se os meninos não estão por perto, ela permite que ele faça amor com ela. Ele começa a se acostumar com seu corpo, com o osso do quadril saliente e os seios diminutos. Ela sente pouca atração sexual por ele, isso é claro; mas ele gosta de pensar no ato sexual como um paciente e prolongado ato de ressuscitação, de trazer de volta à vida um corpo feminino que por todas as razões práticas morreu.

Quando ela o convida a fazer amor com ela, é sem a menor coqueteria. "Se quiser, podemos fazer agora", ela diz, fecha a porta e tira a roupa.

Essa atitude direta pode tê-lo desanimado um dia, assim como sua indiferença o humilhou. Mas ele resolve que não vai se deixar desanimar, nem humilhar. O que ela oferecer, ele aceita, o mais pronta e agradecidamente que pode.

Em geral, ela se refere ao ato simplesmente como *fazer*, mas às vezes, quando quer provocá-lo, ela usa a palavra *descongelar*: "Se quiser, pode fazer mais uma tentativa de me descongelar". *Descongelar* foi a palavra que ele uma vez deixou escapar num momento desprevenido: "Deixe eu te descongelar!". A ideia de ser descongelada de volta à vida pareceu a ela naquele momento, e lhe parece ainda agora, infinitamente engraçada.

Entre os dois está nascendo, se não intimidade, uma amizade que ele sente ser bem sólida, bem confiável. Se a amizade teria crescido entre eles de qualquer forma, com base na amizade dos meninos e das muitas horas que passam juntos, se *fazer* contribuiu ou não, ele não sabe dizer.

Será que é assim que as famílias se constituem aqui neste novo mundo, ele pergunta a si mesmo: fundamentadas na amizade mais que no amor? Não é um estado de coisas com o qual esteja acostumado, ser apenas amigo de uma mulher. Mas consegue perceber seus benefícios. Pode até, cautelosamente, gostar disso.

"Me fale do pai de Fidel", ele pede a Elena.

"Não me lembro muito dele."

"Mas ele deve ter tido um pai."

"Claro."

"O pai dele parecia comigo em alguma coisa?"

"Não sei. Não sei dizer."

"Você consideraria, como simples hipótese, casar com alguém como eu?"

"Alguém como você? Como você de que jeito?"

"Você casaria com alguém como eu?"

"Se esse é o seu jeito de perguntar se eu casaria com você, então a resposta é sim, casaria. Seria bom para Fidel e para David, para os dois. Quando você quer casar? Porque o registro civil só fica aberto em dias de semana. Consegue tirar uma folga?"

"Claro que consigo. Nosso capataz é muito compreensivo."

Depois dessa estranha proposta e dessa estranha aceitação (sobre a qual ele não faz nada), começa a sentir da parte de Elena uma certa cautela e uma nova tensão no relacionamento deles. Mas ele não lamenta ter feito o pedido. Está se ajeitando. Está construindo uma nova vida.

"O que você sentiria", ele pergunta, um dia, "se eu saísse com outra mulher?"

"Por *sair* você quer dizer fazer sexo com ela?"

"Talvez."

"E quem você tem em mente?"

"Ninguém em particular. Só estou explorando as possibilidades."

"Explorando? Não está na hora de você sossegar? Não é mais um jovem."

Ele fica em silêncio.

"Você me pergunta o que eu sentiria. Quer uma resposta curta ou completa?"

"Completa. A mais completa."

"Tudo bem. Nossa amizade tem feito bem para os meninos, podemos concordar com isso. Eles ficaram próximos. Veem nós dois como presenças guardiãs ou mesmo como uma única presença guardiã. Então não seria bom para eles a nossa amizade acabar. E não vejo por que acabaria, só por você sair com alguma outra mulher hipotética.

"Porém, eu desconfio que com essa mulher você vai querer conduzir o mesmo tipo de experiência que está conduzindo comigo e que no decorrer da experiência vai perder contato com Fidel e comigo.

"Portanto, vou colocar em palavras uma coisa que eu esperava que você entendesse sozinho. Você quer sair com essa outra mulher porque eu não ofereço o que você sente que precisa, especificamente paixão tormentosa. A amizade em si não basta para você. Sem o acompanhamento de paixão tormentosa é um tanto deficiente.

"Aos meus ouvidos, essa é uma maneira velha de pensar. Na maneira de pensar velha, por mais que você tenha, sempre está faltando alguma coisa. O nome que você escolhe para dar a esse *algo mais* que está faltando é paixão. Mas eu aposto que se amanhã te oferecerem toda a paixão que você quer, carradas de paixão, você logo vai achar que está faltando alguma coisa nova. Essa insatisfação sem fim, esse anseio pelo algo mais que está faltando, é o jeito de pensar de que fazemos bem em nos livrar, na minha opinião. *Não está faltando nada.* O nada que você acha que está faltando é uma ilusão. Você está vivendo uma ilusão.

"Pronto. Você pediu uma resposta completa e eu dei. Basta ou deseja mais alguma coisa?"

É um dia quente, esse dia da resposta completa. O rádio está tocando baixinho; eles estão deitados na cama do apartamento dela, completamente vestidos.

"De minha parte...", ele começa a dizer; mas Elena o interrompe. "Shh", ela diz. "Chega de falar, pelo menos por hoje."

"Por quê?"

"Porque em seguida nós vamos começar a brigar e eu não quero isso."

Então eles se calam e ficam deitados em silêncio, lado a lado, ouvindo ora as gaivotas grasnando ao voar sobre o pátio, ora os meninos rindo juntos nas brincadeiras, ora a música do rádio, cuja melodia contínua, uniforme, costumava acalmá-lo, mas que hoje simplesmente o irrita.

O que ele quer dizer, *de sua parte*, é que a vida ali é plácida demais para seu gosto, desprovida demais de altos e baixos, de drama e tensão — é, na verdade, muito parecida com a música do rádio. *Anodina*: será uma palavra do espanhol?

Ele se lembra de ter perguntado a Álvaro uma vez se nunca havia notícias no rádio. "Notícias de quê?", Álvaro perguntou. "Notícias do que acontece no mundo", ele respondeu. "Ah", disse Álvaro, "está acontecendo alguma coisa?" Como antes, ele estava pronto para desconfiar de ironia. Mas não, não havia nenhuma.

Álvaro não lida com ironia. Nem Elena. Elena é uma mulher inteligente, mas não vê nenhuma duplicidade no mundo, nenhuma diferença entre a aparência das coisas e as coisas em si. Uma mulher inteligente e uma mulher admirável também, que com os materiais mais exíguos — costura, lições de música, cuidados domésticos — construiu uma nova vida, uma vida à qual ela afirma — com justiça? — que não falta nada. É a mesma coisa com Álvaro e os estivadores: eles não têm nenhum anseio secreto que ele consiga detectar, nenhum desejo por outro tipo de vida. Só ele é exceção, o insatisfeito, o desajustado. Qual o problema com ele? Será, como disse Elena, apenas a maneira velha de pensar e sentir que ainda não morreu nele, mas chuta e esperneia em seus últimos estertores?

As coisas não têm seu peso devido ali: é isso que, no fundo, ele gostaria de dizer a Elena. A música que ouvimos não tem peso. Nosso ato sexual não tem peso. A comida que comemos, nossa dieta enfadonha de pão, não tem substância — falta a substancialidade da carne animal, com toda a gravidade do sangue derramado e do sacrifício por trás. Nossas próprias palavras não têm peso, essas palavras do espanhol que não brotam do nosso coração.

A música chega ao alívio do fim. Ele se levanta. "Tenho de ir embora", diz. "Você lembra que outro dia me falou que não sofria com lembranças?"

"Falei?"

"Falou, sim. No dia em que ficamos vendo o futebol no parque. Bom, eu não sou como você. Eu sofro com lembranças, ou com sombras de lembranças. Sei que a gente devia tirar tudo da cabeça com a passagem por aqui, e é verdade, eu não tenho um grande repertório a invocar. Mas as sombras ficam mesmo assim. É por isso que eu sofro. Só que não uso a palavra *sofrer*. E me apego a elas, a essas sombras."

"Bom", diz Elena. "Precisa de todo tipo de coisas para fazer um mundo."

Fidel e David entram correndo na sala, acalorados, suados, explodindo de vida. "Tem bolacha?", Fidel pergunta.

"No pote no armário", diz Elena.

Os dois meninos desaparecem na cozinha. "Estão se divertindo?", ela pergunta, alto.

"Hmm", Fidel responde.

"Ótimo", diz Elena.

9.

"Como estão as aulas de música?", ele pergunta ao menino. "Está gostando?"

"Hum. Sabe de uma coisa? Quando Fidel crescer ele vai comprar um violino bem pequenininho" — ele mostra o tamanho do violino, meros dois palmos — "vai vestir roupa de palhaço e vai tocar violino no circo. Posso ir no circo?"

"Quando o circo vier à cidade nós podemos ir. A gente convida o Álvaro, e quem sabe o Eugenio também."

O menino faz um bico. "Não quero que o Eugenio vá. Ele fala mal de mim."

"Ele só falou uma coisa, que você tem um diabo por dentro, e era só uma maneira de falar. Queria dizer que você tem dentro de você uma faísca que faz você ser bom no xadrez. Um moleque."

"Não gosto dele."

"Tudo bem, a gente não convida o Eugenio. O que você está aprendendo na aula de música, além das escalas?"

"Cantar. Quer que eu cante?"

"Adoraria ouvir você cantar. Não sabia que Elena ensinava canto. Ela é cheia de surpresas."

Estão no ônibus, saindo da cidade e entrando na zona rural. Embora haja vários outros passageiros, o menino não se intimida para cantar. Com sua clara voz infantil, canta:

Wer reitet so spät durch Dampf und Wind?
Er ist der Vater mit seinem Kind;
Er halt den Knaben in dem Arm,
*Er füttert ihn Zucker, er küsst ihm warm.**

"Só isso. É inglês. Posso aprender inglês? Não quero mais falar espanhol. Detesto espanhol."

"Você fala espanhol muito bem. E canta lindamente também. Quem sabe vai ser cantor quando crescer."

"Não. Vou ser mágico no circo. O que quer dizer *Wer reitet so?*"

"Não sei. Não falo inglês."

"Posso ir para a escola?"

"Vai ter de esperar um pouco, até o seu próximo aniversário. Aí pode ir para a escola com Fidel."

Descem no ponto marcado *Terminal*, onde o ônibus vira para voltar. O mapa que ele pegou na estação de ônibus mostra trilhas e caminhos pelos morros; seu plano é seguir um caminho serpenteante até um lago, que no mapa tem uma estrela ao lado, querendo dizer que é um lugar bonito.

---

* Primeiros versos do *lied* "Erlkönig" (O rei dos elfos), letra de Goethe, música de Schubert: "Quem galopa tão tarde na noite e no vento?/ É o pai que vai levando o seu rebento;/ o menino em seus braços vai bem protegido,/ ele o abraça com força, o mantém aquecido". (N. T.)

São os últimos passageiros a descer e os únicos a seguir a pé o caminho. O campo por onde passam é vazio. Embora a terra pareça fértil e fecunda, não há sinal de ocupação humana.

"Não é tranquilo aqui no campo?", ele diz para o menino, embora na verdade o vazio lhe pareça mais desolador que tranquilo. Seria melhor se houvesse animais que ele pudesse apontar, vacas, carneiros, porcos, cuidando dos seus interesses animais. Até coelhos serviriam.

De vez em quando, veem pássaros voando, mas muito longe e muito alto para ele ter certeza de quais aves são.

"Estou cansado", o menino anuncia.

Ele inspeciona o mapa. Estão na metade do caminho até o lago, ele acha. "Vou carregar você um pouco", diz, "até sua força voltar." Ele ergue o menino até os ombros. "Cante assim que enxergar um lago. É dele que vem a água que a gente bebe. Cante assim que enxergar. Na verdade, cante na hora que enxergar qualquer água. Ou se enxergar algum camponês."

Ele se apressa. Mas ou não leu direito o mapa, ou o mapa não está certo, porque depois de uma dura subida e uma descida tão íngreme quanto, o caminho termina sem aviso num muro de tijolos com um portão enferrujado coberto de trepadeiras. Ao lado do portão, vê-se uma placa desgastada pelo tempo. Ele afasta a trepadeira. *La Residencia*, lê.

"O que é uma residência?", o menino pergunta.

"Uma residência é uma casa, uma casa grande. Mas esta residência aqui não deve ser mais que uma ruína."

"Vamos olhar?"

Experimentam o portão, mas ele não sai do lugar. Quando estão para se afastar, trazido pela brisa vem um tênue som de risadas. Perseguindo o som, abrindo caminho pelo mato alto, chegam a um ponto onde o muro de tijolos dá lugar a uma alta cerca de tela de arame. Do outro lado da cerca, há uma quadra de tênis e na quadra três jogadores, dois homens e uma mulher, vestidos de branco, os homens com camisas e calças compridas, a mulher com uma saia rodada, blusa de gola revirada e um boné com visor verde.

Os homens são altos, de ombros largos, quadris estreitos; parecem irmãos, talvez até gêmeos. A mulher joga em dupla com um deles contra o outro. São todos jogadores experientes, ele percebe na hora, hábeis e rápidos. O homem que está sozinho é particularmente bom, rebatendo as bolas com facilidade.

"O que eles estão fazendo?", o menino sussurra.

"É um jogo", ele responde em voz baixa. "Chamado tênis. Você tenta jogar a bola para o outro não pegar. Igual marcar um gol no futebol."

A bola bate na cerca. Ao se virar para pegá-la, a mulher os vê. "Oi", ela diz, e sorri para o menino.

Alguma coisa se agita dentro dele. Quem é aquela mulher? Seu sorriso, sua voz, seu porte — há algo obscuramente familiar nela.

"Bom dia", ele diz, a garganta seca.

"Venha, Inés!", chama seu parceiro. "*Game point!*"

Nenhuma palavra mais. De fato, quando o parceiro dela vem um minuto depois pegar uma bola, lança um olhar duro para os dois, como para deixar claro que não são bem-vindos, nem para olhar.

"Estou com sede", o menino sussurra.

Ele oferece a garrafa de água que trouxe.

"Não tem mais nada?"

"O que você quer: néctar?", ele chia para o menino, e imediatamente se arrepende da irritação. Tira da mochila uma laranja, faz um buraco na casca. O menino chupa com gosto.

"Melhor isso?"

O menino faz que sim. "Nós vamos na Residencia?"

"Isto aqui deve ser a Residencia. A quadra de tênis deve fazer parte da casa."

"Não pode entrar?"

"Podemos tentar."

Deixando para trás os tenistas, eles mergulham no mato alto, seguindo o muro, até saírem numa estrada de terra que leva a dois altos portões de ferro. Atrás das grades, através das árvores, vislumbram uma construção imponente de pedra escura.

Embora fechados, os portões não estão trancados. Eles entram e sobem por um caminho forrado de folhas caídas que chegam a cobrir os pés. Uma placa com uma flecha indica uma entrada em arco, que dá para um pátio, no centro do qual se ergue uma estátua de mármore, uma figura de mulher maior que o natural, ou talvez um anjo com roupas esvoaçantes, olhando o horizonte e segurando uma tocha.

"Boa tarde", diz uma voz. "Posso ajudar?"

Quem fala é um homem de idade, o rosto enrugado, as costas curvadas. Usa um uniforme preto desbotado; saiu de um pequeno escritório ou um abrigo na entrada.

"Pode, sim. Nós acabamos de chegar da cidade. Gostaria de saber se podemos trocar uma palavrinha com os residentes, com uma dama que está jogando tênis na quadra dos fundos."

"E a dama em questão vai querer falar com o senhor?"

"Acredito que sim. É um assunto importante que tenho de discutir com ela. Uma questão de família. Mas podemos esperar até o jogo acabar."

"E o nome da dama?"

"Isso não posso dizer, porque não sei. Mas posso descrever a moça para o senhor. Diria que tem uns trinta anos, estatura mediana, cabelo escuro penteado para longe do rosto. Está na companhia de dois rapazes. E vestida toda de branco."

"Existem diversas damas com essa aparência em La Residencia, meu senhor, e muitas jogam tênis. Tênis é uma diversão muito procurada."

O menino puxa sua manga. "Fale do cachorro", sussurra.

"Cachorro?"

O menino faz que sim. "O cachorro que estava com eles."

"Meu amiguinho disse que eles têm um cachorro", ele repete. Ele próprio não se lembra de cachorro nenhum.

"Aha!", diz o porteiro. Volta ao seu covil, fechando a porta de vidro ao passar. Na penumbra, conseguem vê-lo remexendo papéis. Depois ele pega o telefone, disca um número, escuta, desliga e volta. "Desculpe, meu senhor, ninguém atende."

"Porque ela está na quadra de tênis. Não podemos simplesmente ir até a quadra?"

"Desculpe, mas não é permitido. Nossas instalações não são abertas a visitantes."

"Então podemos esperar até ela terminar de jogar?"

"Podem."

"Podemos passear no jardim enquanto esperamos?"

"Podem."

Eles caminham a esmo pelo jardim cheio de mato.

"Quem é a moça?", o menino pergunta.

"Você não reconhece?"

O menino sacode a cabeça.

"Não sentiu uma coisa estranha no peito quando ela falou conosco, quando ela disse oi, assim como uma pontada no coração, como se já tivesse encontrado com ela em algum outro lugar?"

O menino sacode a cabeça, em dúvida.

"Pergunto porque essa moça pode ser a pessoa que nós estamos procurando. Pelo menos é a sensação que eu tenho."

"Ela vai ser minha mãe?"

"Não sei com certeza. Temos de perguntar para ela."

Completam o circuito do jardim. De volta à cabine do porteiro, ele bate no vidro. "Poderia ligar para ela outra vez?", pede.

O porteiro disca um número. Dessa vez, atendem. "Um cavalheiro no portão para ver a senhora", ele ouve o homem dizer. "Sei... sei..." Ele olha para os dois. "O senhor falou que era uma questão de família, não foi?"

"É, questão de família."

"E o nome?"

"O nome não é importante."

O porteiro fecha a porta e retoma a conversa. Por fim, sai. "A senhora vai receber o senhor", diz ele. "Mas temos uma pequena dificuldade. Não permitem crianças na Residencia. Acho que seu menino vai ter de esperar aqui."

"Que estranho. Não permitem crianças?"

"Não permitem crianças na Residencia. É a regra. Que não sou eu que faço. Eu só aplico. Ele vai ter de ficar aqui enquanto o senhor faz sua visita de família."

"Você fica com esse moço?", ele pergunta ao menino. "Volto o mais depressa possível."

"Não quero", diz o menino. "Quero ir com você."

"Eu entendo. Mas tenho certeza que assim que a moça souber que você está esperando aqui, ela vai querer sair e encontrar com você. Então você faz um grande sacrifício e fica aqui com esse moço um pouquinho só?"

"Você volta? Promete?"

"Claro."

O menino se cala, não olha nos olhos dele.

"Não pode abrir uma exceção neste caso?", ele pergunta ao porteiro. "Ele fica quietinho, não vai incomodar ninguém."

"Desculpe, sem exceções. Onde vamos parar se começarmos a abrir exceções? Logo todo mundo vai querer ser exceção e não sobra mais regra nenhuma, não é mesmo?"

"Você pode brincar no jardim", ele diz ao menino. E para o porteiro: "Ele pode brincar no jardim, não pode?".

"Claro."

"Vá e trepe numa árvore", ele diz ao menino. "Tem uma porção de árvores boas para trepar. Eu volto num minuto."

Seguindo as instruções do porteiro, ele atravessa o quadrilátero, passa por uma segunda entrada e bate numa porta com a palavra *Una*. Ninguém responde. Ele entra.

Está numa sala de espera. As paredes são empapeladas de branco, com uma estampa de lira e lírio em verde-pálido. Lâmpadas escondidas projetam uma luz discreta do alto. Há um sofá de couro sintético e duas poltronas. Numa mesinha junto à porta, meia dúzia de garrafas e copos de todos os formatos.

Ele se senta e espera. Os minutos passam. Ele se levanta e espia no corredor. Nenhum sinal de vida. Examina as garrafas. Xerez suave, xerez seco. Vermute. Conteúdo alcoólico 4%. Oblivedo. Onde é Oblivedo?

De repente, ela está ali, ainda com a roupa de tênis, mais sólida do que parecia na quadra, quase pesada. Traz um prato, que põe em cima da mesa. Sem cumprimentá-lo, se senta no sofá, cruza as pernas debaixo da saia comprida. "Queria falar comigo?", pergunta.

"Queria." Seu coração está batendo depressa. "Obrigado por me receber. Meu nome é Simón. A senhora não me conhece, não sou eu que importo. Venho em nome de outra pessoa, para fazer uma proposta."

"Não quer sentar?", diz ela. "Come alguma coisa? Toma um xerez?"

Com mão trêmula ele se serve de xerez e pega um dos sanduíches fininhos, triangulares. Pepino. Senta-se na frente dela, toma a bebida doce. Sobe diretamente à sua cabeça. A tensão diminui, as palavras saem num jorro.

"Eu trouxe aqui uma pessoa. Na verdade, o menino que a senhora viu na quadra de tênis. Ele está lá fora, esperando. O porteiro não deixou ele entrar. Porque é uma criança. A senhora pode sair e ver o menino?"

"Trouxe uma criança para me ver?"

"Trouxe." Ele se levanta e se serve de mais uma dose do xerez liberador. "Desculpe — isso deve ser perturbador, estranhos chegarem sem aviso. Mas nem posso dizer o quanto é importante. Nós estivemos..."

Inesperadamente a porta se abre e o menino está diante deles em pessoa, sem fôlego.

"Venha cá", ele chama. "Reconhece esta moça agora?" Vira-se para ela. A mulher está com o rosto congelado pelo alarme. "Ele pode apertar sua mão?" E para o menino: "Vá, aperte a mão da moça".

O menino fica parado absolutamente imóvel.

Então o porteiro entra em cena, claramente perturbado. "Desculpe, meu senhor", diz ele, "mas isso é contra as regras, como eu disse. Tenho de pedir que saia."

Ele se vira para a mulher, num apelo. Ela sem dúvida não deve precisar se submeter a esse porteiro e suas regras. Mas ela não pronuncia nem uma palavra de protesto.

"Seja compreensivo", ele diz ao porteiro. "Fizemos uma longa viagem. E se a gente sair para o jardim? Mesmo assim será contra as regras?"

"Não, senhor. Mas veja bem, o portão fecha às cinco em ponto."

Ele se dirige à mulher. "Podemos ir para o jardim? Por favor! Me dê uma chance de explicar."

Em silêncio, com o menino segurando sua mão, os três atravessam o quadrilátero até o jardim descuidado.

"Isto aqui deve ter sido um estabelecimento magnífico", ele observa, tentando deixar o clima mais leve, tentando soar como um adulto sensato. "Uma pena esse jardim tão abandonado."

"Temos só um jardineiro em período integral. Ele não dá conta."

"E a senhora? Mora aqui faz tempo?"

"Faz algum tempo. Seguindo este caminho vamos dar num tanque com peixinhos dourados. Seu filho vai gostar."

"Na verdade, não sou pai dele. Eu cuido dele. Uma espécie de guardião. Temporariamente."

"Onde estão os pais dele?"

"Os pais... É por isso que estamos aqui hoje. O menino não tem pais, não como todo mundo. Ocorreu um incidente a bordo do navio durante a viagem até aqui. Perdeu-se uma carta que poderia explicar tudo. Consequentemente, os pais dele estão perdidos, ou, mais exatamente, ele está perdido. Ele e a mãe foram separados, e é ela que estamos tentando encontrar. O pai é outro assunto."

Chegaram ao tanque prometido, no qual há de fato peixes dourados, pequenos e grandes. O menino se ajoelha na beirada, usando um ramo de junça para tentar atraí-los.

"Vou ser mais preciso", diz ele, falando baixo e depressa. "O menino não tem mãe. Desde que desembarcamos do navio, estamos procurando por ela. A senhora consideraria a possibilidade de ficar com ele?"

"Ficar com ele?"

"É, ser uma mãe para ele. Ser a mãe dele. A senhora aceitaria o menino como seu filho?"

"Não entendo. Na verdade, não estou entendendo nada. O senhor está sugerindo que eu adote o seu menino?"

"Adotar, não. Ser a mãe dele, mãe totalmente. Nós todos temos só uma mãe, cada um de nós. A senhora poderia ser essa mãe única para ele?"

Até esse momento, ela esteve ouvindo atentamente. Mas agora começa a olhar em volta quase freneticamente, como se esperasse que alguém — o porteiro, um de seus companheiros de tênis, qualquer um — viesse em seu socorro.

"E a mãe dele de verdade?", ela pergunta. "Onde está? Ainda está viva?"

Ele achou que o menino estava concentrado demais nos peixes para ouvir a conversa. Mas ele de repente se intromete: "Ela não morreu!".

"Então onde está?"

O menino se cala. Durante algum tempo, ele também se cala. Então, fala. "Por favor, acredite — com toda a sinceridade — não é uma questão simples. O menino está sem mãe. O que isso quer dizer eu não posso explicar para a senhora porque não consigo explicar para mim mesmo. Mas eu prometo à senhora que se disser "sim" simplesmente, sem pensar antes nem se arrepender depois, vai ficar tudo claro para a senhora, claro como o dia, pelo menos eu acredito. Portanto: a senhora aceita esse menino como seu?"

Ela olha o pulso, no qual não há relógio. "Está ficando tarde", diz. "Meus irmãos estão me esperando." Ela se vira e caminha rapidamente para a Residencia, a saia farfalhando nas moitas.

Ele corre atrás dela. "Por favor!", pede. "Um momento mais. Olhe. Deixe eu escrever o nome dele. O nome é David. É o nome pelo qual ele atende, o nome que deram no campo. E é aqui que nós moramos, perto da cidade, na Vila Leste. Por favor, pense no assunto." Ele enfia o pedaço de papel na mão dela. E ela se vai.

"Ela não quer eu?", o menino pergunta.

"Claro que quer. Você é um menino tão bonito, tão inteligente, quem não ia querer você? Mas ela precisa primeiro se acostumar com a ideia. Plantamos a semente no coração dela;

agora temos de ter paciência e esperar que cresça. Se você e ela se gostarem, com certeza vai crescer e florescer. Você gostou da moça, não gostou? Percebe como ela é boa e delicada?"

O menino fica calado.

Quando chegam ao terminal, está quase escuro. No ônibus, o menino adormece em seus braços; ele tem de carregá-lo, dormindo, do ponto de ônibus até o apartamento.

No meio da noite, é acordado de um sono profundo. É o menino, parado ao lado da cama, lágrimas correndo pelo rosto. "Estou com fome!", choraminga.

Ele se levanta, aquece um pouco de leite, passa manteiga numa fatia de pão.

"Nós vamos morar lá?", o menino pergunta, de boca cheia.

"Em La Residencia? Acho que não. Eu não teria nada a fazer lá. Ia ficar como uma daquelas abelhas que só fica rodando pela colmeia esperando a hora das refeições. Mas podemos falar disso de manhã. Temos muito tempo."

"Não quero morar lá. Quero morar aqui, com você."

"Ninguém vai forçar você a morar onde não quiser. Agora vamos para a cama."

Ele se senta ao lado do menino, acaricia-o de leve até que adormeça. *Quero morar com você.* E se esse desejo amargamente se realizar? Será que tem a capacidade de ser ao mesmo tempo pai e mãe para o menino, de criá-lo no caminho do bem tendo de dar conta de um emprego nas docas?

Ele se amaldiçoa por dentro. Se ao menos tivesse apresentado o caso com mais calma, mais racionalmente! Mas não, teve de se comportar como um louco, explodindo com seus pedidos e exigências em cima da pobre mulher. *Aceite essa criança! Seja sua única mãe!* Teria sido melhor achar um jeito de aninhar o menino em seus braços, corpo com corpo, carne com carne. Então lembranças depositadas mais fundo que qualquer pensamento poderiam ter despertado e tudo teria dado certo. Mas ai!, chegou muito de repente para ela, esse grande momento, como tinha chegado muito de repente para ele. Explodira em cima dele como uma estrela e ele falhara.

10.

Parece, no entanto, que nem tudo está perdido. Quando dá meio-dia, o menino sobe correndo em estado de grande excitação. "Eles chegaram, eles chegaram!", grita.

"Quem chegou?"

"A moça da Residencia! A moça que vai ser minha mãe! Ela veio de carro!"

A mulher chega à porta usando um vestido azul-escuro bastante formal, um curioso chapeuzinho com um broche dourado bem chamativo e — ele mal pode acreditar — luvas brancas, como se estivesse visitando um advogado, e não vem sozinha. Está acompanhada pelo rapaz alto e esguio que enfrentava tão bem dois adversários na quadra de tênis. "Meu irmão Diego", ela explica.

Diego acena com a cabeça, mas não diz nem uma palavra.

"Por favor, sentem", ele diz aos visitantes. "Se não se importam de usar a cama. Ainda não compramos móveis. Posso oferecer um copo de água? Não?"

A moça de La Residencia se empoleira na cama ao lado do irmão; tira nervosamente as luvas, pigarreia. "Pode nos repetir o que disse ontem? Comece do começo, bem do comecinho", diz.

"Se eu começar pelo começo vamos ficar aqui o dia inteiro", ele responde, tentando parecer decidido, tentando acima de tudo parecer são. "Em vez disso, deixe eu dizer o seguinte. David e eu viemos para cá, como todo mundo, em busca de uma nova vida, um novo começo. O que eu quero para David, e David também quer, é uma vida normal como a de qualquer outro menino. Mas, como é razoável, para levar uma vida normal ele precisa de uma mãe, precisa ter nascido de uma mãe, por assim dizer. Tenho razão, ou não?", ele pergunta, olhando para o menino. "É isso que você quer. Você quer ter sua própria mãe."

O menino faz que sim vigorosamente.

"Eu sempre tive certeza — não me perguntem por quê — que reconheceria a mãe de David à primeira vista; e agora que encontrei a senhora sei que estava certo. Não pode ter sido o acaso que nos levou até La Residencia. Uma mão deve ter nos guiado."

Ele percebe que Diego é que vai ser o osso duro de roer; Diego, não a mulher, cujo nome ele não sabe e não quer perguntar. A mulher não estaria ali se não estivesse disposta a ser influenciada.

"Uma mão invisível", ele repete. "Sinceramente."

O olhar de Diego penetra fundo nele. *Mentiroso!* é o que diz.

Ele respira fundo. "Vocês têm dúvidas, estou vendo. *Como esse menino que eu nunca vi pode ser meu filho?*, a senhora deve estar se perguntando. Eu insisto: deixe as dúvidas de lado e escute o que diz seu coração. Olhe para ele. Olhe esse menino. O que diz o seu coração?"

A jovem mulher não responde, não olha para o menino, mas se vira para o irmão, como para dizer: *Está vendo? É o que eu disse. Escute essa proposta dele, inacreditável, maluca! O que eu devo fazer?*

Em voz baixa, o irmão fala. "Podemos conversar em particular em algum lugar, você e eu?"

"Claro. Podemos ir lá para fora."

Ele desce com Diego, atravessa o pátio, atravessa o gramado, até um banco à sombra de uma árvore. "Sente", diz. Diego ignora o convite. Ele próprio se senta. "Em que posso ajudar?", pergunta.

Diego apoia um pé no banco e se curva para ele. "Primeiro, quem é você e por que está atrás de minha irmã?"

"Quem eu sou não interessa. Eu não importo. Sou uma espécie de funcionário. Cuido do menino. E não estou atrás da sua irmã. Estou atrás da mãe do menino. É diferente."

"Quem é esse menino? Onde você o encontrou? É seu neto? Onde estão os pais dele?"

"Ele não é nem meu neto, nem meu filho. Ele e eu não somos parentes. Nos aproximamos por acaso no navio quando ele perdeu uns documentos que levava. Mas o que interessa tudo isso? Nós chegamos aqui, todos nós, você, eu, sua irmã, o menino, limpos do passado. Por acaso o menino está sob meus cuidados. Pode não ser um destino que escolhi para mim, mas eu aceito. Com o tempo, ele passou a depender de mim. Ficamos próximos. Mas eu não posso ser tudo para ele. Não posso ser mãe dele.

"Sua irmã — desculpe, não sei o nome dela — é a mãe dele, a mãe natural. Não posso explicar como isso acontece, mas é assim, simplesmente é. E ela sabe disso no fundo do coração. Por que mais ela estaria aqui hoje? Na superfície ela pode parecer calma, mas por baixo da superfície dá para perceber que isso é emocionante para ela, este grande presente, um filho de presente."

"Não permitem crianças em La Residencia."

"Ninguém ousa separar uma mãe de seu filho, não importa o que diz o manual. E sua irmã não precisa continuar morando em La Residencia. Pode ficar com o meu apartamento daqui. É dela. Eu entrego para ela. Encontro outro lugar para morar."

Inclinando-se como para falar confidencialmente, Diego de repente dá um tapa na cabeça dele. Chocado, tentando se defender, ele recebe um segundo golpe. Não são golpes pesados, mas o desequilibram.

"Por que está fazendo isso?", ele pergunta, se levantando.

"Eu não sou bobo!", Diego chia. "Acha que eu sou bobo?" Mais uma vez ergue a mão ameaçadora.

"Nem por um momento pensei que fosse bobo." Ele precisa aplacar este rapaz que deve estar perturbado — quem não estaria? — por sua estranha interferência em sua vida. "É uma história fora do comum, eu admito. Mas pense um pouco no menino. As necessidades dele é que são primordiais."

Sua defesa não surte nenhum efeito: Diego o fuzila com o mesmíssimo olhar beligerante. Ele joga sua última cartada. "Vamos lá, Diego", diz, "escute seu coração! Se tem boa vontade no coração, sem dúvida não vai afastar uma criança de sua mãe!"

"Não cabe a você julgar minha boa vontade!", diz Diego.

"Então prove! Volte lá e prove ao menino de quanta boa vontade você é capaz. Vamos!" Ele se levanta e pega o braço de Diego.

Um estranho espetáculo os espera. A irmã de Diego está ajoelhada na cama, de costas para eles, montada no menino — que está deitado de costas debaixo dela —, o vestido levantado o suficiente para permitir um vislumbre de coxas sólidas, bastante pesadas. "Cadê a aranha, cadê a aranha...?", ela entoa com voz aguda, alta. Seus dedos deslizam do peito para a fivela do cinto dele; ela lhe faz cócegas e o faz se contorcer numa risada incontrolável.

"Voltamos", ele anuncia em voz alta. Ela salta para fora da cama, o rosto afogueado.

"A Inés está brincando comigo", o menino diz.

Inés! Então é esse o nome! E, no nome, a essência!*

"Inés!", exclama o irmão e a chama rispidamente. Ajeitando o vestido, ela sai depressa atrás dele. Do corredor, vêm sussurros furiosos.

Inés marcha de volta, o irmão atrás. "Nós queremos que você conte a história toda outra vez", diz ela.

"Quer que eu repita minha proposta?"

"É."

"Muito bem. Proponho que você se torne a mãe de David. Eu renuncio a qualquer direito sobre ele (ele tem direitos sobre mim, mas isso é outra história). Assino qualquer papel que queira para confirmar. Você e ele podem viver juntos como mãe e filho. Assim que quiser."

Diego solta um ronco exasperado. "Isso tudo é uma loucura!", exclama. "Você não pode ser mãe desse menino, ele já tem uma mãe, a mãe de quem ele nasceu! Sem a permissão da mãe você não pode adotar o menino. Escute o que estou dizendo!"

Ele troca um olhar silencioso com Inés. "Eu quero o menino", ela diz, se dirigindo não a ele, mas ao irmão. "Quero", ela repete. "Mas não podemos ficar em La Residencia."

"Como eu disse ao seu irmão, você pode mudar para cá. Pode ser hoje mesmo. Eu me mudo imediatamente. Aqui fica sendo sua nova casa."

"Eu não quero que você vá embora", diz o menino.

"Não vou para longe, meu menino. Vou ficar com a Elena e o Fidel. Você e sua mãe podem visitar a gente quando quiserem."

---

* Inês é variante do latim *Agnes*, por sua vez variante de *hagnes* em grego, que significa "casta, pura". (N. T.)

"Quero que você fique aqui", diz o menino.

"É bondade sua, mas não posso ficar entre você e sua mãe. De agora em diante, você e ela vão ficar juntos. Vocês vão ser uma família. Eu não posso fazer parte dessa família. Mas posso ajudar, servir e ajudar. Prometo." Ele se volta para Inés. "Estamos combinados?"

"Estamos." Agora que decidiu, Inés se tornou bastante imperiosa. "Voltamos amanhã. Vamos trazer o cachorro. Seus vizinhos vão protestar contra um cachorro?"

"Não teriam coragem."

Quando Inés e o irmão voltam na manhã seguinte, ele varreu o chão, esfregou os ladrilhos, trocou os lençóis; seus pertences estão empacotados e prontos para ele ir embora.

Diego lidera o cortejo trazendo uma mala grande no ombro. Ele a joga na cama. "Tem mais coisa chegando", anuncia, agourando. E tem mesmo: um baú, ainda maior, e uma pilha de roupas de cama, entre as quais um vasto edredom.

Ele, Simón, não demora para se despedir. "Seja bom", diz ao menino. "Ele não come pepino", diz para Inés. "E deixe uma luz acesa quando ele for para a cama, não gosta de dormir no escuro."

Ela não dá sinal de ter escutado. "Está frio aqui", ela diz, esfregando as mãos. "É sempre frio assim?"

"Vou comprar um aquecedor elétrico. Trago dentro de um ou dois dias." A Diego ele estende a mão, que Diego aperta, relutante. Depois pega sua trouxa e sem um olhar para trás sai do apartamento.

Anunciou que ia ficar com Elena, mas na verdade esse não é o seu plano. Ele vai para as docas, desertas no fim de semana, e deixa seus pertences no barracão do Cais Dois, onde os homens guardam suas ferramentas. Depois, volta para os Blocos e bate na porta de Elena. "Oi", diz, "nós dois podemos ter uma conversa?"

Enquanto tomam chá, ele conta sobre as novas providências. "Tenho certeza que David vai florescer agora que tem uma mãe para cuidar dele. Não era bom para ele ser criado só por mim. Era muita pressão para ele logo virar um homenzinho. Uma criança precisa da sua infância, não acha?"

"Não consigo acreditar no que estou ouvindo", Elena replica. "Uma criança não é um pintinho que você coloca debaixo da asa de alguma galinha estranha para criar. Como você pôde entregar David para alguém que você nunca viu antes, uma mulher que provavelmente está agindo por capricho e vai perder o interesse nele antes do fim da semana e tentar devolver o menino?"

"Por favor, Elena, não julgue essa Inés sem conhecer. Ela não está agindo por capricho; ao contrário, acredito que esteja agindo por uma força maior que ela mesma. Estou contando com você para ajudar, para dar uma ajuda a ela. Ela está em território desconhecido; não tem experiência como mãe."

"Não estou julgando essa sua Inés. Se ela pedir ajuda, eu ajudo. Mas ela não é mãe do seu menino e você devia parar de dizer isso."

"Elena, ela *é* mãe dele. Cheguei nesta terra sem absolutamente nada a não ser uma convicção sólida como uma rocha: de que eu ia reconhecer a mãe do menino à primeira vista. E no momento em que vi Inés eu soube que era ela."

"Você seguiu uma intuição?"

"Mais que isso. Uma convicção."

"Convicção, intuição, ilusão — que diferença faz se não dá para questionar? Já te ocorreu alguma vez que se todo mundo vivesse pela intuição o mundo cairia no caos?"

"Não sei de onde vem essa conclusão. E qual o problema com um pouco de caos se for para o bem?"

Elena dá de ombros. "Não quero discutir. Seu filho perdeu a aula hoje. Não é a primeira vez que ele falta. Se ele vai desistir da música, por favor me avise."

"Isso não sou mais eu que resolvo. E mais uma vez, ele não é meu filho, eu não sou pai dele."

"É mesmo? Você fica negando isso, mas às vezes eu tenho minhas dúvidas. Não falo mais nada. Onde você vai passar a noite? No seio da família que acabou de adotar?"

"Não."

"Quer dormir aqui?"

Ele se levanta da mesa. "Obrigado, mas tenho outros planos."

Considerando que os pombos aninhados na calha se coçam, se mexem e arrulham sem parar, ele dorme bastante bem essa noite na cama de sacos de seu pequeno esconderijo. Fica sem café da manhã, mas consegue trabalhar o dia inteiro e se sentir bem ao final, embora um pouco etéreo, um pouco fantasmagórico.

Álvaro pergunta do menino e ele fica tão tocado por seu interesse que durante um momento pensa em lhe dar a boa notícia, a notícia de que a mãe do menino foi encontrada. Mas, prevenido pela reação de Elena diante dessa mesma notícia, se controla e conta uma mentira: David foi levado pela professora a um grande concurso de música.

Concurso de música?, Álvaro pergunta, parecendo duvidar: o que é isso e onde vai acontecer?

Não faço ideia, ele responde, e muda de assunto.

Seria uma pena, ele acha, se o menino perdesse contato com Álvaro e nunca mais visse seu amigo El Rey, o cavalo de tração. Ele espera que, depois que tiver estreitado os laços com ele, Inés permita que o menino visite as docas. O passado está tão envolto em nuvens de esquecimento que ele não consegue ter certeza de que suas lembranças são lembranças verdadeiras e não meras histórias que ele inventa; mas sabe que teria adorado se, quando criança, tivesse podido passar uma manhã na companhia de homens adultos, ajudando-os a carregar e descarregar grandes navios. Uma dose de realidade só pode ser boa para uma criança, é a opinião dele, contanto que a dose não seja nem muito súbita, nem muito grande.

Ele pretendia passar no Naranjas para comprar mantimentos, mas saiu tarde demais: quando chega lá a loja está fechada. Com fome e solitário também, bate outra vez na porta de Elena. Fidel abre a porta, de pijama. "Oi, Fidel", ele diz, "posso entrar?"

Elena está sentada à mesa, costurando. Não o cumprimenta, nem ergue os olhos do trabalho.

"Oi", ele diz. "Algum problema? Aconteceu alguma coisa?"

Ela sacode a cabeça.

"O David não pode mais vir aqui", diz Fidel. "A moça nova disse que não pode."

"A moça nova", diz Elena, "anunciou que seu filho não pode brincar com o Fidel."

"Mas por quê?"

Ela dá de ombros.

"Dê um tempo para ela se acostumar", ele diz. "Ser mãe é novidade para ela. É normal ela errar um pouco no começo."

"Errar?"

"Errar nas decisões. Ser cuidadosa demais."

"Como proibir David de brincar com os amigos?"

"Ela não conhece você e o Fidel. Quando conhecer, vai ver como são boa influência para ele."

"E como você propõe que ela fique conhecendo a gente?"

"Você e ela vão acabar se encontrando. São vizinhas, afinal."

"Vamos ver. Já comeu?"

"Não. As lojas estavam fechadas quando cheguei lá."

"Está falando do Naranjas. O Naranjas fecha segunda-feira, eu devia ter te avisado. Posso oferecer um prato de sopa, se não se importar de comer a mesma coisa de ontem à noite. Onde está morando agora?"

"Num quarto perto das docas. É um pouco primitivo, mas serve por enquanto."

Elena esquenta a panela de sopa e corta pão para ele. Ele tenta comer devagar, embora esteja com uma fome de lobo.

"Não dá para você passar a noite aqui", ela diz. "Você sabe por quê."

"Claro. Não estou pedindo para ficar. Meu quarto novo é muito confortável."

"Você foi expulso, não foi? Da sua casa. Essa é que é a verdade, estou vendo. Coitado. Afastado do seu menino que você tanto ama."

Ele se levanta da mesa. "Tem de ser", diz. "É a natureza das coisas. Obrigado pelo jantar."

"Volte amanhã. Eu alimento você. É o mínimo que eu posso fazer. Alimentar e consolar você. Mesmo achando que você cometeu um erro."

Ele se despede. Devia ir diretamente para sua nova casa nas docas. Mas hesita, então atravessa o pátio e sobe a escada, bate de leve na porta de seu antigo apartamento. Há uma fresta de luz embaixo da porta: Inés ainda deve estar acordada. Depois de uma longa espera, bate de novo. "Inés?", sussurra.

A um palmo do outro lado ele ouve a voz dela: "Quem é?".

"É o Simón. Posso entrar?"

"O que você quer?"

"Posso ver o menino? Só um minuto."

"Ele está dormindo."

"Não vou acordar. Só quero dar uma olhada nele."

Silêncio. Ele experimenta abrir a porta. Está trancada. Um momento depois a luz se apaga.

11.

Ao passar a residir nas docas, ele provavelmente está infringindo algum regulamento. Mas não se preocupa com isso. Porém, não quer que Álvaro descubra, porque com seu coração bondoso Álvaro vai se sentir na obrigação de oferecer uma casa a ele. Então, antes de sair do barracão de ferramentas toda manhã, ele toma o cuidado de esconder seus pertences nas vigas, onde não serão vistos.

Manter tudo limpo e bem arrumado é um problema. Ele visita a academia de ginástica dos Blocos Leste para tomar banho de chuveiro; lava suas roupas à mão e pendura para secar nos varais dos Blocos Leste. Não se sente mal por isso — afinal, ainda está na lista de moradores — mas por prudência, como não quer topar com Inés, só faz suas visitas depois do anoitecer.

Passa-se uma semana, durante a qual ele põe todas as suas energias no trabalho. Então, na sexta-feira, com os bolsos cheios de dinheiro, ele bate na porta de seu antigo apartamento.

A porta é aberta por uma Inés sorridente. Sua expressão murcha quando o vê. "Ah, é você", ela diz. "Estamos de saída."

De trás dela, aparece o menino. Há algo de estranho em sua aparência. Não é apenas a camisa branca nova que está usando (de fato, mais blusa que camisa — com uns babados na frente e solta por cima da calça): ele se agarra à saia de Inés, sem responder ao seu cumprimento, olhando para ele com olhos arregalados.

Aconteceu alguma coisa? Terá sido um erro calamitoso entregar o menino a essa mulher? E por que ele tolera essa blusa excêntrica, de menina, ele que era tão apegado a sua roupa de homenzinho, o casaco, o boné, as botas de amarrar? Porque as botas também sumiram, substituídas por sapatos: sapatos azuis com correias em vez de cadarços, e botões de metal do lado.

"Nesse caso, que sorte encontrar vocês", ele diz tentando manter um tom descontraído. "Trouxe o aquecedor elétrico que prometi."

Inés dá uma olhada desconfiada no pequeno aquecedor de uma barra que ele estende a ela. "Em La Residencia há uma lareira em cada apartamento", diz ela. "Um homem leva lenha toda noite para acender o fogo." Ela faz uma pausa, abstraída. "É uma delícia."

"Desculpe. Para você deve ser uma queda de padrão ter de morar nos Blocos." Ele se vira para o menino. "Então você vai sair à noite. E onde estão indo?"

O menino não responde diretamente, mas ergue os olhos para a sua nova mãe como quem diz: *Conte você.*

"Vamos passar o fim de semana em La Residencia", diz Inés. Como para confirmar suas palavras, Diego, todo vestido nos brancos do tênis, avança pelo corredor.

"Que ótimo", ele diz. "Achava que não admitiam crianças em La Residencia. Achava que a regra era essa."

"A regra é essa", diz Diego. "Mas é o fim de semana de folga dos funcionários, não vai ter ninguém para controlar."

"Ninguém controla", Inés repete.

"Bom, só passei para ver se está tudo bem e talvez para colaborar com as compras. Olhe: uma pequena contribuição."

Sem uma palavra de agradecimento, Inés aceita o dinheiro. "É, está tudo bem conosco", diz ela. Aperta o menino com força contra si. "Almoçamos muito bem, depois tiramos uma soneca e agora vamos pegar o carro para encontrar com Bolívar e de manhã vamos jogar tênis e nadar."

"Parece muito bom", ele diz. "E estou vendo uma linda camisa nova também."

O menino não responde. Com o polegar na boca, não parou de olhar para ele com aqueles olhos grandes. Ele está mais e mais convencido de que há alguma coisa errada.

"Quem é Bolívar?", pergunta.

Pela primeira vez o menino fala. "Bolívar é um *asación*."

"Alsaciano", diz Inés. "Bolívar é nosso cachorro."

"Ah, sim, Bolívar", ele diz. "Estava com vocês na quadra de tênis, não estava? Não quero ser alarmista, Inés, mas alsacianos não têm boa fama com crianças. Espero que tome cuidado."

"O Bolívar é o cachorro mais manso do mundo."

Ele sabe que ela não gosta dele. Até esse momento, acreditava que era porque ela está em débito com ele. Mas não, a antipatia é mais pessoal e mais imediata que isso, e, portanto, mais intratável. Que pena! O menino vai aprender a ver nele um inimigo, um inimigo da felicidade mãe-filho deles.

"Aproveite bastante", ele diz. "Talvez eu dê uma passada de novo na segunda-feira. Então você pode me contar toda a história. Combinado?"

O menino faz que sim.

"Até logo", ele diz.

"Até logo", Inés responde. De Diego, nem uma palavra.

Ele se arrasta de volta para as docas sentindo que alguma coisa expirou dentro dele, se sentindo um velho. Tinha uma grande tarefa e essa tarefa foi cumprida. O menino foi entregue a sua mãe. Como um daqueles apagados machos de inseto cuja única função é passar sua semente à fêmea, ele pode murchar e morrer. Não existe mais nada em torno de que construir sua vida.

Sente falta do menino. Acordar na manhã seguinte com um fim de semana vazio pela frente é como acordar de uma cirurgia e descobrir que um membro foi amputado — um membro ou talvez mesmo seu coração. Ele passa o dia vagando, matando o tempo. Vaga pelas docas vazias; vai para lá e para cá no parque, onde bandos de crianças estão jogando bola ou empinando pipas.

A sensação da mãozinha suada do menino na sua mão ainda está viva. Se o menino o amava ele não sabe, mas decerto precisava dele e confiava nele. Uma criança tem de estar com a mãe: isso ele não negaria nem por um minuto. Mas e se a mãe não é uma boa mãe? E se Elena estiver certa? Devido a qual complexo de necessidades privadas essa Inés, sobre cuja história ele não sabe absolutamente nada, agarrou a chance de ter um filho? Talvez haja sabedoria na lei da natureza que diz que, antes de emergir neste mundo como alma viva, o ser embrionário, o vir a ser, deve permanecer por algum tempo dentro do útero da mãe. Talvez, assim como as semanas de introspecção que a ave choca passa sentada sobre os ovos, um período de reclusão e autoabsorção seja necessário não só para o animálculo se tornar um ser humano, mas também para a mulher se transformar de virgem em mãe.

De alguma forma, o dia passa. Ele pensa em ir até a casa de Elena, mas no último minuto muda de ideia, incapaz de enfrentar o insistente interrogatório que espera por ele lá. Não comeu nada, não tem apetite. Deita-se em sua cama de sacos inquieto, agitado.

Na manhã seguinte, ao alvorecer, está na estação de ônibus. Leva uma hora para o primeiro ônibus chegar. Do terminal, ele segue a trilha morro acima até La Residencia, até a quadra de tênis. A quadra está deserta. Ele se acomoda entre as moitas para esperar.

Às dez horas, o segundo irmão, ao qual não teve o prazer de ser apresentado, chega com sua roupa branca e começa a instalar a rede. Não presta nenhuma atenção ao estranho plenamente visível a menos de trinta passos. Depois de algum tempo, o resto do grupo aparece.

O menino o vê imediatamente. Com os joelhos se chocando um contra o outro (ele corre de um jeito estranho), ele dispara pela quadra. "Simón! Nós vamos jogar tênis!", exclama. "Quer jogar também?"

Ele agarra os dedos do menino através da tela. "Não sei jogar tênis, não", diz. "Prefiro assistir. Está se divertindo? Está comendo bem?"

O menino balança a cabeça vigorosamente. "Tomei chá no café da manhã. Inés disse que eu sou grande, já posso tomar chá." Ele se vira e grita: "Posso tomar chá, não posso, Inés?", e sem uma pausa engata: "E dei comida para o Bolívar e Inés disse que depois do tênis nós vamos levar o Bolívar para dar uma volta".

"Bolívar é o alsaciano? Por favor, tome cuidado. Não provoque o cachorro."

"Alsaciano é o melhor cachorro que tem. Quando pega um ladrão, não larga mais. Quer ver eu jogar tênis? Ainda não sei direito, tenho de treinar primeiro." Ao dizer isso, volta correndo para onde estão Inés e os irmãos, conferenciando. "Posso treinar agora?"

Deram-lhe um short branco. De forma que, com a blusa branca, ele está todo de branco, a não ser pelos sapatos azuis com correias. Mas a raquete de tênis que lhe deram é grande demais: nem com as duas mãos ele consegue movimentá-la.

Bolívar, o alsaciano, atravessa a quadra e deita na sombra. Bolívar é um macho, de ombros imensos e pescoço preto. Na aparência, não é muito diferente de um lobo.

"Venha cá, rapaz!", Diego chama. Ele supervisiona o menino, as mãos encobrindo as duas mãos dele na raquete. O outro irmão lança uma bola. Juntos, eles batem; acertam direitinho a bola. O irmão lança outra bola. Mais uma vez eles acertam. Diego se afasta. "Não preciso ensinar para ele", diz à irmã. "É um talento natural." O irmão lança uma terceira bola. O menino gira a raquete pesada e erra, quase caindo com o esforço.

"Joguem vocês dois", Inés diz aos irmãos. "David e eu vamos jogar bola."

Com fácil competência, os dois irmãos jogam uma bola para lá e para cá por cima da rede, enquanto Inés e o menino desaparecem detrás do pequeno pavilhão de madeira. Ele, *el viejo*, o espectador silencioso, é simplesmente ignorado. Não poderia estar mais claro que sua presença não é desejada.

12.

Ele jurou guardar as tristezas para si mesmo, mas quando Álvaro pergunta uma segunda vez o que aconteceu com o menino ("Sinto falta dele — todo mundo sente"), ele despeja a história toda.

"Nós saímos procurando a mãe dele e, veja só!, encontramos", diz. "Agora os dois estão reunidos, e muito felizes juntos. Lamentavelmente, o tipo de vida que Inés quer para ele não inclui ficar pelas docas com os camaradas. Mas inclui roupas bonitas, boas maneiras e refeições regulares. O que é até bastante justo, eu acho."

Claro que é bastante justo. Que direito ele tem de reclamar?

"Deve ter sido um golpe para você", diz Álvaro. "O menino é especial. Todo mundo percebe logo. E vocês dois eram muito ligados."

"É, a gente era ligado sim. Mas não é que a gente não vai se ver nunca mais. Só que a mãe acha que ele e ela vão retomar a ligação mais depressa se eu ficar longe durante algum tempo. O que, eu repito, é até bastante justo."

"De fato", diz Álvaro. "Mas não leva em conta os anseios do coração, não é?"

Os anseios do coração: quem diria que Álvaro era capaz de falar assim? Um homem forte e sincero. Um camarada. Por que não pode abrir o coração com franqueza para Álvaro? Mas não: "Não tenho o direito de fazer exigência nenhuma", ele ouve a si mesmo dizer. *Hipócrita!* "Além disso, os direitos da criança estão sempre acima dos direitos dos adultos. Não é um princípio das leis, isso? Os direitos da criança como portadora do futuro."

Álvaro olha para ele com ceticismo. "Nunca ouvi falar desse princípio."

"É uma lei da natureza, então. Laços de sangue. Um filho pertence à mãe. Principalmente uma criança pequena. Comparada a isso, a minha reivindicação é muito abstrata, muito artificial."

"Você ama ele. Ele ama você. Não tem nada de artificial nisso. A lei é que é artificial. Ele devia estar com você. Precisa é de você."

"Bondade sua dizer isso, Álvaro, mas será que ele precisa mesmo de mim? Talvez na verdade eu é que precise dele. Talvez eu dependa dele mais do que ele depende de mim. De qualquer forma, quem sabe como elegemos aqueles que amamos? É tudo um grande mistério."

Nessa tarde, ele tem uma visita-surpresa: o pequeno Fidel chega às docas com sua bicicleta, trazendo um bilhete escrito à mão: *Temos esperado você. Espero que não tenha acontecido nada errado. Gostaria de vir jantar hoje à noite? Elena.*

"Diga para a sua mãe: *Muito obrigado, estarei lá*", ele diz a Fidel.

"O seu trabalho é isso aqui?", Fidel pergunta.

"É, é isso que eu faço. Ajudo a carregar e descarregar navios como esse aí. Desculpe não levar você a bordo, mas é perigoso. Um dia, quando você for maior, talvez."

"É um galeão?"

"Não, não tem velas, então não pode ser chamado de galeão. É o que a gente chama de navio movido a carvão. Quer dizer que queima carvão para fazer os motores funcionarem. Amanhã vão estar carregando carvão para a viagem de volta. Vai ser no Cais Dez, não aqui. Eu não vou estar lá. Fico feliz. É um trabalho ruim."

"Por quê?"

"Porque o carvão deixa uma poeira preta no corpo todo, até no cabelo. E também porque carvão é muito pesado para carregar."

"Por que o David não pode brincar comigo?"

"Não é que ele não pode brincar com você, Fidel. É que a mãe dele quer ele só para ela um pouquinho. Ela não fica com ele faz muito tempo."

"Você não falou que ela nunca tinha visto ele?"

"É uma maneira de dizer. Ela viu em sonhos. Sabia que ele estava vindo. Estava esperando por ele. Agora ele veio e ela está muito feliz. O coração dela está cheio."

O menino não diz nada.

"Fidel, tenho de voltar para o trabalho agora. Vejo você e sua mãe hoje à noite."

"O nome dela é Inés?"

"A mãe do David? É, o nome dela é Inés."

"Não gosto dela. Ela tem um cachorro."

"Você não conhece a Inés. Quando conhecer, vai gostar dela."

"Não vou. O cachorro é bravo. Eu tenho medo dele."

"Eu vi o cachorro. O nome dele é Bolívar e eu concordo, você deve ficar longe dele. É um alsaciano. Os alsacianos costumam ser imprevisíveis. Fico surpreso de ela ter levado o cachorro para os Blocos."

"Ele morde?"

"Pode morder."

*   *   *

"E onde é que você está morando?", Elena pergunta, "agora que desistiu do seu ótimo apartamento?"

"Já te falei: aluguei um quarto perto das docas."

"Sei, mas onde exatamente? É uma pensão?"

"Não. Não importa onde é, nem que tipo de quarto é. Está bom para mim."

"Tem como cozinhar lá?"

"Não preciso cozinhar. Mesmo que tivesse como, eu não ia cozinhar."

"Então está vivendo a pão e água. Achei que não aguentava mais pão e água."

"Pão é o sustento da vida. Àquele que tem pão nada lhe faltará. Elena, por favor, pare com esse interrogatório. Sou perfeitamente capaz de cuidar de mim mesmo."

"Duvido. Duvido muito. O pessoal do centro de recém-chegados não pode arrumar outro apartamento para você?"

"Para o Centro, eu ainda estou alegremente instalado no meu antigo apartamento. Não vão me dar uma moradia secundária."

"E a Inés? Você não disse que a Inés tem acomodação em La Residencia? Por que ela e o menino não podem ficar lá?"

"Porque não permitem crianças em La Residencia. La Residencia é uma espécie de *resort*, pelo que eu entendi."

"Eu conheço La Residencia. Já fui visitar. Sabe que ela trouxe um cachorro com ela? Uma coisa é ter um cachorrinho num apartamento, mas esse é um cão de caça. Não é higiênico."

"Não é um cão de caça. É um alsaciano. Eu admito que ele me deixa nervoso. Já falei para o David tomar cuidado. Falei para o Fidel também."

"Não vou deixar Fidel chegar perto dele, de jeito nenhum. Tem certeza que fez o que era melhor entregando seu menino para uma mulher como essa?"

"Uma mulher com um cachorro?"

"Uma mulher de trinta anos sem filhos. Uma mulher que passa o tempo praticando esportes com homens. Uma mulher que tem cachorros."

"Inés joga tênis. Muitas mulheres jogam tênis. É agradável. Mantém a forma. E ela tem só um cachorro."

"Ela contou alguma coisa sobre os antecedentes dela, sobre o passado?"

"Não, eu não perguntei."

"Bom, na minha opinião você está fora de si ao entregar seu menino a uma estranha que, por tudo que se sabe, tem um passado duvidoso."

"Isso é bobagem, Elena. Inés não tem nenhum passado, nada que tenha importância. Nenhum de nós tem um passado. Aqui nós começamos de novo. Começamos como uma tábula rasa, uma folha em branco. E Inés não é uma estranha. Eu reconheci o rosto dela à primeira vista, o que quer dizer que devo ter algum conhecimento anterior."

"Você chega aqui sem lembranças, como uma folha em branco, mas afirma que reconhece rostos do passado. Não faz sentido."

"É verdade: não tenho lembranças. Mas imagens ainda persistem, sombras de imagens. Como isso acontece eu não sei explicar. Alguma coisa mais profunda persiste também, que eu chamo de lembrança de ter tido uma lembrança. Não é do passado que eu reconheço Inés, mas de algum outro lugar. É como se a imagem dela estivesse gravada em mim. Não tenho nenhuma dúvida a respeito dela, nenhuma hesitação. Pelo menos, não tenho dúvida de que ela é a mãe verdadeira do menino."

"Então qual dúvida você tem?"

"Só espero que ela faça bem para ele."

13.

Em retrospecto, aquele dia, o dia em que Elena mandou o filho procurá-lo nas docas, marca o momento em que ela e ele, que ele havia imaginado como dois navios num oceano quase sem vento, à deriva talvez, mas deslizando um ao encontro do outro, começaram a se distanciar. Ainda gosta de muita coisa em Elena, sobretudo sua capacidade de ouvir suas queixas. Mas firma-se a sensação de que algo que podia haver entre eles está ausente; e se Elena não sente a mesma coisa, se ela acredita que não está faltando nada, então ela não pode ser o que está faltando na vida dele.

Sentado num banco nos Blocos Leste, ele escreve um recado para Inés.

"Fiquei amigo de uma senhora que mora no Bloco C. Seu nome é Elena. Ela tem um filho chamado Fidel que veio a ser o amigo mais próximo de David e uma influência estabilizadora para ele. Fidel é um menino de bom coração, como você verá.

"David vinha frequentando aulas de música com Elena. Veja se consegue convencê-lo a cantar para você. Ele canta lindamente. Minha sensação é que devia continuar com as aulas, mas é claro que a decisão é sua.

"David também se dá muito bem com o capataz de meu trabalho, Álvaro, outro bom amigo. Ter bons amigos estimula a pessoa a ser boa também, é o que eu acredito. Seguir o caminho da bondade — não é isso o que nós dois desejamos para David?

"Se houver alguma coisa em que eu puder ajudar", ele conclui, "basta levantar um dedo. Estou nas docas quase todos os dias, no Cais Dois. Fidel pode me levar recados; David também conhece o caminho."

Ele deixa a nota na caixa de correio de Inés. Não espera resposta e de fato não recebe nenhuma. Não tem uma noção clara do tipo de mulher que Inés é. Será o tipo de mulher disposta a aceitar um conselho bem-intencionado, por exemplo, ou o tipo que fica irritada quando estranhos tentam lhe dizer como agir e joga seus recados no lixo? Será que ela confere a caixa de correio?

No porão do Bloco F da Vila Leste, o mesmo bloco que abriga a academia de ginástica comunitária, existe uma padaria que ele apelidou de Comissariado. Suas portas ficam abertas nos dias de semana das nove ao meio-dia. Além de pão e outros alimentos assados, vende a preços risivelmente baixos mantimentos básicos como açúcar, sal, farinha e óleo de cozinha.

No Comissariado, ele compra um estoque de sopa em lata, que leva para seu esconderijo nas docas. Seu jantar, quando fica sozinho, é pão e sopa de feijão, fria. Ele se acostuma com a falta de variedade.

Como a maior parte dos moradores dos Blocos compra no Comissariado, ele acredita que Inés deve comprar lá também. Brinca com a ideia de ficar por lá uma manhã, na esperança de ver o menino e ela, mas pensa melhor. Seria muito humilhante se ela topasse com ele escondido entre as prateleiras, espionando.

Ele não quer se transformar em um fantasma que não consegue abandonar suas antigas moradas. Está disposto a aceitar que a melhor maneira de Inés desenvolver uma relação de confiança com o menino é tê-lo só para ela durante algum tempo. Mas existe um medo persistente que ele não consegue afastar: que o menino possa estar sozinho e infeliz, sentindo sua falta. Não consegue esquecer o olhar do menino quando o visitou, cheio de muda dúvida. Ele anseia por encontrá-lo de novo como antes, usando seu bonezinho em ponta e botas pretas.

De vez em quando, cede à tentação e vaga pelos arredores dos Blocos. Em uma dessas visitas, vislumbra Inés recolhendo a roupa dos varais. Embora não possa ter certeza, ela parece cansada, cansada e talvez triste. Será que as coisas estão indo mal para ela?

Ele reconhece as roupas do menino no varal, inclusive a blusa com babados no peito.

Em outra — que vem a ser a última — dessas visitas sub-reptícias, ele observa o trio familiar — Inés, o menino, o cachorro — emergir do bloco e atravessar o gramado na direção do parque. O que o surpreende é que o menino, vestindo seu casaco cinzento, não está andando, mas sendo empurrado num carrinho. Por que um menino de cinco anos precisa de um carrinho? Por que David aceita isso?

Ele os alcança na parte mais selvagem do parque, onde há uma ponte de madeira sobre um riacho afogado em caniços. "Inés!", ele chama.

Inés para e se volta. O cachorro também se volta, empina as orelhas, puxa a guia.

Ele arma um sorriso ao se aproximar. "Que coincidência! Estava a caminho da loja quando vi vocês. Como estão as coisas?" E, sem esperar a resposta dela, "Oi", diz para o menino. "Estou vendo que você está de carona. Como um principezinho".

Os olhos do menino fixam os seus e seus olhares se fundem. Uma sensação de paz o invade. Está tudo bem. O laço entre eles não se rompeu. Mas o polegar está na boca outra vez. Sinal nada promissor. O polegar na boca significa insegurança, significa um coração perturbado.

"Estamos dando uma volta", diz Inés. "Precisamos de ar fresco. É muito abafado aquele apartamento."

"Eu sei", ele diz. "É mal projetado. Eu mantenho a janela aberta dia e noite para arejar. Quer dizer, mantinha."

"Não posso fazer isso. Não quero que David pegue um resfriado."

"Ah, ele não se resfria tão fácil. É um sujeito bem resistente, não é?"

O menino faz que sim. O casaco está abotoado até o queixo, sem dúvida para que não penetrem germes levados pelo vento.

Um longo silêncio. Ele gostaria de chegar mais perto, mas o cachorro não relaxou o olhar vigilante.

"Onde conseguiu esse" — ele aponta — "esse veículo?"

"No depósito familiar."

"Depósito familiar?"

"Na cidade existe um depósito onde se pode conseguir coisas para crianças. Comprei um berço para ele também."

"Um berço?"

"Um berço com grades. Para ele não cair da cama."

"Que estranho. Ele sempre dormiu em cama e nunca caiu."

Antes mesmo de terminar a frase, sabe que era a coisa errada a dizer. Inés aperta os lábios, vira o carrinho e teria ido embora imediatamente se a guia do cachorro não tivesse se enroscado nas rodas, tendo de ser desembaraçada.

"Desculpe", ele diz, "não pretendia interferir."

Ela não se digna a responder.

Relembrando o episódio depois, ele se pergunta por que não sente nada por Inés como mulher, nem o menor lampejo, embora não haja nada de errado com sua aparência. Será por ela ser tão hostil a ele e ter sido assim desde o começo? Ou será pouco atraente simplesmente porque se recusa a ser atraente, se recusa a se abrir? Talvez seja, como Elena afirma, uma virgem, ou ao menos do tipo virginal. O que ele sabia de virgens se perdeu na névoa do esquecimento. Será que a aura de virgindade reprime o desejo de um homem, ou, ao contrário, o estimula? Ele pensa em Ana, do Centro de Realocação, que lhe parece uma virgem do tipo feroz. Ana ele certamente achava atraente. O que Ana tem que Inés não tem? Ou será que a pergunta tem de ser feita ao contrário: o que Inés tem que Ana não tem?

"Encontrei com a Inés e o David ontem", ele conta a Elena. "Você vê sempre os dois?"

"Ela eu vejo pelo Bloco. Não conversamos. Acho que ela não quer muito contato com os moradores."

"Acho que, se a pessoa está acostumada a morar em La Residencia, deve ser difícil morar nos Blocos."

"Morar em La Residencia não faz ela ser melhor do que nós. Todo mundo começou de lugar nenhum, do nada. É só uma questão de sorte ela ter ido parar lá."

"Como você acha que ela está se virando com a maternidade?"

"Ela é muito protetora com o menino. Na minha opinião, superprotetora. Ela vigia o menino como uma águia, não deixa ele brincar com outras crianças. Você sabe disso. O Fidel não consegue entender. Fica magoado."

"Sinto muito. O que mais você notou?"

"Os irmãos passam muito tempo com ela. Eles têm um carro — um daqueles de quatro lugares que dá para abrir a capota, conversível, acho que é esse o nome. Saem todos de carro e voltam já de noite."

"O cachorro também?"

"O cachorro também. Onde Inés vai, o cachorro também vai. Me dá arrepio. É como uma bomba-relógio. Qualquer dia ele vai atacar alguém. Rezo para não ser uma criança. Será que ela concordaria em colocar uma focinheira nele?"

"Nem pense nisso."

"Bom, acho que é loucura ter um cachorro bravo quando se tem uma criança pequena."

"Não é um cachorro bravo, Elena, só um pouco imprevisível. Imprevisível, mas fiel. Parece que isso é o que mais interessa a Inés. Fidelidade, a rainha das virtudes."

"É mesmo? Eu não chamaria assim. Chamaria de uma virtude de médio escalão, como a temperança. O tipo de virtude que se procura num soldado. Inés me parece um pouco, ela mesma, um cão de guarda, rondando o David, deixando ele longe do perigo. Por que cargas-d'água você foi escolher uma mulher assim? Você era para ele um pai melhor do que a mãe que ela é." "Não é verdade. Uma criança não pode crescer sem mãe. Não foi você mesma que disse: a mãe fornece a substância do filho, enquanto o pai só fornece a ideia? Uma vez transmitida a ideia, o pai é dispensável. E nesse caso eu nem sou o pai."

"Um filho precisa do útero da mãe para vir ao mundo. Depois que saiu do útero, a mãe como doadora de vida é uma força que se esgotou tanto quanto o pai. O que o filho precisa a partir de então é de amor e cuidado, coisas que um homem pode dar tanto quanto uma mulher. A sua Inés nada sabe de amor e cuidado. Ela é como uma menininha com uma boneca — uma menininha extremamente ciumenta e egoísta que não deixa ninguém mais tocar em seu brinquedo."

"Bobagem. Você está pronta a condenar Inés, mas não sabe nada dela."

"E você? O que você sabia dela antes de entregar seu encargo precioso? Não era preciso investigar as qualificações dela como mãe, você disse: podia confiar na intuição. Você reconheceria a mãe verdadeira num relance, assim que pusesse os olhos nela. Intuição: que base é essa para decidir o futuro de uma criança?"

"Já falamos disso antes, Elena. O que há de errado com intuição inata? No que mais se pode confiar, afinal?"

"No senso comum. Na razão. Qualquer pessoa razoável teria alertado você que uma virgem de trinta anos acostumada a uma vida preguiçosa, isolada do mundo real, protegida por dois irmãos agressivos, não seria uma mãe confiável. Além disso, qualquer pessoa razoável teria indagado sobre Inés, investigado seu passado, avaliado seu caráter. Qualquer pessoa razoável teria determinado um período de experiência, para ter certeza de que os dois se davam bem, a criança e sua babá."

Ele sacode a cabeça. "Você ainda está entendendo errado. Minha tarefa era entregar o menino à mãe dele. Não a *uma* mãe, a uma mulher que fosse aprovada em algum teste de maternidade. Não importa se de acordo com padrões seus ou meus Inés não é uma mãe particularmente boa. O fato é que ela é a mãe *dele*. Ele está com a mãe *dele*."

"Mas Inés não é a mãe *dele*! Ela não concebeu o menino! Ela não sentiu o menino no útero! Ela não trouxe o filho ao mundo com dor e sangue! Ela é só alguém que você escolheu por capricho, no meu entender porque ela fez você se lembrar de sua própria mãe."

Ele sacode a cabeça outra vez. "Assim que eu vi a Inés, eu soube. Se a gente não confiar na voz que fala dentro de nós, dizendo *É esta!*, então não resta mais nada em que confiar."

"Não me faça rir! Vozes interiores! As pessoas perdem as economias nas corridas de cavalos obedecendo vozes interiores As pessoas mergulham em casos amorosos calamitosos obedecendo vozes interiores. Isso..."

"Eu não estou apaixonado por Inés, se é isso que você está insinuando. Longe disso."

"Pode não estar apaixonado por ela, mas está com uma fixação insensata por ela, o que é pior. Está convencido de que ela é o destino de seu menino. Quando a verdade é que Inés não tem nenhuma relação nem mística nem de outro tipo com você ou com seu menino. É apenas uma mulher em quem você projetou ao acaso alguma obsessão particular sua. Se o menino estava predestinado, como você diz, a se juntar à mãe, por que você não deixou o destino juntar os dois? Por que você se injetou no ato?"

"Porque não basta ficar sentado, esperando o destino agir, Elena, assim como não basta ter uma ideia e depois sentar esperando que se materialize. Alguém tem de trazer essa ideia ao mundo. Alguém tem de agir em nome do destino."

"Então é exatamente como eu disse. Você chega com uma ideia particular do que é uma mãe, e então projeta a ideia nessa mulher."

"Esta discussão não está mais razoável, Elena. É só animosidade que eu estou ouvindo, animosidade, preconceito e ciúme."

"Não é nem animosidade nem preconceito e chamar de ciúme é ainda mais absurdo. Estou tentando ajudar você a entender de onde vem essa sua sagrada intuição, em que você confia além das evidências dos seus sentidos. Vem de dentro de você. Tem sua origem num passado que você esqueceu. Não tem nada a ver com o menino e seu bem-estar. Se você tivesse qualquer interesse no bem-estar do menino, reclamaria David de volta imediatamente. Essa mulher é ruim para ele. Ele está regredindo sob os cuidados dela. Ela está transformando seu menino num bebê.

"Você pode pegar o menino de volta hoje mesmo se quiser. Basta ir até lá e levar embora. Ela não tem nenhum direito legal sobre ele. É uma estranha. Você pode retomar seu menino, retomar seu apartamento e a mulher pode voltar para La Residencia que é o lugar dela — para os irmãos e as partidas de tênis. Por que não faz isso? Ou tem muito medo — medo dos irmãos, medo do cachorro?"

"Elena, pare, por favor, pare. Me sinto, sim, intimidado pelos irmãos. Fico, sim, nervoso com o cachorro. Mas não é por isso que eu me recuso a tomar o menino de volta. Eu me recuso, só isso. O que acha que estou fazendo neste país onde não conheço ninguém, onde não posso expressar os sentimentos de meu coração porque todas as relações humanas têm de ser travadas em espanhol de principiante? Será que vim para cá para carregar sacos pesados dia após dia, como um burro de carga? Não, vim até aqui para trazer o menino a sua mãe e isso está feito agora."

Elena ri. "Seu espanhol melhora quando você fica zangado. Talvez deva se zangar mais vezes. Sobre Inés vamos concordar em discordar. Quanto ao resto, a verdade é que nós não estamos aqui, você e eu, para viver vidas plenas e felizes. Estamos aqui por causa de nossos filhos. Podemos não nos sentir à vontade em espanhol, mas David e Fidel vão se sentir à vontade. Será a língua materna deles. Vão falar como nativos, com toda a naturalidade. E não despreze o trabalho que você faz nas docas. Você chegou ao país nu, sem nada a oferecer além do trabalho de suas mãos. Podia ter sido recusado, mas não foi: foi bem recebido. Podia ter sido abandonado sob as estrelas, mas não foi: te deram um teto para se abrigar. Tem muito a agradecer."

Ele se cala. Por fim, pergunta: "Acabou o sermão?".

"Acabou."

14.

Quatro da tarde e os últimos sacos do cargueiro no Cais Dois estão sendo empilhados na carreta. El Rey e seu companheiro esperam, arreados, mascando placidamente nas suas bolsas de comida.

Álvaro estende os braços e sorri para ele. "Mais um trabalho terminado", diz. "Faz a gente se sentir bem, não faz?"

"Acho que sim. Mas não consigo deixar de me perguntar por que a cidade precisa de tanto cereal, semana após semana".

"É comida. Não podemos ficar sem comida. E não é só para Novilla. É para o interior também. É isso que quer dizer ser porto: ter um interior a servir."

"Mesmo assim, para que é tudo isso, afinal? Os navios trazem o cereal do outro lado do mar, nós descarregamos os navios, alguém mói o cereal, assa, ele acaba sendo comido e se transforma em — como posso chamar? — lixo, e o lixo volta para o mar. O que existe nisso para fazer alguém se sentir bem? Como isso se encaixa no quadro mais amplo? Não vejo nenhum quadro mais amplo, nenhum sentido superior. É apenas consumo."

"Você hoje está de mau humor! Tenho certeza que ninguém precisa de um sentido superior para fazer parte da vida. A vida é boa em si; ajudar a comida a circular para o seu semelhante poder viver é duplamente bom. Como você pode discordar disso? E o que você tem contra o pão? Não esqueça o que disse o poeta: o pão é a maneira pela qual o sol entra em nosso corpo."

"Não queria discutir, Álvaro, mas objetivamente tudo o que eu faço, tudo o que os estivadores fazem, é deslocar as coisas do ponto A para o ponto B, um saco depois do outro, dia após dia. Se todo o nosso suor fosse por alguma causa superior, seria diferente. Mas comer para viver e viver para comer — isso é coisa de bactéria, não de..."

"Não de quê?"

"Não de ser humano. Não do ápice da criação."

Geralmente, os intervalos do almoço é que são gastos em disputas filosóficas: nós morremos ou reencarnamos infindavelmente? Os planetas mais distantes giram em torno do sol ou em torno um do outro reciprocamente? Este é o melhor dos mundos possíveis? — mas hoje, em vez de irem para casa, vários estivadores se aproximam para ouvir o debate. É para eles que Álvaro se volta. "O que vocês dizem, camaradas? Nós precisamos de uma causa superior como quer o nosso amigo, ou basta para a gente fazer o nosso trabalho e fazer bem-feito?"

Baixa um silêncio. Desde o começo, os homens trataram Simón com respeito. Ele tem idade suficiente para ser pai de alguns. Mas respeitam o capataz também, reverenciam mesmo. Claramente, não querem tomar partido.

"Se você não gosta do trabalho que a gente faz, se acha que não é bom", diz um deles — de fato, Eugenio —, "que outro trabalho gostaria de fazer? Gostaria de trabalhar num escritório? Acha que trabalho de escritório é um trabalho melhor para um homem fazer? Ou trabalhar na fábrica, quem sabe."

"Não", ele responde. "Absolutamente não. Por favor, não me entendam mal. Em si mesmo é trabalho bom o que nós fazemos aqui, trabalho honesto. Mas não era isso que o Álvaro e eu estávamos discutindo. A gente estava falando do objetivo do nosso trabalho, do objetivo final. Nem em sonho eu ia menosprezar o trabalho que nós fazemos. Ao contrário, significa muito para mim. Na verdade" — está perdendo o fio da meada, mas não importa — "eu não gostaria de estar em nenhum outro lugar senão aqui, trabalhando lado a lado com vocês. No tempo que passei aqui, só recebi apoio de camaradas e amor de camaradas. Isso iluminou os meus dias. Possibilitou que..."

Impaciente, Eugenio interrompe: "Então você já respondeu a nossa pergunta. Imagine não ter trabalho. Imagine ter de passar os dias sentado num banco de praça pública sem ter nada para fazer, esperando as horas passarem, sem camaradas em volta para trocar uma piada, sem boa vontade camarada para dar apoio. Sem trabalho, e sem o trabalho feito em comum, não é possível existir camaradagem, não é mais substancial". Ele dá uma olhada em volta. "Não é assim, camaradas?"

Há um murmúrio de concordância.

"Mas e o futebol?", ele responde, tentando outro caminho, embora sem muita convicção. "Não tenho dúvida de que a gente ia gostar um do outro e se apoiar do mesmo jeito se todo mundo fosse de um time de futebol, jogando juntos, vencendo juntos, perdendo juntos. Se o afeto da camaradagem é o objetivo final, por que nós precisamos carregar esses sacos pesados de cereal, por que não vamos só chutar uma bola?"

"Porque só de futebol não se pode viver", diz Álvaro. "Para jogar futebol você precisa estar vivo; e para estar vivo precisa comer. Com o nosso trabalho aqui a gente permite que as pessoas vivam." Ele sacode a cabeça. "Quanto mais penso nisso, mais me convenço de que o trabalho não pode ser comparado com o futebol, que os dois pertencem a reinos filosóficos diferentes. Não consigo entender, não consigo mesmo, como você pode menosprezar desse jeito o nosso trabalho."

Todos os olhos se voltam para ele. Faz-se um grave silêncio.

"Acreditem, não estou menosprezando o nosso trabalho. Para provar a minha sinceridade, venho trabalhar uma hora mais cedo amanhã de manhã e abrevio a minha hora do almoço também. Vou carregar tantos sacos por dia como qualquer homem aqui. Mas continuarei perguntando: por que estamos fazendo isso? Para que serve?"

Álvaro dá um passo à frente, passa um braço musculoso por seus ombros. "Não precisa nenhum feito heroico de trabalho, meu amigo", diz ele. "A gente sabe onde está o seu coração, não precisa provar nada." E outros homens se aproximam para lhe dar tapas nas costas ou um abraço. Ele sorri para todos; veem-lhe lágrimas aos olhos; não consegue parar de sorrir.

"Ainda não viu nosso armazém principal, já viu?", pergunta Álvaro, ainda segurando sua mão.

"Não."

"É uma instalação impressionante, se posso dizer assim. Por que não faz uma visita? Pode ir agora mesmo, se quiser." Ele se volta para o cocheiro que, encolhido, espera o debate dos estivadores terminar. "Nosso camarada pode ir com você até o armazém, não pode? É, claro que pode. Venha!" — ele o ajuda a subir para o lado do cocheiro — "quem sabe vai avaliar melhor o nosso trabalho depois que der uma olhada no armazém."

O armazém fica mais longe das docas do que ele esperava, na margem sul da curva onde o rio começa a estreitar. A passo lento — o cocheiro tem um chicote, mas não o usa, se limitando a estalar a língua de vez em quando para estimular os animais — levam quase uma hora para chegar lá, tempo em que não trocam nem uma palavra.

O armazém se ergue solitário num campo. É vasto, do tamanho de um campo de futebol e da altura de uma casa de dois andares, com grandes portas corrediças pelas quais a carroça carregada passa com folga.

O dia de trabalho parece terminado, porque não há nenhuma equipe descarregando. Enquanto o cocheiro manobra a carroça ao lado da plataforma de carregamento e começa a desarrear os animais, ele vai mais fundo no grande edifício. A luz que se infiltra nos espaços entre a parede e o teto revela pilhas de sacos de metros de altura, montanha sobre montanha de cereais se estendendo até os recessos mais escuros. Sem outra coisa para fazer ele tenta calcular o número de sacos, mas perde a conta. Um milhão de sacos, pelo menos, talvez vários milhões. Será que existem em Novilla moleiros suficientes para moer todo esse grão, padeiros suficientes para assar, bocas suficientes para consumir aquilo tudo?

Sob seu pé algo crepita: grãos espalhados. Alguma coisa macia colide com seu calcanhar e ele involuntariamente dá um chute. Um guincho; de repente, se dá conta de um sussurro a toda a sua volta, como o ruído de água correndo. Ele dá um grito. O piso em torno dele está pulsando de vida. Ratos! Ratos por toda parte.

"Está cheio de ratos por todo lado!", ele grita, correndo de volta, confrontando o cocheiro e o porteiro. "Tem grãos espalhados pelo chão todo e uma praga de ratos! É um horror!"

Os dois trocam um olhar. "É, a gente tem mesmo uns ratos aí", diz o porteiro. "Camundongos também. Não dá nem para contar."

"E vocês não fazem nada? É anti-higiênico! Estão fazendo ninho no alimento, contaminando tudo!"

O porteiro dá de ombros. "O que você quer que a gente faça? Onde tem grão tem roedor. É assim que é o mundo. Nós tentamos trazer gatos, mas os ratos perderam o medo, e é rato demais."

"Isso não é desculpa. Podem pôr ratoeiras. Podem pôr veneno. Podem desratizar o prédio."

"Não dá para bombear gás venenoso num depósito de alimento — pense um pouco! E agora, se me dá licença, tenho de trancar a porta."

No dia seguinte, logo cedo, ele toca no assunto com Álvaro. "Você se gabou do armazém, mas você já esteve lá? Está tomado por ratos. Que orgulho pode haver em trabalhar para alimentar uma horda de bichos daninhos? Não é só um absurdo, é loucura."

Álvaro lhe dá um sorriso benigno e enfurecedor. "Onde tem navio tem rato. Onde tem armazém tem rato. Onde a nossa espécie floresce, os ratos florescem também. Os ratos são criaturas inteligentes. Pode-se dizer que são a nossa sombra. É, eles consomem uma parte do cereal que a gente descarrega. É, existe desperdício no armazém. Mas o desperdício existe em toda parte: no campo, nos trens, nos navios, nos armazéns, na despensa dos padeiros. Não há por que se perturbar com o desperdício. Desperdício faz parte da vida."

"Só porque desperdício faz parte da vida não quer dizer que a gente não possa lutar contra! Por que acumular cereais às toneladas, às dezenas de toneladas, em armazéns infestados por ratos? Por que não importam apenas para as nossas necessidades de mês a mês? E por que o processo de transporte não pode ser organizado com mais eficiência? Por que usar cavalos e carroças quando podemos usar caminhões? Por que o trigo tem de vir em sacos e ser carregado nas costas de homens? Por que não pode ser despejado diretamente no porão no outro extremo e neste extremo ser esvaziado por uma bomba de sucção?"

Álvaro reflete um tempo antes de responder. "O que você acha que seria de nós todos, Simón, se o cereal fosse bombeado em massa como você propõe? O que seria dos cavalos? O que seria de El Rey?"

"Não haveria mais trabalho para nós aqui nas docas", ele responde. "Concordo. Mas em vez disso encontraríamos trabalho montando bombas ou dirigindo caminhões. Nós todos trabalharíamos como antes, só que em outro tipo de trabalho, que exija inteligência, não só força bruta."

"Então você gostaria de nos libertar de uma vida de trabalho bestial. Quer que a gente deixe as docas e procure algum outro tipo de trabalho, no qual não fosse mais preciso carregar um peso nos ombros, sentindo as espigas de trigo dentro dos sacos se acomodarem ao assumir a forma de nossos corpos, ouvindo seu roçar, no qual perderíamos o contato com a coisa em si — com a comida que nos alimenta e nos dá vida.

"Por que tem tanta certeza que precisamos ser salvos, Simón? Acha que nós vivemos a vida de estivadores porque fomos considerados muito burros para qualquer outra coisa — burros demais para montar uma bomba de sucção ou dirigir um caminhão? Claro que não. Você agora já conhece a gente. É nosso amigo, nosso camarada. Nós não somos burros. Se precisássemos ser salvos, já teríamos nos salvado. Não, não somos nós que somos burros, é o raciocínio inteligente no qual você acredita que é burro, que te dá as respostas erradas. Esta é a nossa doca, nosso cais — certo?" Ele olha à direita e à esquerda; os homens murmuram sua aprovação. "Não tem lugar para inteligência aqui, só para a coisa em si."

Ele não consegue acreditar no que está ouvindo. Não consegue acreditar que a pessoa de quem jorra esse absurdo obscurantista é seu amigo Álvaro. E o resto da turma parece se alinhar solidamente com ele — jovens inteligentes com quem ele discute diariamente verdade e aparência, certo e errado. Se não gostasse deles, simplesmente iria embora — iria embora e os deixaria a seus trabalhos fúteis. Mas são seus camaradas, a quem ele quer bem, a quem tem o dever de tentar convencer de que estão seguindo o caminho errado.

"Escute o que você está dizendo, Álvaro", diz ele. "A *coisa em si*. Acha que a coisa permanece sempre ela mesma, imutável? Não. Tudo flui. Esqueceu disso quando atravessou o oceano para vir para cá? A água do oceano flui e ao fluir, muda. Não se entra duas vezes na mesma água. Assim como o peixe que vive no mar, nós vivemos no tempo e temos de mudar com o tempo. Por mais firmeza que a gente se empenhe em seguir a respeitável tradição da estiva, no final vamos ser dominados pela mudança. A mudança é como a maré montante. Barreiras podem ser construídas, mas ela vai se infiltrar pelas rachaduras."

Os homens se aproximam e formam um semicírculo em torno dele e de Álvaro. Na atitude deles, Simón não detecta nenhuma hostilidade. Ao contrário, sente que em silêncio está sendo estimulado a continuar, estimulado a defender o seu ponto de vista da melhor forma.

"Não estou querendo salvar vocês", diz. "Eu não sou nada especial, não pretendo ser salvador de ninguém. Como vocês, eu atravessei o oceano. Como vocês, não trago nenhuma história comigo. A história que eu tinha ficou para trás. Sou simplesmente um novo homem, numa nova terra e isso é uma coisa boa. Mas não abandonei a ideia de história, a ideia de mudança sem começo nem fim. Ideias não podem ser tiradas da nossa cabeça, nem mesmo pelo tempo. Ideias estão por toda parte. O universo está impregnado delas. Sem elas não existiria universo, pois não existiria ser.

"A ideia de justiça, por exemplo. Nós todos desejamos viver sob uma justa distribuição, uma distribuição em que o trabalho honesto traga a sua devida recompensa; e esse desejo é bom, bom e admirável. Mas o que nós estamos fazendo aqui nas docas não vai ajudar a trazer essa distribuição. O que nós fazemos aqui não passa de um simulacro de trabalho heroico. E esse simulacro depende de um exército de ratos para continuar existindo — ratos que trabalharão dia e noite devorando essas toneladas de cereal que nós descarregamos para abrir espaço no armazém para mais cereal. Sem os ratos a inutilidade do nosso trabalho seria desnudada." Ele faz uma pausa. Os homens estão em silêncio. "Vocês não percebem isso?", ele pergunta. "Estão cegos?"

Álvaro olha em torno. "O espírito da ágora", diz ele. "Quem vai responder ao nosso eloquente amigo?"

Um dos jovens estivadores levanta a mão, Álvaro acena para ele.

"Nosso amigo invoca o conceito de real de uma forma confusa", diz o rapaz, falando com a fluência e a segurança de um aluno brilhante. "Para demonstrar sua confusão, vamos comparar a história com o clima. O clima em que vivemos, podemos concordar, é maior do que nós. Nenhum de nós pode determinar como o clima deve ser. Mas não é a qualidade de ser maior do que nós que torna o clima real. O clima é real porque tem manifestações reais. Entre essas manifestações estão o vento e a chuva. Assim, quando chove, ficamos molhados; quando sopra o vento nossos bonés saem voando. Chuva e vento são realidades transitórias, de segunda ordem, enquanto acessíveis aos nossos sentidos. Acima delas, na hierarquia do real, está o clima.

"Pensem agora na história. Se a história, como o clima, fosse uma realidade superior, então a história teria manifestações que conseguiríamos perceber com nossos sentidos. Mas onde estão essas manifestações?" Ele olha em torno. "Quem de nós já viu seu boné sair voando por causa da história? Houve um silêncio. "Ninguém. Porque a história não tem dessas manifestações. Porque a história não é real. Porque a história é apenas uma estória inventada."

"Para ser mais preciso" — quem fala é Eugenio, que ontem queria saber se ele preferiria trabalhar num escritório — "porque a história não tem manifestações no presente. A história é simplesmente um padrão que vemos no que passou. Não tem nenhum poder para atingir o presente.

"Nosso amigo Simón diz que devíamos pôr máquinas para fazer nosso trabalho, porque a história assim ordena. Mas não é a história que nos ordena a abandonar nosso trabalho honesto, é a preguiça e a sedução da preguiça. A preguiça é real de um jeito que a história não é. Nós podemos sentir a preguiça com nossos sentidos. Sentir suas manifestações toda vez que nos deitamos na grama, fechamos os olhos e prometemos não levantar nunca mais, mesmo quando soar o apito, tão doce é o nosso prazer. Quem de nós, estendido no gramado num dia de sol, poderá dizer *Sinto a história em meus ossos me mandando não levantar daqui*? Não: é preguiça o que sentimos em nossos ossos. Por isso temos a expressão: *Ele não tem nem um pingo de preguiça nos ossos*."

À medida que fala, Eugenio vai ficando mais e mais excitado. Talvez por medo de que ele não pare mais, os camaradas o interrompem com uma onda de aplausos. Ele para e Álvaro aproveita a oportunidade. "Não sei se nosso amigo Simón quer responder", diz. "Nosso amigo fez pouco do nosso trabalho como um simulacro inútil, uma observação que alguns podem sentir como ofensiva. Se a observação foi apenas precipitada, se pensando melhor ele quiser retirar ou modificar o que disse, tenho certeza que seu gesto seria bem-vindo."

É a vez dele. A corrente está contra ele, inegavelmente. Será que tem vontade de resistir?

"Claro, eu retiro a minha observação impensada", ele diz, "e além disso peço desculpas por qualquer mágoa que possa ter causado. Quanto à história, tudo o que posso dizer é que, se hoje podemos não lhe dar ouvidos, não poderemos recusá-la para sempre. Portanto, tenho uma proposta a fazer. Vamos nos reunir aqui neste cais daqui a dez anos, ou mesmo daqui a cinco anos, e vamos ver se o cereal ainda será descarregado pela força do braço e armazenado em sacos num galpão aberto para o sustento de nossos inimigos, os ratos. Meu palpite é que não."

"E se você estiver errado?", Álvaro pergunta. "Se daqui a dez anos nós ainda estivermos descarregando cereal exatamente como hoje, você vai admitir que a história não é real?"

"Certamente vou admitir", ele responde. "Curvarei a cabeça à força do real. A isso chamarei de me submeter ao veredicto da história."

15.

Durante algum tempo, depois de seu discurso contra os ratos, ele acha tensa a atmosfera do trabalho. Embora os camaradas sejam gentis como sempre, parece baixar um silêncio quando ele está por perto.

E de fato, ao lembrar de sua explosão, ele fica vermelho de vergonha. Como pôde diminuir o trabalho de que seus amigos são tão orgulhosos, trabalho ao qual ele pôde se juntar com gratidão?

Mas depois as coisas aos poucos ficam fáceis outra vez. Durante a pausa da manhã, Eugenio vem lhe oferecer um saco de papel. "Bolacha", diz ele. "Pegue uma. Pegue duas. Presente de um vizinho." E quando ele expressa seu prazer (as bolachas estão deliciosas, dá para sentir o sabor de gengibre e talvez de canela também), Eugenio acrescenta: "Sabe, estive pensando no que você disse outro dia e talvez você tenha razão. Por que temos de alimentar os ratos se eles não fazem nada para nos alimentar? Tem gente que come rato, mas eu claro que não como. Você come?".

"Não", ele diz. "Também não como rato. Prefiro as suas bolachas."

Ao fim do dia, Eugenio retoma o assunto. "Fiquei preocupado de a gente poder ter ferido os seus sentimentos", diz. "Acredite, não tinha animosidade nenhuma. Nós todos sentimos a maior boa vontade por você."

"Não estou nada magoado", ele responde. "Tivemos um desentendimento filosófico, só isso."

"Um desentendimento filosófico", Eugenio concorda. "Você mora nos Blocos Leste, não mora? Vou andando com você até o ponto de ônibus." Então, para sustentar a ficção de que mora nos Blocos, ele acompanha Eugenio até o ponto de ônibus.

"Tem uma questão que está me preocupando", ele revela a Eugenio enquanto esperam o ônibus número 6. "Nada filosófica. Como você e os outros passam o tempo livre? Sei que muitos estão interessados em futebol, mas e à noite? Vocês não parecem ter esposas e filhos. Têm namoradas? Vão a algum clube noturno? Álvaro disse que existem clubes noturnos, que se pode ficar sócio."

Eugenio fica vermelho. "Não sei nada de clube noturno. O que eu mais faço é ir ao Instituto."

"Me conte. Já ouvi falar do Instituto, mas não faço ideia do que acontece lá."

"O Instituto oferece cursos. Palestras, filmes, grupos de discussão. Você devia participar. Ia gostar de lá. Não é só para jovens, tem uma porção de gente mais velha, e é grátis. Sabe onde é?"

"Não."

"É na rua Nova, perto do cruzamento grande. Um prédio branco, alto, com portas de vidro. Você deve ter passado por lá muitas vezes sem saber. Venha amanhã à noite. Pode entrar no nosso grupo."

"Tudo bem."

Ele descobre que o curso que Eugenio frequenta junto com outros três estivadores é de filosofia. Senta na última fila, longe dos camaradas, para poder escapar se achar aborrecido.

A professora entra e faz-se silêncio. É uma mulher de meia-idade, vestida com certo desleixo, na opinião dele, com cabelo cinza-chumbo cortado muito curto e sem maquiagem. "Boa noite", ela diz. "Vamos retomar de onde paramos na semana passada. E continuar nossa investigação da mesa — da mesa e de seu parente próximo, a cadeira. Como vocês devem lembrar, estávamos discutindo os diversos tipos de mesa que existem no mundo e os diversos tipos de cadeira. Estávamos nos perguntando que unidade existe por baixo de toda a diversidade, o que faz de todas as mesas, mesas, de todas as cadeiras, cadeiras."

Silenciosamente ele se levanta e sai da sala.

O corredor está vazio a não ser por uma figura de vestido branco comprido correndo em sua direção. Quando chega mais perto, ele vê que não é ninguém menos que Ana, do Centro. "Ana!", ele exclama. "Oi", Ana responde, "desculpe, não posso parar, estou atrasada." Mas para mesmo assim. "Conheço você, não conheço? Esqueci seu nome."

"Simón. Nos conhecemos no Centro. Eu tinha um menino pequeno comigo. Você fez a gentileza de nos dar abrigo na primeira noite aqui em Novilla."

"Claro! Como vai seu filho?"

O vestido branco é, na verdade, um roupão de banho atoalhado; ela está descalça. Roupa estranha. Será que há uma piscina no Instituto?

Ela nota seu olhar intrigado e ri. "Estou posando", ela diz. "Eu poso duas vezes por semana. Modelo vivo."

"Modelo vivo?"

"Aula de desenho. Desenho com modelo vivo. Sou a modelo da classe." Ela estende os braços como num bocejo. A dobra do roupão se abre no pescoço; ele vislumbra os seios que tanto admirou. "Você devia participar. Se quer aprender sobre o corpo, não tem jeito melhor." E então, antes que ele consiga se recuperar da confusão: "Até logo, estou atrasada. Dê um alô para seu filho".

Ele vaga pelo corredor vazio. O Instituto é maior do que ele teria imaginado vendo por fora. De trás de uma porta fechada, vem música, uma mulher cantando um lamento acompanhada por uma harpa. Ele para na frente do quadro de avisos. Uma longa lista de cursos disponíveis. Desenho arquitetônico. Biblioteconomia. Cálculo. Cursos e mais cursos de espanhol: espanhol para principiantes (doze turmas), espanhol intermediário (cinco turmas), espanhol avançado, redação em espanhol, conversação em espanhol. Devia ter vindo aqui, em vez de lutar com a língua sozinho. Nenhuma literatura espanhola pelo que pode ver. Mas talvez literatura faça parte de espanhol avançado. Nenhum outro curso de língua. Nada de português. Nada de catalão. Nada de galego. Nada de basco.

Nada de esperanto. Nada de volapuque.

Ele procura desenho com modelo vivo. Tem: desenho com modelo vivo, de segunda a sexta, das 19 às 21 horas, sábados das 14 às 16 horas; alunos por turma 12; turma 1 LOTADA, turma 2 LOTADA; turma 3 LOTADA. Evidentemente um curso popular.

Caligrafia. Tecelagem. Cestaria. Arranjos de flores. Cerâmica. Marionetes.

Filosofia. Elementos de filosofia. Filosofia: tópicos escolhidos. Filosofia do trabalho. Filosofia e vida cotidiana.

Toca um sino para marcar a hora. Os estudantes saem para o corredor, primeiro poucos, depois uma torrente, não apenas jovens, mas gente de sua idade e mais velhos, como disse Eugenio. Não é de admirar que a cidade pareça um necrotério depois que escurece! Está todo mundo ali, no Instituto, se aperfeiçoando. Todo mundo ocupado em se tornar um cidadão melhor, uma pessoa melhor. Todo mundo, menos ele.

Uma voz o chama. É Eugenio, acenando do meio da onda humana. "Venha! Vamos comer alguma coisa! Venha com a gente!"

Ele acompanha Eugenio escada abaixo até uma lanchonete muito iluminada. Já existem longas filas de pessoas esperando ser servidas. Ele pega uma bandeja, talheres. "Quarta-feira, quer dizer que tem macarrão", diz Eugenio. "Gosta de macarrão?"

"Gosto, sim."

Chega a vez deles. Ele estende o prato e uma mão do balcão atira nele uma grande porção de espaguete. Uma segunda mão acrescenta uma porção de molho de tomate. "Pegue um pão também", diz Eugenio. "Para o caso de não ser suficiente."

"Onde a gente paga?"

"Não paga nada. É grátis."

Encontram uma mesa e a eles se juntam os outros jovens estivadores.

"Como foi sua aula?", ele pergunta. "Conseguiram definir o que é uma cadeira?"

A intenção é fazer uma piada, mas os rapazes olham para ele sem expressão.

"Você não sabe o que é uma cadeira?", um deles pergunta, afinal. "Olhe para baixo. Está sentado numa." Olha para os companheiros. Explodem numa gargalhada.

Ele tenta rir junto, para mostrar que acompanha os jovens. "Eu queria dizer se vocês descobriram o que constitui...", diz, "não sei como dizer..."

"*Sillicidad*", Eugenio adianta. "Sua cadeira" — aponta a cadeira — "engloba a *sillicidad* ou participa dela, ou dá realidade a ela, como nossa professora gosta de dizer. É assim que se sabe que é uma cadeira e não uma mesa."

"Ou um banco", acrescenta um companheiro.

"Sua professora já contou para vocês", diz ele, Simón, "a história do homem que, quando perguntaram se sabia o que era uma cadeira, deu à cadeira em questão um chute e disse *É assim, meu senhor, que eu sei?*"

"Não", responde Eugenio. "Mas não é assim que se sabe que uma cadeira é uma cadeira. É assim que se sabe que é um objeto. O objeto de um chute."

Ele se cala. A verdade é que ele está deslocado nesse Instituto. Filosofar só o deixa impaciente. Ele não está interessado em cadeiras e sua cadeiridade.

Falta tempero ao espaguete. O molho de tomate é apenas tomates amassados e aquecidos. Ele procura um saleiro em volta, mas não há nenhum. Nem pimenta. Mas pelo menos espaguete é uma novidade. Melhor que o pão eterno.

"Então, que curso você está pensando em fazer?", Eugenio pergunta.

"Ainda não resolvi. Dei uma olhada na lista. Tem uma variedade grande. Pensei em desenho com modelo vivo, mas está lotado."

"Então, não vai fazer as nossas aulas. É uma pena. A discussão ficou mais interessante depois que você saiu. Falamos sobre infinito e os perigos do infinito. E se além da cadeira ideal existir uma cadeira ainda mais ideal e assim por diante, para todo o sempre? Mas desenho com modelo vivo é interessante também. Você pode fazer desenho, desenho simples, este semestre. Aí vai ter preferência para desenho com modelo vivo no semestre que vem."

"Desenho com modelo vivo é sempre muito procurado", outro rapaz explica. "As pessoas querem aprender sobre o corpo."

Ele procura a ironia, mas não há nenhuma, assim como não há sal.

"Para aprender sobre o corpo humano, um curso de anatomia não seria melhor?", ele pergunta.

O rapaz discorda. "Anatomia ensina só sobre as partes do corpo. Se você quer saber do todo precisa fazer alguma coisa como desenho com modelo vivo."

"Por todo você quer dizer..."

"Quero dizer em primeiro lugar o corpo enquanto corpo, depois o corpo como forma ideal."

"A experiência cotidiana não ensina isso? Quer dizer, será que passar umas noites com uma mulher não ensina tudo o que a gente precisa saber sobre o corpo enquanto corpo?"

O rapaz fica vermelho e olha em torno procurando socorro. Ele se censura. Essas suas piadinhas idiotas!

"Quanto ao corpo como forma ideal", ele insiste, "é provável que a gente tenha de esperar pela próxima vida para ver isso." Ele empurra o prato de espaguete pela metade. É demais para ele, gororoba demais. "Tenho de ir embora", diz. "Boa noite. Até amanhã, nas docas."

"Boa noite." Não fazem nenhum esforço para detê-lo. E com razão. Que imagem farão dele esses bons rapazes, trabalhadores, idealistas, inocentes? O que têm a aprender com o miasma amargo que ele emana?

"Como vai o seu menino?", Álvaro pergunta. "Ficamos com saudade. Encontrou escola para ele?"

"Ainda não tem idade para ir à escola. Ele está com a mãe. Ela não quer que ele passe muito tempo comigo. A afeição dele vai ficar dividida, ela diz, enquanto existirem dois adultos querendo ficar com ele."

"Mas tem sempre dois adultos que ficam com a gente: nosso pai e nossa mãe. Ninguém é abelha nem formiga."

"Pode ser. Mas em todo caso eu não sou pai do David. A mãe dele é a mãe, mas eu não sou o pai. Essa é que é a diferença. Álvaro, esse assunto é penoso para mim. Podemos não falar disso?"

Álvaro agarra seu braço. "O David não é um menino comum. Acredite, observei bem ele, sei do que estou falando. Tem certeza que está fazendo o melhor para ele?"

"Entreguei o menino para a mãe dele. Está aos cuidados dela. Por que você diz que ele não é um menino comum?"

"Você diz que entregou o menino, mas será que ele queria mesmo ser entregue a alguém? Por que a mãe abandonou ele, para começar?"

"Ela não abandonou. Ele e ela foram separados. Durante algum tempo viveram em esferas diferentes. Eu ajudei o menino a encontrar a mãe. Encontramos e os dois estão reunidos. Agora eles têm uma relação natural, de mãe e filho. Enquanto ele e eu não é uma relação natural. Só isso."

"Se a relação dele com você não é natural, então o que é?"

"Abstrata. Ele tem uma relação abstrata comigo. Uma relação com alguém que cuida dele no abstrato, mas não tem o dever natural de cuidado para com ele. O que você quis dizer quando falou que ele não é um menino comum?"

Álvaro sacode a cabeça. "Natural, abstrato... Para mim não faz sentido. Como você acha que uma mãe e um pai se juntam — a mãe e o pai de um futuro filho? Porque têm um dever natural um para com o outro? Claro que não. Os caminhos deles se cruzam por acaso e eles se apaixonam. O que pode ser menos natural, mais arbitrário do que isso? Da junção aleatória dos dois um novo ser vem ao mundo, uma nova alma. Quem, nessa história, deve o que a quem? Não sei dizer e tenho certeza que você também não.

"Eu ficava olhando você junto com o menino, Simón, e via: ele tem confiança absoluta em você. Ele ama você. E você ama ele. Então por que entregar para alguém? Por que cortar a relação com ele?"

"Eu não cortei a relação com ele. A mãe dele cortou a relação dele comigo, como é direito dela. Se eu pudesse escolher ainda estaria com ele. Mas não tenho escolha. Não tenho o direito de escolher. Não tenho nenhum direito nessa história."

Álvaro se cala, parece se recolher em si mesmo. "Me diga onde eu posso encontrar essa mulher", ele diz afinal. "Gostaria de trocar uma palavra com ela."

"Cuidado. Ela tem um irmão que é um perigo. Não se meta com ele. Na verdade, ela tem dois irmãos, um mais chato que o outro."

"Eu sei me cuidar", diz Álvaro. "Onde ela mora?"

"O nome dela é Inés e ficou com o meu antigo apartamento nos Blocos Leste: bloco B, número 202, segundo andar. Não diga que eu mandei você lá porque não seria verdade. Não estou te mandando lá. A ideia não é minha de jeito nenhum, é sua."

"Não se preocupe, eu vou dizer bem claro para ela que a ideia foi minha, que você não tem nada a ver com isso."

No dia seguinte, na pausa do meio-dia, Álvaro o chama. "Falei com a sua Inés", ele diz, sem preâmbulo. "Ela aceita que você veja o menino, só que não ainda. No fim do mês."

"É uma notícia maravilhosa! Como você conseguiu isso?"

Álvaro dispensa a pergunta com um gesto. "Não interessa. Ela disse que você pode levar o menino para passear. Vai te informar quando. Pediu o número do seu telefone. Eu não sabia, então dei o meu. Disse que transmitia os recados."

"Nem sei dizer o quanto estou agradecido. Por favor, garanta para ela que eu não vou incomodar o menino — quer dizer, não vou atrapalhar a relação dele com ela."

16.

O chamado de Inés vem mais cedo do que ele esperava. Na manhã seguinte, Álvaro o procura. "Tem uma emergência no seu apartamento", ele diz. "Inés telefonou quando eu estava saindo de casa. Pediu para eu ir lá, mas eu disse que não tinha tempo. Não fique nervoso, não tem nada a ver com o seu menino, é só o encanamento. Você vai precisar de ferramentas. Pegue a caixa de ferramentas no barracão. Depressa. Ela está bem nervosa."

Inés o encontra na porta, usando (por quê? — não é um dia frio) um pesado sobretudo. Ela está de fato bem nervosa, quase em fúria. A privada está entupida, diz ela. O supervisor do prédio inspecionou, mas se recusou a fazer qualquer coisa porque (disse ele) ela não é a ocupante legal, ele não a conhece (disse ele), nunca a viu. Ela telefonou para os irmãos em La Residencia, mas eles a enrolaram com desculpas, são delicados demais (ela diz amargamente) para sujar as mãos. Então, de manhã, como último recurso, ela entrou em contato com o colega dele, Álvaro, que, como trabalhador, devia entender de encanamento. E agora quem vem não é Álvaro, mas ele.

Ela continua falando sem parar, andando furiosamente de um lado para outro da sala. Perdeu peso desde a última vez que a viu. Há rugas marcadas nos cantos de sua boca. Em silêncio, ele escuta; mas seus olhos estão no menino que, sentado na cama — será que acabou de acordar? —, olha para ele incrédulo, como se ele tivesse voltado da terra dos mortos.

Ele dá um sorriso para o menino. *Oi!*, diz só mexendo os lábios.

O menino tira o polegar da boca, mas não fala. Seu cabelo, naturalmente encaracolado, ela deixou crescer. Está usando um pijama azul-claro com um padrão de elefantes e hipopótamos vermelhos dançando.

Inés não parou de falar. "A privada vem dando problemas desde que nos mudamos", está dizendo. "Não vai ser nenhuma surpresa se for culpa dos moradores do apartamento de baixo. Pedi ao supervisor para investigar lá embaixo, mas ele nem me deu ouvidos. Nunca vi um homem tão rude. Ele não se importa que dê para sentir o fedor lá de fora."

Inés fala do esgoto sem nenhum embaraço. Ele acha estranho: se não íntima, a questão é ao menos delicada. Ela o considera simplesmente um trabalhador que veio lhe fazer um serviço, alguém que ela nunca mais vai precisar ver de novo; ou está tagarelando para esconder o próprio embaraço?

Ele atravessa a sala, abre a janela, se debruça para fora. O cano de descarga sai diretamente para a rede de esgoto que desce pela parede externa. Três metros abaixo, fica o cano de descarga do apartamento de baixo.

"Você falou com o pessoal do apartamento 102?", ele pergunta. "Se a rede inteira está entupida, eles estão com o mesmo problema. Mas deixe eu dar uma olhada na privada primeiro, só para o caso do problema ser alguma coisa simples." Ele se vira para o menino. "Vai me ajudar? Não está na hora de levantar, seu dorminhoco! Olhe como o sol já está alto no céu!"

O menino se retorce e dá um sorriso deliciado. Simón sente o coração aliviado. Como ama esse menino! "Venha cá!", diz. "Ou será que já está velho demais para me dar um beijo?"

O menino salta da cama e corre para abraçá-lo. Ele aspira seu cheiro profundo, não lavado, leitoso. "Gostei do pijama novo", diz. "Vamos investigar?"

A privada está cheia quase até a borda de água e detritos. Na caixa de ferramentas, ele trouxe um rolo de arame de aço. Torce a ponta formando um gancho, cutuca cegamente na garganta do vaso e pesca uma bola de papel higiênico. "Tem um penico?", pergunta ao menino. "Penico de fazer xixi?", o menino pergunta. Ele faz que sim. O menino sai depressa e volta com um urinol embrulhado num pano. Um momento depois, Inés entra, agarra o penico e sai sem dizer uma palavra.

"Me arranje um saco plástico", ele diz ao menino. "Mas veja se não tem nenhum buraco."

Ele pesca uma massa considerável de papel do encanamento entupido, mas o nível da água não baixa. "Ponha uma roupa, que nós vamos descer", diz ao menino. E para Inés: "Se não tiver ninguém no 102 vou tentar abrir a comporta do térreo. Se o entupimento for depois desse ponto, eu não posso fazer nada. É responsabilidade da autoridade local. Mas vamos ver". Faz uma pausa. "A propósito, uma coisa dessas pode acontecer com qualquer um. Não é culpa de ninguém. É falta de sorte, só isso."

Está tentando facilitar as coisas para Inés e espera que ela reconheça isso. Mas Inés não olha em seus olhos. Está envergonhada, está zangada; mais que isso ele não consegue perceber.

Acompanhado pelo menino, ele bate na porta do apartamento 102. Depois de uma longa espera, uma trava é retirada e a porta se abre, uma fresta apenas. Na penumbra, ele consegue vislumbrar um vulto, mas não dá para dizer se é homem ou mulher.

"Bom dia", diz. "Desculpe incomodar. Sou do apartamento de cima e estamos com a privada entupida. Será que estão com o mesmo problema?"

A porta se abre mais. É uma mulher velha e curvada cujos olhos têm um cinza vidrado que sugere que ela não enxerga.

"Bom dia", ele repete. "Sua privada. Está com algum problema na privada? Entupimento? *Atascos?*"

Nenhuma resposta. Ela fica imóvel, o rosto voltado interrogativamente para ele. Será surda, além de cega?

O menino dá um passo à frente. "*Abuela*", diz. A velha estende a mão, acaricia seu cabelo, explora seu rosto. Por um momento, ele se encosta nela com confiança; em seguida, desliza para dentro do apartamento. Um momento depois está de volta. "Está limpa", diz. "A privada aqui está limpa."

"Obrigado, *señora*", ele diz e se inclina. "Obrigado por sua ajuda. Desculpe o incômodo." E para o menino: "A privada aqui está limpa, portanto — portanto o quê?".

O menino franze a testa.

"Aqui em baixo a água corre livre. Lá em cima" — ele aponta o lance de escada — "a água não corre. Portanto o quê? Portanto o cano está entupido onde?"

"Em cima", o menino diz, seguro.

"Ótimo! Então onde é que nós vamos consertar: em cima ou em baixo?"

"Em cima."

"E nós vamos subir porque a água corre para onde, para cima ou para baixo?"

"Para baixo."

"Sempre?"

"Sempre. Sempre corre para baixo. E às vezes para cima."

"Não. Nunca para cima. A natureza da água é essa. A questão é a seguinte: como a água sobe para o seu apartamento sem contrariar a natureza? Como é que, quando a gente abre a torneira ou dá a descarga, a água corre para nós?"

"Porque para nós ela vai para cima."

"Não. Não é uma boa resposta. Deixe eu perguntar de outro jeito. Como a água pode subir para o seu apartamento *sem* correr para cima?"

"Do céu. A água cai do céu para a torneira."

Verdade. A água cai mesmo do céu. "Mas", diz ele e ergue um dedo de alerta, "mas como a água chega no céu?"

Filosofia natural. Vamos ver, ele pensa, o quanto de filosofia natural existe nessa criança.

"Porque o céu respira", diz o menino. "O céu respira para dentro" — ele respira fundo e segura o ar, um sorriso no rosto, um sorriso de puro prazer intelectual, então dramaticamente expira — "e para fora."

A porta se fecha. Ele ouve o estalido da tranca.

"Inés te falou disso — da respiração do céu?"

"Não."

"Você pensou isso tudo sozinho?"

"Foi."

"E quem é que respira para dentro e para fora no céu e faz a chuva?"

O menino se cala. Está com a testa franzida em concentração. Por fim, sacode a cabeça.

"Você não sabe?"

"Eu não lembro."

"Não tem importância. Vamos contar a novidade para sua mãe."

As ferramentas que ele trouxe são inúteis. Só o primitivo pedaço de arame promete alguma coisa.

"Por que vocês dois não vão dar uma volta?", ele sugere a Inés. "O que eu vou fazer não é lá muito apetitoso. Não vejo por que nosso amiguinho aqui deva ser exposto a isso."

"Eu preferiria chamar um encanador de verdade", diz Inés.

"Se eu não conseguir consertar, então eu mesmo vou procurar um encanador de verdade, prometo. De uma forma ou de outra a privada será consertada."

"Eu não quero dar uma volta", diz o menino. "Quero ajudar."

"Obrigado, meu menino. Eu agradeço. Mas não é o tipo de trabalho que precise de ajuda."

"Posso dar ideias."

Ele troca um olhar com Inés. Algo não dito passa de um para o outro. *Meu filho inteligente!*, diz o olhar dela.

"É verdade", ele diz. "Você é bom de ideias. Mas olhe, privadas não gostam muito de ideias. Privadas não fazem parte do reino das ideias, são apenas coisas brutas, e trabalhar com elas não passa de trabalho bruto. Então vá dar uma volta com sua mãe enquanto eu faço o serviço."

"Por que eu não posso ficar?", diz o menino. "É só cocô."

Há um tom novo na voz do menino, um tom de desafio de que ele não gosta. Tanto elogio está lhe subindo à cabeça.

"Privadas são privadas, mas cocô não é só cocô", diz ele. "Tem certas coisas que não são só elas mesmas, não o tempo todo. Cocô é uma delas."

Inés puxa o menino pela mão. Está ficando muito vermelha. "Venha!", ela diz.

O menino sacode a cabeça. "É meu cocô", diz. "Eu quero ficar!"

"Era o seu cocô. Mas você evacuou. Se livrou dele. Não é mais seu. Não tem mais direito sobre ele."

Inés dá um grunhido e se retira para a cozinha.

"Assim que entra no cano do esgoto não é mais cocô de ninguém", ele continua. "No esgoto, ele se junta com o cocô dos outros e vira cocô geral."

"Então por que a Inés está brava?"

Inés. É assim que ele a chama: nem *mamãe*, nem *mãe*?

"Ela está com vergonha. As pessoas não gostam de falar de cocô. Cocô cheira mal. Cocô é cheio de bactérias. Cocô não faz bem."

"Por quê?"

"Por que o quê?"

"É cocô dela também. Por que ela está brava?"

"Ela não está brava, só é sensível. Algumas pessoas são sensíveis, é a natureza delas, não dá para perguntar por quê. Mas não tem razão para ser sensível porque, como eu te disse, a partir de um certo ponto não é cocô de ninguém em particular, é só cocô. Fale com qualquer encanador e ele vai dizer a mesma coisa. O encanador não olha o cocô e diz para si mesmo: *Que interessante, quem diria que o cocô do señor X ou da señora Y é assim!* É igual ao homem da funerária. Ele não diz para si mesmo: *Que interessante!...* Ele se cala. *Estou exagerando*, pensa. *Falando demais.*

"O que é funerária?", o menino pergunta.

"Funerária é onde um homem cuida dos mortos. Ele é igual a um encanador. Ele faz os corpos mortos irem para o lugar certo."

E agora você vai perguntar: O que é um corpo morto?

"O que é corpos mortos?", o menino pergunta.

"Corpos mortos são corpos que foram atingidos pela morte, que não servem mais para nada. Mas nós não precisamos pensar na morte. Depois da morte sempre tem outra vida. Você já viu isso. Nós, seres humanos, temos sorte nisso aí. A gente não é igual cocô, que tem de ser jogado fora e misturado com a terra de novo."

"Como a gente é?"

"Como a gente é se não é igual cocô? A gente é como ideias. Ideias nunca morrem. Você vai aprender isso na escola."

"Mas a gente faz cocô."

"É verdade. A gente faz parte do ideal, mas também faz cocô. Isso porque nós temos uma natureza dupla. Não sei dizer isso de um jeito mais simples."

O menino se cala. *Deixe ele digerir isso*, ele pensa. Ajoelha-se ao lado da privada, arregaça a manga o mais que pode. "Vá dar uma volta com sua mãe", ele diz. "Vá."

"E o homem da funerária?", o menino pergunta.

"O homem da funerária? Cuidar dos mortos é um trabalho como outro qualquer. Ele não é diferente de nós. Ele também tem dupla natureza."

"Posso conhecer ele?"

"Agora não. Nós temos outras coisas para fazer agora. Da próxima vez que a gente for à cidade, vou ver se encontro uma funerária. Aí você pode dar uma olhada."

"Dá para olhar os corpos mortos?"

"Não, de jeito nenhum. A morte é uma coisa particular. Cuidar dos mortos é uma profissão discreta. O homem da funerária não mostra os corpos mortos em público. Agora chega de falar disso." Ele cutuca com o arame o fundo da privada. Precisa dar um jeito de fazer o arame acompanhar o S do sifão. Se o entupimento não estiver no sifão, deve estar na junção lá de fora. Se for esse o caso ele não faz ideia de como consertar. Vai ter de desistir e encontrar um encanador. Ou a ideia de um encanador.

A água, em que grumos do cocô de Inês ainda boiam, cobre sua mão, seu pulso, seu antebraço. Ele força o arame no S do sifão. *Sabão antibacteriano*, ele pensa: *vou ter de me lavar com sabão antibacteriano depois, esfregar escrupulosamente debaixo das unhas. Porque cocô é só cocô, porque bactéria é só bactéria.*

Ele não se sente como um ser com dupla natureza. Ele se sente um homem pescando uma obstrução num sifão de esgoto, usando ferramentas primitivas.

Retira o braço, retira o arame. O gancho da ponta achatou. Ele refaz o gancho.

"Pode usar um garfo", diz o menino.

"O garfo é muito curto."

"Pode usar o garfo comprido da cozinha. Dá para entortar."

"Me mostre o que está pensando."

O menino sai trotando e volta com um garfo comprido que estava no apartamento quando chegaram e para o qual ele nunca teve uso. "Pode entortar se você tiver força", diz o menino.

Ele entorta o garfo em forma de gancho e o força na curva em S do sifão até não dar para ir mais longe. Quando tenta retirar o garfo, sente um puxão de resistência. Primeiro devagar, depois mais depressa, a obstrução sobe: é um chumaço de pano com um forro plástico. A água da privada vai embora. Ele puxa a corrente. A água limpa ruge e passa. Ele espera, puxa a corrente de novo. O cano está limpo. Está tudo bem.

"Encontrei isto aqui", ele diz a Inés. Ergue o objeto, ainda pingando. "Reconhece?"

Ela fica vermelha, parada na frente dele, cheia de culpa, sem saber para onde olhar.

"É isso que você sempre faz — joga na privada e dá a descarga? Ninguém nunca te disse para não fazer isso?"

Ela sacode a cabeça. Está com as faces afogueadas. O menino puxa sua saia ansiosamente. "Inés!", ele diz. Ela dá tapinhas distraídos na mão dele. "Não é nada, meu bem!", ela sussurra.

Ele fecha a porta do banheiro, tira a camisa imunda e lava na pia. Não há sabão antibacteriano, apenas o sabão do Comissariado que todo mundo usa. Ele torce a camisa, enxagua, torce de novo. Vai ter de vestir a camisa molhada. Lava os braços, lava as axilas, se enxuga. Pode não estar tão limpo como gostaria, mas pelo menos não tem cheiro de merda.

Inés está sentada na cama com o menino apertado ao peito como um bebê, oscilando o corpo para a frente e para trás. O menino está cochilando, um fio de baba escorrendo da boca. "Eu já vou", ele sussurra. "Me chame de novo se precisar."

O que o surpreende na visita a Inés, quando reflete a respeito mais tarde, é a estranheza do episódio em sua vida, a imprevisibilidade daquilo. Quem haveria de dizer, no momento em que ele viu pela primeira vez aquela jovem mulher na quadra de tênis, tão solta, tão serena, que um dia ele teria de lavar a merda dela de seu corpo! O que achariam disso no Instituto? Será que a senhora de cabelo cinza-chumbo teria uma palavra para isso: a cococidade do cocô?

17.

"Se o que você quer é se aliviar", diz Elena, "se se aliviar vai tornar a vida mais fácil para você, tem lugares aonde homens podem ir. Seus amigos não te falaram, seus amigos homens?"

"Nem uma palavra. O que você quer dizer com se aliviar?"

"Alívio sexual. Se o que você quer é alívio sexual, eu não preciso ser sua única salvação."

"Desculpe", ele responde, duro. "Não tinha me dado conta que é assim que você vê a questão."

"Não se ofenda. É um fato da vida: os homens precisam se aliviar, todo mundo sabe disso. Estou apenas dizendo o que você pode fazer a respeito. Tem lugares aonde você pode ir. Pergunte a seus amigos nas docas, ou se tiver vergonha pergunte no Centro de Realocação."

"Você está falando de bordéis?"

"Chame de bordéis se quiser, mas pelo que ouvi dizer não tem nada de sórdido, são bem limpos e agradáveis."

"E as moças de plantão usam uniforme?"

Ela olha para ele, intrigada.

"Quer dizer, usam uma roupa padronizada, como enfermeiras? E roupa de baixo convencional?"

"Isso você vai ter de descobrir sozinho."

"E é uma profissão aceitável, trabalhar num bordel?" Ele sabe que está irritando com as perguntas, mas está de novo com aquele humor, o humor imprudente, amargo, que o inferniza desde que ele se separou da criança. "É uma coisa que uma moça pode fazer e continuar andando de cabeça erguida em público?"

"Não faço ideia", diz ela. "Vá e descubra. E agora me dê licença que estou esperando um aluno."

Na verdade, ele estava mentindo quando disse a Elena que não sabia de nenhum lugar que homens podiam frequentar. Álvaro havia mencionado recentemente um clube para homens não longe das docas, chamado Salón Confort.

Do apartamento de Elena ele vai diretamente para o Salón Confort. *Centro de Lazer e Recreação*, diz a placa gravada na entrada. *Horário de funcionamento 14 às duas horas. Fechado às segundas-feiras. Direito de entrada reservado. Filiação mediante formulário.* E em letras menores: *Aconselhamento pessoal. Alívio do estresse. Terapia física.*

Ele empurra a porta. Está numa antessala vazia. Junto de uma parede, um banco acolchoado. A mesa, com uma placa de RECEPÇÃO, está vazia a não ser pelo telefone. Ele se senta e espera.

Depois de um longo tempo, alguém sai de um quarto dos fundos, uma mulher de meia-idade. "Desculpe a demora", diz ela. "Posso ajudar?"

"Gostaria de me associar."

"Claro. Basta preencher estes dois formulários e preciso de um documento de identidade." Ela entrega a ele uma prancheta e uma caneta.

Ele dá uma espiada no primeiro formulário. Nome, endereço, idade, profissão. "Vocês devem receber marinheiros que vêm nos navios", ele diz. "Eles também precisam preencher formulários?"

"O senhor é marinheiro?", a mulher pergunta.

"Não. Trabalho nas docas, mas não sou marinheiro. Falo dos marinheiros porque eles ficam em terra só uma noite ou duas. Eles também precisam se associar para entrar aqui?"

"É preciso ser aprovado como sócio para frequentar a instituição."

"E quanto tempo demora para ser aprovado?"

"Para ser aprovado, não muito. Mas depois é preciso esperar vaga com uma das nossas terapeutas."

"*Eu* tenho de esperar vaga?"

"Tem de ser aceito na lista de uma das nossas terapeutas. Pode levar tempo. A lista delas geralmente está cheia."

"Então se eu fosse um dos marinheiros de que eu estava falando, um marinheiro com apenas uma ou duas noites em terra, não adiantaria vir aqui. Meu navio estaria em alto-mar no momento em que eu conseguisse um horário."

"O Salón Confort não existe para atender marinheiros, señor. Marinheiros devem ter suas próprias instituições no lugar de onde vêm."

"Podem ter suas instituições na terra deles, mas não podem contar com elas. Porque estão aqui, não estão lá."

"É, de fato: nós temos nossas instituições, eles têm as deles."

"Entendo. Se não se importa que diga, a senhora fala como alguém formado pelo Instituto — Instituto de Cursos de Extensão, acho que é o nome — na cidade."

"É mesmo?"

"É. De um dos cursos de filosofia. Lógica talvez. Ou retórica."

"Não, não sou formada pelo Instituto. Agora: resolveu? Vai se associar? Se vai, por favor, preencha os formulários."

O segundo formulário lhe dá mais trabalho que o primeiro. *Solicitação de Terapeuta Pessoal*, diz o cabeçalho. *Use o espaço abaixo para descrever a si mesmo e a suas necessidades.*

"Sou um homem comum, com necessidades comuns", ele escreve. "Isto é, minhas necessidades não são extravagantes. Até recentemente era guardião em tempo integral de uma criança. Tendo entregado a criança (encerrando a tarefa de guardião) fiquei um tanto solitário. Não sei o que fazer com meu tempo." Está se repetindo. Porque está usando uma caneta. Se tivesse um lápis e uma borracha poderia se apresentar com mais economia. "Me vejo necessitado de um ouvido amigo, para desabafar. Tenho uma amiga próxima, mas ela tem outras preocupações neste momento. Meu relacionamento com ela carece de intimidade real. Acredito que só em condições de intimidade uma pessoa pode realmente desabafar."

Que mais?

"Sinto fome de beleza", ele escreve. "Beleza feminina. Uma certa fome. Sinto um grande anseio pela beleza, que, a meu ver, desperta assombro e também gratidão — gratidão pela boa sorte de ter entre os braços uma mulher bonita."

Ele ensaia riscar todo o parágrafo sobre beleza, mas não risca. Se vai ser julgado, que seja pelos movimentos de seu coração mais que pela clareza de pensamento. Ou lógica.

"O que não quer dizer que eu não seja um homem, com as necessidades de um homem", conclui com firmeza.

Qué tontería! Que mixórdia! Que confusão moral!

Ele entrega os dois formulários. A recepcionista os examina — não finge não examinar — de começo a fim. Ela e ele estão sozinhos na sala de espera. Não é um horário movimentado. A beleza desperta assombro: será que ele detecta um mínimo sorriso quando ela chega a esse pronunciamento? Ela é uma recepcionista, pura e simplesmente, ou tem um passado próprio de gratidão e assombro?

153

"Não marcou um dos quadros", diz ela. "*Duração das sessões: 30 minutos, 45 minutos, 60 minutos, 90 minutos*. Qual duração prefere?"

"Vamos dizer, o máximo de alívio: 90 minutos."

"Talvez tenha de esperar algum tempo por sessões de noventa minutos. Por causa dos horários. Mesmo assim, vou marcar o senhor para uma primeira sessão longa. Pode mudar depois, se preferir. Obrigada, isso é tudo. Entraremos em contato. Por escrito, informando quando será sua primeira consulta."

"Processo complexo. Dá para entender por que marinheiros não são bem-vindos."

"É. O Salón não é para uso de quem está em trânsito. Estar em trânsito é em si um estado transitório. Alguém que está em trânsito aqui estará em casa em sua terra, assim como alguém daqui estará em trânsito em outros lugares."

"*Per definitionem*", ele diz. "Sua lógica é impecável. Vou esperar sua carta."

No formulário, ele pôs o apartamento de Elena como endereço. Passam os dias. Ele confere com Elena: nenhuma carta para ele.

Ele volta ao Salón. A mesma recepcionista está a postos. "Lembra de mim?", ele pergunta. "Estive aqui há duas semanas. Você disse que eu receberia uma notícia. Até agora não recebi nada."

"Deixe eu dar uma olhada", ela diz. "Seu nome é...?" Ela abre um arquivo e tira uma pasta. "Nenhum problema com sua solicitação pelo que estou vendo. A demora deve estar no casamento do senhor com a terapeuta adequada."

"*Casamento*? Talvez eu não tenha sido muito claro. Ignore o que escrevi sobre beleza e outras coisas no formulário. Não estou procurando um par ideal, estou apenas necessitado de companhia, companhia feminina."

"Eu entendo. Vou investigar. Me dê alguns dias."

Os dias passam. Nenhuma carta. Ele não devia ter usado a palavra *assombro*. Qual moça tentando ganhar uns reais num bico aceita tamanha responsabilidade? A verdade pode ser boa, mas menos que a verdade às vezes é melhor. Assim: *Por que está solicitando sua inscrição no Salón Confort?* Resposta: *Porque sou novo na cidade e não tenho contatos.* Pergunta: *Que tipo de terapeuta procura?* Resposta: *Jovem e bonita.* Pergunta: *Qual a duração desejada das sessões?* Resposta: *Bastam trinta minutos.*

Eugenio parece empenhado em demonstrar que sua discordância sobre ratos, história e organização do trabalho na estiva não deixou ressentimentos. Quase sempre, quando deixa o trabalho, encontra Eugenio no seu encalço e tem então de repetir o teatro de pegar o ônibus número 6 para os Blocos.

"Ainda não resolveu sobre o Instituto?", Eugenio pergunta em uma das caminhadas até a parada do ônibus. "Acha que vai se matricular?"

"Acho que não pensei muito no Instituto esses últimos dias. Estou tentando me inscrever num centro de recreação."

"Centro de recreação? Como assim, como o Salón Confort? Por que você haveria de querer se associar a um centro de recreação?"

"Você e seus amigos não usam nenhum? Como fazem a respeito de — como dizer? — premências físicas?"

"Premências físicas? Exigências do corpo? Estávamos discutindo isso em classe. Gostaria de saber a conclusão a que chegamos?"

"Por favor."

"Começamos observando que as premências em questão não têm objetivo específico. Isto é, não é para uma mulher específica que elas nos impelem, mas para a mulher em abstrato, para o ideal feminino. Assim, quando, a fim de aplacar a premência, recorremos ao chamado centro de recreação, nós de fato traímos a premência. Por quê? Porque as manifestações do ideal em oferta nesses lugares são cópias inferiores; e a união com uma cópia inferior deixa o buscador apenas decepcionado e triste."

Ele tenta imaginar Eugenio, aquele jovem empenhado com seus óculos de coruja, nos braços de uma cópia inferior. "Você põe a culpa de sua decepção nas mulheres do Salón", ele responde, "mas talvez devesse refletir sobre a premência em si. Se faz parte da natureza do desejo almejar o que está além de seu alcance, seria de surpreender se ele não é satisfeito? Sua professora no Instituto não falou que abraçar cópias inferiores pode ser um passo necessário na ascensão em direção ao bem, à verdade, à beleza?"

Eugenio fica em silêncio.

"Pense nisso. Pergunte a si mesmo onde estaríamos se não existissem escadas. É o meu ônibus. Até amanhã, meu amigo."

"Tem alguma coisa errada comigo que eu não percebo?", ele pergunta a Elena. "Me refiro ao clube de que estou tentando ficar sócio. Por que você acha que me recusaram? Pode falar com franqueza."

Na última luz violácea do anoitecer, ele e ela estão sentados diante da janela olhando os pardais subirem e mergulharem. Companheiros: isso foi o que se tornaram com o passar do tempo. *Compañeros* por acordo mútuo. Casamento por companheirismo: se ele oferecesse será que Elena aceitaria? Viver com Elena e Fidel no apartamento seria, sem dúvida, muito mais confortável do que se conformar com o barracão solitário nas docas.

"Não pode ter certeza de que recusaram você", diz Elena. "Talvez tenham uma lista de espera muito grande. Embora eu fique surpresa de você insistir lá. Por que não tenta outro clube? Ou por que simplesmente não esquece?"

"Esquecer?"

"Esquecer o sexo. Você já tem idade para isso. Idade para encontrar satisfação em outras coisas."

Ele sacode a cabeça. "Não ainda, Elena. Mais uma aventura, mais um fracasso, e então talvez eu pense em me aposentar. Você não respondeu minha pergunta. Tem alguma coisa em mim que afasta as pessoas? O jeito de eu falar, por exemplo: afasta as pessoas? Meu espanhol é errado?"

"Seu espanhol não é perfeito, mas está melhorando dia a dia. Escuto uma porção de recém-chegados cujo espanhol não é tão bom como o seu."

"Bondade sua dizer isso, mas o fato é que não tenho bom ouvido. Muitas vezes não consigo entender o que as pessoas estão dizendo e preciso adivinhar. A mulher no clube, por exemplo: achei que ela estava querendo me casar com uma das moças que trabalham lá; mas talvez eu tenha ouvido errado. Disse a ela que não estava caçando uma noiva e ela olhou para mim como se eu fosse louco."

Elena fica quieta.

"É a mesma coisa com Eugenio", ele insiste. "Estou começando a achar que tem alguma coisa na minha fala que me marca como um homem preso aos antigos hábitos, um homem que não esqueceu."

"Esquecer leva tempo", diz Elena. "Quando você esquecer de fato, sua sensação de insegurança vai passar e tudo vai ficar muito mais fácil."

"Estou à espera desse dia abençoado. O dia em que serei bem recebido no Salón Confort, no Salón Relax e em todos os outros salóns de Novilla."

Elena olha firme para ele. "Ou então você pode se apegar a suas lembranças, se é isso que prefere. Mas depois não venha reclamar comigo."

"Por favor, Elena, não me entenda mal. Não dou nenhum valor às minhas velhas lembranças cansadas. Concordo com você: elas não passam de um fardo. Não, eu resisto a abrir mão de uma outra coisa: não das lembranças em si, mas da sensação de residir num corpo com um passado, um corpo impregnado do seu passado. Entende isso?"

"Uma vida nova é uma vida nova", diz Elena, "não uma vida velha repetida num ambiente novo. Olhe o Fidel..."

"Mas o que há de bom numa vida nova", ele interrompe, "se ela não nos transforma, não nos transfigura, como certamente não transformou a mim?"

Ela espera para ele falar mais, porém ele terminou.

"Olhe o Fidel", ela diz. "Olhe o David. Eles não são criaturas de lembrança. Crianças vivem no presente, não no passado. Por que não seguir o exemplo deles? Em vez de esperar ser transfigurado, por que não tentar ser como criança outra vez?"

18.

Ele e o menino estão dando um passeio no parque, na primeira excursão sancionada por Inés. A tristeza sumiu de seu coração, ele caminha cheio de vitalidade. Quando está com o menino, os anos parecem desaparecer.

"E como vai o Bolívar?", ele pergunta.

"O Bolívar fugiu."

"Fugiu! Isso é uma surpresa! Pensei que ele era apegado a você e Inés."

"O Bolívar não gosta de mim. Só gosta da Inés."

"Mas sem dúvida dá para gostar de mais de uma pessoa."

"O Bolívar só gosta da Inés. É o cachorro dela."

"Você é filho da Inés, mas não ama só a Inés. Gosta de mim também. Gosta do Diego e do Stefano. Gosta do Álvaro."

"Não, não gosto."

"Fico chateado de saber disso. Então o Bolívar foi embora. Para onde você acha que ele foi?"

"Ele voltou. A Inés pôs a comida dele lá fora e ele voltou. Agora ela não deixa ele sair de jeito nenhum."

"Acho que ele só não está ainda acostumado com a casa nova."

"A Inés disse que é porque ele sente o cheiro das damas. Ele quer cruzar com uma cachorra dama."

"É, esse é um dos problemas de ter um cachorro cavalheiro — ele quer ir atrás das damas. É a natureza. Se cachorros cavalheiros e cachorras damas não quisessem mais cruzar, não nasceriam mais cachorros bebês e depois de algum tempo não existiria mais cachorro nenhum. Então talvez seja melhor dar alguma liberdade para o Bolívar. E o sono? Você está dormindo melhor? Não tem mais pesadelos?"

"Sonhei com o navio."

"Qual navio?"

"O navio grande. Onde a gente viu o homem com o chapéu. O pirata."

"Piloto, não pirata. O que você sonhou?"

"O navio afundou."

"Afundou? E o que aconteceu depois?"

"Não sei. Não lembro. Os peixes vieram."

"Bom, eu vou contar o que aconteceu. Nós fomos salvos, você e eu. A gente deve ter sido salvo, senão como a gente ia estar aqui agora? Então foi só um pesadelo. E peixes não comem gente. Peixes são inofensivos. Peixes são bons."

É hora de voltar. O sol está se pondo, aparecem as primeiras estrelas.

"Está vendo aquelas duas estrelas lá onde eu estou apontando — aquelas duas brilhantes? São os Gêmeos e chamam assim porque estão sempre juntos. E aquela estrela lá, um pouquinho acima do horizonte, meio avermelhada — é a estrela vespertina, a primeira estrela que aparece quando o sol se põe."

"São os irmãos gêmeos?"

"São. Esqueci os nomes deles, mas houve um tempo em que foram muito famosos, tão famosos que se transformaram em estrelas. Talvez Inês lembre da história. Inês conta histórias para você?"

"Ela conta histórias na hora de dormir."

"Ótimo. Quando você aprender a ler sozinho, não vai mais precisar da Inês, de mim, de mais ninguém. Vai poder ler todas as histórias do mundo."

"Eu sei ler, só que eu não quero. Quero que a Inês me conte história."

"Não acha que isso é um pouco limitado? Ler vai abrir novas janelas para você. Que histórias a Inês conta?"

"Histórias do Terceiro Irmão."

"Histórias do Terceiro Irmão? Essas eu não conheço. Sobre o que elas são?"

O menino para, junta as mãos diante de si, olha ao longe e começa a falar.

"Era uma vez três irmãos, era inverno, estava nevando e a mãe deles disse: Três Irmãos, Três Irmãos, estou com uma grande dor na barriga e acho que vou morrer, a não ser que um de vocês vá procurar a Mulher Sábia que cuida da preciosa erva da cura.

"Então o Primeiro Irmão falou, Mãe, Mãe, eu vou procurar a Mulher Sábia. Pôs a capa, saiu na neve, encontrou uma raposa e a raposa falou para ele, aonde você está indo, Irmão? E o Irmão falou, vou procurar a Mulher Sábia que cuida da erva preciosa da cura, por isso não tenho tempo para conversar com você, Raposa. E a raposa falou, me dê comida e eu mostro o caminho para você e o Irmão falou, saia da frente, Raposa, deu um chute na raposa, foi para floresta e nunca mais se ouviu falar dele.

"Então a Mãe falou, Irmão Dois, Irmão Dois, estou com uma grande dor na barriga e acho que vou morrer, a não ser que um de vocês vá procurar a Mulher Sábia que cuida da preciosa erva da cura.

"Então o Segundo Irmão falou, Mãe, Mãe, eu vou, pegou a capa, saiu na neve, encontrou um lobo e o lobo falou, me dê comida e eu mostro o caminho para encontrar a Mulher Sábia e o Irmão falou, saia da frente, Lobo, deu um chute nele, entrou na floresta e nunca mais se ouviu falar dele.

"Aí a Mãe falou, Terceiro Irmão, Terceiro Irmão, estou com uma grande dor na barriga e acho que vou morrer, a não ser que você me traga a preciosa erva da cura.

"Então o Terceiro Irmão falou, não se preocupe, Mãe, eu vou encontrar a Mulher Sábia e trazer a erva preciosa da cura. E ele saiu na neve, encontrou um urso e o urso falou, me dê comida que eu mostro para você o caminho para chegar até a Mulher Sábia. E o Terceiro Irmão falou, com todo o prazer, Urso, dou tudo que você quiser. Aí o urso falou, me dê seu coração para eu devorar. E o Terceiro Irmão falou, com todo o prazer eu dou meu coração. Então ele deu o coração dele e o urso devorou.

"Aí o urso mostrou para ele um caminho secreto, ele chegou até a casa da Mulher Sábia, bateu na porta e a Mulher Sábia falou, por que está sangrando, Terceiro Irmão? E o Terceiro Irmão falou, dei meu coração para o urso devorar para ele me mostrar o caminho, porque eu preciso levar de volta a erva preciosa que vai curar minha mãe.

"Aí a Mulher Sábia falou, olhe, aqui está a erva preciosa cujo nome é Escamel, e porque você teve fé e deu seu coração para ser devorado, sua mãe vai ser curada. Siga as gotas de sangue pela floresta e vai encontrar o caminho de casa.

"Aí o Terceiro Irmão encontrou o caminho de volta e falou para a mãe dele, olhe, Mãe, aqui está a erva Escamel e agora adeus, tenho de ir embora porque o urso devorou meu coração. E a Mãe experimentou a erva Escamel e sarou na mesma hora e falou, Meu Filho, Meu Filho, vejo que está brilhando com uma grande luz, e era verdade, ele estava brilhando com uma grande luz e então subiu para o céu."

"E daí?"

"Só isso. Acaba assim."

"Então o último irmão virou estrela e a mãe ficou sozinha."

O menino se cala.

"Não gosto dessa história. O fim é muito triste. De qualquer jeito, você não pode ser o terceiro irmão e subir para o céu como estrela porque é o único irmão e, portanto, o primeiro irmão."

"A Inés disse que eu posso ter mais irmãos."

"Disse? E de onde vão sair esses irmãos? Ela está esperando que eu leve para ela como levei você?"

"Ela disse que vai ter eles da barriga dela."

"Bom, nenhuma mulher consegue fazer filhos sozinha, ela vai precisar de um pai para ajudar, ela devia saber disso. É a lei da natureza, a mesma lei para nós, para os cachorros, lobos e ursos. Mas mesmo que ela tenha mais filhos, você vai continuar sendo o primeiro filho, não o segundo, nem o terceiro."

"Não!" Soa zangada a voz do menino. "Eu quero ser o terceiro filho! Eu falei para a Inês e ela disse que sim. Disse que eu posso voltar para dentro da barriga dela e sair de novo."

"Ela disse isso?"

"Disse."

"Bom, se você conseguir isso vai ser um milagre. Nunca ouvi falar de um menino grande como você voltar para dentro da barriga da mãe, muito menos sair de novo. A Inés devia estar falando de alguma outra coisa. Talvez estivesse dizendo que você vai ser sempre o mais amado."

"Não quero ser o mais amado, quero ser o terceiro filho! Ela prometeu!"

"Um vem antes do dois, David, e o dois antes do três. A Inês pode prometer até ficar roxa, mas não pode mudar isso. Um-

-dois-três. É uma lei ainda mais forte que a lei da natureza. Chama-se lei dos números. E você só quer ser o terceiro filho porque ele é o herói dessas histórias que ela conta. Tem um monte de histórias em que o filho mais velho é o herói, não o terceiro filho. E não precisa nem ser três filhos. Pode ser só um filho, e ninguém devora o coração dele. Ou então a mãe tem filhas e não filhos. Tem muitas e muitas histórias e muitos tipos de herói. Se aprender a ler você vai descobrir isso sozinho."

"Eu sei ler, só não quero ler. Não gosto de ler."

"Isso não é muito inteligente. Além disso, daqui a pouco você vai fazer seis anos e aos seis anos tem de ir para a escola."

"A Inés disse que eu não preciso ir para a escola. Disse que eu sou o tesouro dela. Disse que posso aprender sozinho em casa."

"Concordo, você é o tesouro dela. Ela tem muita sorte de ter encontrado você. Mas tem certeza que você quer ficar em casa com a Inés o tempo inteiro? Se for para a escola, vai encontrar outras crianças da sua idade. Vai aprender a ler direitinho."

"A Inés falou que eu não vou ter atenção individual na escola."

"Atenção individual! O que quer dizer isso?"

"Ela falou que eu tenho de ter atenção individual porque eu sou inteligente. Disse que na escola criança inteligente não tem atenção individual e acha a escola chata."

"E o que faz você achar que é tão inteligente?"

"Eu sei todos os números. Quer ouvir? Sei 134, sei 7, sei — ele respira fundo — 4623551, sei 888, sei 92, sei..."

"Pare! Isso não é saber os números, David. Saber os números é você saber contar. É saber a ordem dos números — qual número vem antes, qual vem depois. Mais tarde, vai ser também somar e subtrair números — ir de um número para outro num pulo só, sem contar os passos entre um e outro. Dizer os números não é a mesma coisa que ser inteligente com números. Você pode ficar aí o dia inteiro dizendo números e não vai chegar a lugar nenhum, porque os números não têm fim. Sabia disso? A Inês não contou para você?"

"Não é verdade!"

"O que não é verdade? Que os números não têm fim? Que ninguém é capaz de dizer todos?"

"Eu posso dizer todos."

"Tudo bem. Você disse que sabe 888. Qual número vem depois de 888?"

"92."

"Errado. O número que vem depois é 889. Qual dos dois é maior, 888 ou 889?"

"888."

"Errado. 889 é maior porque 889 vem depois de 888."

"Como você sabe? Você nunca *foi* lá."

"Como assim, *foi* lá? Claro que eu nunca fui ao 888. Não preciso ter ido lá para saber que 888 é menor que 889. Por quê? Porque aprendi como números são construídos. Aprendi as regras da aritmética. Quando você for para a escola, vai aprender as regras também e aí os números não vão mais ser" — ele procura a palavra — "uma complicação na sua vida."

O menino não responde, mas olha para ele abertamente. Nem por um momento ele pensa que suas palavras passam direto por ele. Não, estão sendo absorvidas, todas elas: absorvidas e rejeitadas. Por que esse menino, tão inteligente, tão pronto a encontrar seu caminho no mundo, se recusa a entender?

"Você visitou todos os números, você falou", diz ele. "Então me diga o último número, o último de todos. Só não diga que é Ômega. Ômega não conta."

"O que é ômega?"

"Não importa. Só não diga ômega. Me diga o último número, o último de todos."

O menino fecha os olhos e respira fundo. Franze a testa em concentração. Seus lábios se movem, mas ele não diz nem uma palavra.

Dois pássaros pousam num ramo acima deles, murmurando juntos, prontos para dormir.

Pela primeira vez lhe ocorre que esse menino pode não ser apenas uma criança inteligente — existem muitas crianças inteligentes no mundo — mas algo mais, algo para o que ele não encontra a palavra nesse momento. Estende a mão e sacode o menino, de leve. "Agora basta", diz. "Basta de contar."

O menino se sobressalta. Abre os olhos, o rosto perde o ar concentrado, distante, e se contorce. "Não toque em mim!", grita numa voz estranha, aguda. "Está me fazendo esquecer! Por que faz eu me esquecer? Eu te odeio!"

"Se não quer que ele vá para a escola", ele diz a Inés, "pelo menos deixe eu ensinar o menino a ler. Ele está pronto para isso, vai aprender num instante."

Há uma minúscula biblioteca no centro comunitário dos Blocos Leste, com duas prateleiras de livros: *Aprenda carpintaria*, *A arte do crochê*, *Cento e uma receitas de verão*, e assim por diante. Mas deitado debaixo de outros livros, com a lombada arrancada, está um *Dom Quixote ilustrado para crianças*.

Triunfante, ele mostra sua descoberta a Inés.

"Quem é Dom Quixote?", ela pergunta.

"Um cavaleiro de armadura, dos velhos tempos." Ele abre o livro na primeira ilustração: um homem alto, magro, com um fiapo de barba, vestido com armadura, montado num pangaré cansado; ao lado dele, um sujeito gordinho num burro. Diante deles, a estrada serpenteia até lá longe. "É uma comédia", ele diz. "Ele vai gostar. Ninguém morre afogado, ninguém é morto, nem o cavalo."

Ele se acomoda junto à janela com o menino nos joelhos. "Você e eu vamos ler este livro juntos, página por página, às vezes duas páginas. Primeiro, eu leio a história em voz alta, depois a gente lê palavra por palavra, vendo como as palavras se juntam. Combinado?"

O menino faz que sim.

"Havia um homem que vivia em La Mancha — La Mancha é na Espanha, de onde veio a língua espanhola — um homem não mais moço, mas ainda não velho, que um dia botou na cabeça a ideia de que queria ser um cavaleiro. Então ele pegou a velha armadura enferrujada que estava pendurada na parede, vestiu, assobiou para seu cavalo, que se chamava Rocinante, chamou seu amigo Sancho e disse para ele: *Sancho, estou com a ideia de sair em busca de aventuras cavalheirescas — quer ir comigo?* Está vendo, aqui está escrito *Sancho* e aqui *Sancho* outra vez, a mesma palavra, começando com S grande. Tente lembrar como ela é."

"O que é aventuras cavalheirescas?", o menino pergunta.

"As aventuras de um *caballero*, um cavaleiro. Resgatar moças bonitas com problemas. Lutar com ogros e gigantes. Você vai ver. O livro está cheio de aventuras cavalheirescas.

"Então, Dom Quixote e seu amigo Sancho — está vendo *Dom Quixote* com o Q com rabinho e *Sancho* de novo — não tinham cavalgado muito quando viram, parado na beira da estrada, um gigante enorme com nada menos que quatro braços que terminavam em quatro punhos enormes, que ele sacudia ameaçadoramente para os viajantes.

"*Olhe, Sancho, nossa primeira aventura*, disse Dom Quixote. *Enquanto eu não vencer esse gigante nenhum viajor estará seguro.*

"Sancho olhou para seu amigo, intrigado. *Não estou vendo nenhum gigante*, disse ele. *Só vejo um moinho com suas quatro pás rodando no vento.*"

"O que é um moinho?", o menino pergunta.

"Olhe a figura. Os braços grandes são as pás do moinho. E as pás giram no vento, fazem girar uma roda e a roda gira uma grande pedra dentro do moinho, chamada mó e a mó mói o trigo, transforma em farinha com que o padeiro pode fazer pão para a gente comer."

"Mas não é um moinho de verdade, é?", pergunta o menino. "Continue."

"*Pode ser que você veja um moinho, Sancho, disse Dom Quixote, mas é porque foi encantado pela feiticeira Maladuta. Se os seus olhos não estivessem nublados, você veria um gigante com quatro braços vigiando a estrada.* Quer saber o que é uma feiticeira?"

"Eu conheço feiticeira. Continue."

"Com essas palavras, Dom Quixote apontou sua lança, esporeou os flancos de Rocinante e atacou o gigante. Com um de seus braços o gigante se defendeu da lança de Dom Quixote com toda a facilidade. *Ha ha ha, pobre cavaleiro esfarrapado,* ele riu, *acha que pode levar a melhor?*

"Então, Dom Quixote desembainhou a espada e atacou novamente. Mas com a mesma facilidade, com outro braço, o gigante derrubou a espada, junto com o cavaleiro e seu cavalo.

"Rocinante se pôs de pé, mas, quanto a Dom Quixote, tinha levado uma tal pancada na cabeça que estava bem tonto. *Ai, Sancho, disse Dom Quixote, a menos que as mãos de minha amada Dulcineia apliquem algum bálsamo curativo em minhas feridas, temo não ver o dia nascer. — Bobagem, meu senhor,* replicou Sancho, *é só um galo na cabeça, vai estar novinho em folha assim que eu afastar o senhor desse moinho. — Não é um moinho, mas um gigante, Sancho, disse Dom Quixote. — Assim que eu afastar o senhor desse gigante, disse Sancho.*"

"Por que o Sancho não luta com o gigante também?", o menino pergunta.

"Porque Sancho não é um cavaleiro. Não é cavaleiro, portanto não tem espada nem lança, só um canivete para descascar batatas. Tudo o que ele pode fazer — como nós vamos ver amanhã — é botar Dom Quixote montado em seu burro e ir com ele até a hospedaria mais próxima para descansar e se recuperar."

"Mas por que Sancho não bate no gigante?"

"Porque Sancho sabe que o gigante na verdade é um moinho, e não se pode lutar contra um moinho. Um moinho não é uma coisa viva."

"Não é moinho, é um gigante! Só é moinho na figura."

Ele fecha o livro. "David", diz, "*Dom Quixote* não é um livro comum. Para a moça da biblioteca que emprestou o livro para nós parece um simples livro para crianças, mas na verdade não é nada simples. Nos apresenta o mundo visto por dois pares de olhos, os olhos de Dom Quixote e os olhos de Sancho. Para Dom Quixote é um gigante que ele está combatendo. Para Sancho é um moinho. A maioria das pessoas — não você, talvez, mas a maioria de nós, sim — concorda com Sancho que é um moinho. Inclusive o artista que desenhou a figura do moinho. E também o homem que escreveu o livro."

"Quem escreveu esse livro?"

"Um homem chamado Benengeli."

"Ele mora na biblioteca?"

"Acho que não. Não é impossível, mas eu diria que é muito pouco provável. Tenho certeza que ele não estava lá. Seria fácil de reconhecer. Ele usa um manto comprido e um turbante na cabeça."

"Por que nós estamos lendo o livro do Bengeli?"

"Benengeli. Porque eu encontrei o livro na biblioteca. Porque achei que você ia gostar. Porque vai ser bom para o seu espanhol. O que mais você quer saber?"

O menino fica em silêncio.

"Vamos parar aqui e continuamos amanhã com a próxima aventura de Dom Quixote e Sancho. Eu espero que amanhã você seja capaz de me apontar *Sancho* com S grande e *Dom Quixote* com o Q de rabinho."

"Não é as aventuras de Dom Quixote e Sancho. É as aventuras de Dom Quixote."

19.

Um dos cargueiros maiores chegou ao porto, o que Álvaro chama de cargueiro de barriga dupla, com porões na proa e na popa. Os estivadores se dividem em duas turmas. Ele, Simón, fica com a turma da proa.

No meio da manhã do primeiro dia de descarregamento, no porão, ele escuta comoção no convés e o apito agudo. "É o alarme de incêndio", diz um dos companheiros. "Vamos sair, depressa!"

Ele sente cheiro de fumaça já quando estão subindo a escada. Ela vem em ondas do porão da popa. "Todos para fora!", Álvaro grita de sua posição na ponte ao lado do contramestre do navio. "Todos para terra!"

Assim que os estivadores retiram suas escadas, a tripulação do navio puxa as tampas das grandes escotilhas.

"Não vão apagar o fogo?", ele pergunta.

"Estão abafando", responde seu companheiro. "Dentro de uma ou duas horas vai estar apagado. Mas da carga não sobra nada, com toda certeza. Só vai servir para jogar para os peixes."

Os estivadores se reúnem no cais. Álvaro começa a chamada. "Adriano... Agustín... Alexandre..." "Eu... Eu... Eu...", vêm as respostas. Até chegar a Marciano. "Marciano..." Silêncio. "Alguém viu o Marciano?" Silêncio. Da escotilha fechada, escapa um fio de fumaça no ar parado.

Os marinheiros removem as tampas outra vez. Imediatamente são envolvidos em densa fumaça cinzenta. "Fechem!", ordena o contramestre; e para Álvaro: "Se o seu homem está lá, não tem mais jeito".

"Não vamos abandonar um companheiro", diz Álvaro. "Eu desço."

"Não enquanto eu estiver no comando. Não desce."

Ao meio-dia, as tampas das escotilhas da popa são abertas brevemente. A fumaça continua tão densa como antes. O capitão ordena que o porão seja inundado. Os estivadores são dispensados.

Ele conta a Inés os acontecimentos do dia. "Do Marciano só vamos saber com certeza quando bombearem a água do porão, de manhã", diz.

"O que vocês vão saber do Marciano? O que aconteceu com ele?", o menino pergunta, entrando na conversa.

"Meu palpite é que ele dormiu. Deve ter se descuidado, respirou muita fumaça. Se a pessoa respira muita fumaça fica fraca, tonta e dorme."

"E daí?"

"Daí, eu sinto dizer para você que a pessoa não acorda nesta vida."

"Morre?"

"É, a pessoa morre."

"Se ele morreu ele vai para a outra vida", diz Inés. "Então não precisa se preocupar com ele. Está na hora do banho. Vamos."

"O Simón pode dar banho em mim?"

Ele não vê o menino nu há muito tempo. Observa com prazer que seu corpo está mais cheio.

"Fique de pé", diz ele, enxagua o resto de sabão de seu corpo e o enrola na toalha. "Vamos enxugar depressa para você vestir o pijama."

"Não", diz o menino. "Quero que a Inés me enxugue."

"Ele quer que você enxugue", ele diz a Inés. "Eu não sirvo."

Estendido na cama, o menino deixa que Inés cuide dele, seque entre os dedos dos pés, entre as pernas. Seu polegar está na boca; seus olhos, embriagados de prazer onipotente, acompanham, preguiçosos, os movimentos dela.

Ela passa talco nele, como se fosse um bebê; ajuda-o a vestir o pijama.

É hora de dormir, mas ele não desiste da história de Marciano. "Pode ser que ele não tenha morrido", diz. "A gente pode ir lá olhar, a Inés, você e eu? Eu não respiro fumaça nenhuma, prometo. Pode?"

"Não faz nenhum sentido isso, David. É tarde demais para salvar o Marciano. E o porão do navio está cheio de água."

"Não é tarde demais! Eu posso mergulhar na água e salvar ele, igual uma foca. Posso nadar para qualquer lugar. Sou um artista da fuga."

"Não, meu menino, mergulhar num porão inundado é muito perigoso, mesmo para um artista da fuga. Você pode ficar preso e não voltar mais. Além disso, artistas da fuga não salvam outras pessoas, salvam a si mesmos. E você não é uma foca. Não aprendeu a nadar. Está na hora de você entender que ninguém sai nadando ou vira um artista da fuga só porque quer. Precisa de anos de treinamento. E de qualquer jeito, Marciano não quer ser salvo, ser trazido de volta a esta vida. Marciano encontrou a paz. Provavelmente está atravessando os mares neste momento, em busca da próxima vida. Vai ser uma grande aventura para ele, começar de novo, livre de tudo. Não precisa mais ser estivador e carregar sacos pesados nas costas. Pode ser um passarinho. Pode ser o que ele quiser."

"Ou uma foca."

"Um passarinho ou uma foca. Ou mesmo uma grande baleia. Não tem limite para o que você pode ser na próxima vida."

"Você e eu vamos para a próxima vida?"

"Só se a gente morrer. E nós não vamos morrer. Vamos viver um longo tempo."

"Como heróis. Heróis não morrem, morrem?"

"Não, heróis não morrem."

"Nós vamos ter de falar espanhol na próxima vida?"

"De jeito nenhum. Por outro lado, pode ser que a gente tenha de aprender chinês."

"E a Inés? A Inés vai também?"

"Isso é ela que decide. Mas eu tenho certeza que, se você for para a próxima vida, Inés vai querer ir junto. Ela ama muito você."

"Nós vamos ver o Marciano?"

"Sem dúvida. Mas pode ser que a gente não reconheça. Podemos pensar que estamos vendo um passarinho, uma foca, uma baleia. E Marciano — Marciano vai pensar que está vendo um hipopótamo quando na verdade vai ser você."

"Não, estou falando do Marciano de verdade, nas docas. Nós vamos ver o Marciano de verdade?"

"Assim que bombearem a água do porão, o capitão vai mandar homens descerem para buscar o corpo do Marciano. Mas o Marciano de verdade não vai mais estar entre nós."

"Posso ver ele?"

"Não o Marciano de verdade. O Marciano de verdade é invisível para nós. Quanto ao corpo, o corpo do qual Marciano escapou, quando a gente chegar nas docas já vão ter levado embora. Os homens vão fazer isso assim que clarear, você ainda vai estar dormindo."

"Levado para onde?"

"Para ser enterrado."

"Mas e se ele não estiver morto? Se enterrarem ele e ele não estiver morto?"

"Isso não vai acontecer. As pessoas que enterram os mortos, os coveiros, tomam cuidado para não enterrar alguém que ainda está vivo. Eles escutam o coração. Escutam a respiração. Se escutam uma batidinha de coração que seja, eles não enterram. Então não precisa se preocupar. Marciano está em paz..."

"Não, você não entendeu! E se a barriga dele está cheia de fumaça, mas ele não está morto de verdade?"

"Os pulmões. A gente respira com os pulmões, não com a barriga. Se o Marciano encheu os pulmões de fumaça ele está morto, com certeza."

"Não é verdade! Você está só falando! Não dá para ir para as docas antes dos coveiros chegarem lá? Não dá para ir agora?"

"Agora, no escuro? Não, não dá, não. Por que você quer tanto ver o Marciano, meu menino? Um corpo morto não tem importância. A alma é que é importante. A alma do Marciano é o Marciano de verdade. E a alma está a caminho da próxima vida."

"Eu quero ver o Marciano! Quero chupar a fumaça para fora dele! Não quero que ele seja enterrado!"

"David, se desse para trazer de volta o Marciano chupando a fumaça do pulmão dele, os marinheiros teriam feito isso há muito tempo, garanto. Marinheiros são como nós, cheios de boa vontade. Mas não dá para trazer as pessoas de volta à vida chupando os seus pulmões, não depois que morreram. É uma das leis da natureza. Quando você está morto, está morto. O corpo não volta à vida. Só a alma continua vivendo: a alma do Marciano, a minha alma, a sua alma."

"Não é verdade! Eu não tenho alma! Quero salvar o Marciano!"

"Eu não vou deixar. Nós vamos ao enterro do Marciano, e no enterro você vai ter uma chance, como todo mundo, de dar um beijo de despedida nele. É assim que vai ser e acabou. Não vou mais falar da morte do Marciano."

"Você não manda em mim! Não é meu pai! Vou pedir para a Inés!"

"Garanto para você que Inés não vai andar nas docas com você no escuro. Pense um pouco. Eu sei que você gosta de salvar as pessoas e isso é admirável, mas algumas pessoas não querem ser salvas. Deixe o Marciano em paz. Marciano foi embora. Vamos lembrar das coisas boas dele e deixar de lado a casca dele. Vamos: Inés está esperando para contar história antes de você dormir."

Quando ele se apresenta ao trabalho na manhã seguinte, o bombeamento do porão da popa já está quase terminado. Em uma hora uma equipe de marinheiros consegue descer; e logo depois, enquanto os estivadores observam das docas, em silêncio, o corpo de seu companheiro morto, amarrado a uma maca, é levado para o convés.

Álvaro se dirige a eles. "Dentro de um ou dois dias vamos poder nos despedir direito do nosso amigo, moçada", diz ele. "Mas agora é trabalho normal. O porão deve estar uma bagunça, o nosso trabalho é limpar tudo."

Durante o resto do dia, os estivadores ficam no porão, com água pelas canelas, envoltos no cheiro acre de cinza molhada. Todos os sacos de grãos estouraram; seu trabalho é atirar a massa pegajosa para dentro de baldes e, em revezamento, passá-los para o convés, de onde são esvaziados pela amurada. É um trabalho sem alegria, realizado em silêncio num lugar de morte. Quando passa no apartamento de Inés essa noite, está exausto e com um humor sombrio.

"Você não tem por acaso nada para beber, não é?", pergunta.

"Desculpe, não tenho nada. Vou fazer um chá."

Estendido em sua cama, o menino está absorto no livro. Já esqueceu de Marciano.

"Oi", ele cumprimenta. "Como vai o Dom hoje? O que ele está aprontando?"

O menino ignora a pergunta. "O que quer dizer esta palavra?", pergunta, apontando.

"Aí diz *Aventuras*, com A grande. As Aventuras de Dom Quixote."

"E esta?"

"*Fantástico*, com *F*. E essa palavra — lembra da letra *Q* grande? — é *Quixote*. Você pode reconhecer Quixote pelo *Q* grande. Achei que você falou que sabia as letras."

"Não quero ler letras. Quero ler a história."

"Isso não é possível. Uma história é feita de palavras, e palavras são feitas de letras. Sem letras não tem história, não tem Dom Quixote. Você tem que conhecer as letras."

"Me mostre qual que é *Fantástico*."

Ele põe o dedo do menino em cima da palavra. "Esta." Suas unhas estão limpas e bem cortadas; enquanto sua própria mão, que costumava ser limpa e macia, está fendida e suja, a sujeira entranhada nas fendas.

O menino fecha os olhos apertado, prende a respiração, arregala os olhos. "*Fantástico*."

"Excelente. Você aprendeu a identificar a palavra *Fantástico*. Tem dois jeitos de aprender a ler, David. Um, é aprender as palavras de uma em uma, como você está fazendo. O outro, que é mais rápido, é aprender as letras que formam as palavras. São só vinte e seis letras. Depois que você aprender, pode soletrar as palavras desconhecidas sozinho, sem precisar que eu ensine toda vez."

O menino sacode a cabeça. "Quero ler do primeiro jeito. Onde está o gigante?"

"O gigante que na verdade era um moinho?" Ele vira as páginas. "Gigante está aqui." Põe o indicador do menino em cima da palavra *gigante*.

O menino fecha os olhos. "Estou lendo com os dedos", anuncia.

"Não importa como você lê, com os olhos ou com os dedos, igual a uma pessoa cega, contanto que você leia. Mostre *Quixote*, com um *Q*."

O menino golpeia a página com o dedo. "Aqui."

"Não." Ele leva o dedo do menino ao lugar certo. "*Quixote* está aqui, com o *Q* grande."

O menino afasta a mão dele com petulância. "Não é o nome dele de verdade, não sabia?"

"Pode não ser o nome dele no mundo, o nome que os vizinhos usam, mas é o nome que ele escolheu para ele e é esse nome que nós conhecemos."

"Não é o nome dele *de verdade*."

"Qual é o nome dele *de verdade*?"

Repentinamente, o menino se retira para dentro de si mesmo. "Pode ir", murmura. "Vou continuar lendo sozinho."

"Tudo bem. Eu vou. Quando você estiver com a cabeça no lugar outra vez, quando resolver que quer aprender a ler direito, me chame. Me chame e me conte o nome verdadeiro do Dom."

"Não conto. É segredo."

Inés está absorta em tarefas culinárias. Nem ergue os olhos quando ele sai.

Passa-se um dia até sua próxima visita. Ele encontra o menino debruçado sobre o livro como antes. Tenta falar, mas o menino faz um gesto impaciente — "Shh!" — e vira a página com um movimento rápido, brusco, como se houvesse atrás dela uma cobra que pudesse atacá-lo.

A figura mostra Dom Quixote amarrado num ninho de corda, sendo baixado para dentro de um buraco na terra.

"Quer que eu ajude? Quer que eu conte o que está acontecendo?", ele pergunta.

O menino faz que sim.

Ele pega o livro. "Este episódio se chama *A caverna de Montesinos*. Tendo ouvido muita coisa a respeito da caverna de Montesinos, Dom Quixote resolveu ver pessoalmente suas famosas maravilhas. Então ele orientou seu amigo Sancho e o sábio acadêmico — o homem de chapéu deve ser o sábio acadêmico — a baixá-lo para dentro de uma caverna escura e depois esperarem pacientemente um sinal para içarem ele de volta.

"Durante uma hora Sancho e o acadêmico ficaram sentados, esperando na boca da caverna."

"O que é acadêmico?"

"Acadêmico é um homem que leu uma porção de livros e aprendeu uma porção de coisas. Durante uma hora Sancho e o acadêmico ficaram sentados esperando até que finalmente sentiram um puxão na corda e começaram a içar, e assim Dom Quixote voltou à luz."

"Então Dom Quixote não tinha morrido?"

"Não, não tinha morrido."

O menino dá um suspiro feliz. "Isso é bom, não é?", diz ele.

"É, claro que é bom. Mas por que você achou que ele tinha morrido? Ele é Dom Quixote. Ele é o herói."

"Ele é o herói *e* é um mágico. Você amarra ele com corda, põe dentro de uma caixa e quando abre a caixa ele não está lá, ele escapou."

"Ah, você acha que Sancho e o acadêmico amarraram Dom Quixote? Não. Se você lesse o livro em vez de ficar olhando as figuras querendo adivinhar a história, ia saber que eles usam a corda para içar Dom Quixote para fora da caverna, não para amarrar. Continuo?"

O menino faz que sim.

"Elegantemente, Dom Quixote agradeceu aos amigos. Depois, os brindou com um relato de tudo o que aconteceu na caverna de Montesinos. Nos três dias e três noites que passou embaixo da terra, disse ele, viu muitas coisas maravilhosas, nada menos que cascatas que despejavam não gotas de água, mas diamantes cintilantes, e cortejos de princesas em vestes de cetim e mesmo a maior maravilha de todas, a dama Dulcineia montada num cavalo branco com rédeas incrustadas de joias, que se deteve e falou gentilmente com ele.

"*Mas meu senhor, disse Sancho, deve estar enganado. Ficou lá embaixo não três dias e três noites mas uma hora, no máximo.*

"*Não, Sancho, disse Dom Quixote muito sério, três dias e três noites me ausentei; se pareceu apenas uma hora, foi porque você dormiu enquanto esperava e não percebeu a passagem do tempo.*

"Sancho ia responder, mas aí pensou melhor, lembrando como Dom Quixote podia ser teimoso. *É, sim, senhor, disse ele piscando para o acadêmico, deve ter razão: durante três dias e três noites inteiros nós dormimos, até o senhor voltar. Mas por favor, conte mais da dama Dulcineia e do que aconteceu entre ela e o senhor.*

"Dom Quixote olhou para Sancho muito sério. *Sancho, disse, ó meu amigo de pouca fé, quando vai aprender, quando vai aprender?* E se calou.

"Sancho coçou a cabeça. *Meu senhor, falou, não vou negar que é difícil acreditar que o senhor passou três dias e três noites na caverna de Montesinos quando para nós pareceu só uma hora; então, não vou negar também que é difícil acreditar que neste exato minuto existem bandos de princesas debaixo de nossos pés, damas montadas em cavalos brancos como a neve e outros que tais. Agora, se a dama Dulcineia deu ao senhor alguma prova dos seus favores, tal como um rubi ou uma safira da rédea de sua montaria, que o senhor pudesse mostrar a estes pobres descrentes que somos nós, seria outra história completamente diferente.*

"*Um rubi ou uma safira*, Dom Quixote ponderou. *Devo mostrar um rubi ou uma safira para provar que não estou mentindo.*

"*Por assim dizer*, Sancho falou. *Por assim dizer.*

"*E se eu mostrasse tal rubi ou safira, Sancho, o que aconteceria?*

"*Eu cairia de joelhos, meu senhor, beijaria sua mão, imploraria que me perdoasse por ter duvidado de sua palavra. E seria seu fiel seguidor até o fim dos tempos.*"

Ele fecha o livro.

"E daí?", pergunta o menino.

"Daí nada. É o fim do capítulo. Até amanhã não tem mais."

O menino pega o livro de suas mãos, abre de novo na figura de Dom Quixote em seu molho de cordas, olha firme em torno do corpo de texto. "Mostre", ele diz com voz pequena.

"Mostrar o quê?"

"Mostre o fim do capítulo."

Ele aponta o fim do capítulo. "Está vendo, aqui começa outro capítulo, chamado *Don Pedro y las marionetas*, Dom Pedro e as marionetes. A caverna de Montesinos já ficou para trás."

"Mas Dom Quixote mostrou o rubi para o Sancho?"

"Não sei. O señor Benengeli não diz. Talvez tenha mostrado, talvez não."

"Mas *de verdade* ele tinha um rubi? Ele ficou *de verdade* três dias e três noites debaixo da terra?"

"Não sei. Talvez para Dom Quixote o tempo não seja como é para nós. Talvez o que para nós é um piscar de olhos seja um éon para Dom Quixote. Mas se você acredita que Dom Quixote subiu da caverna com rubis nos bolsos, talvez deva escrever seu próprio livro dizendo isso. Aí nós podemos devolver o livro do señor Benengeli para a biblioteca e ler o seu no lugar. Mas infelizmente, antes de poder escrever o seu livro, você vai ter de aprender a ler."

"Eu sei ler."

"Não, não sabe. Você pode olhar a página, mexer a boca e inventar histórias na sua cabeça, mas isso não é ler. Para ler de verdade você tem de se submeter ao que está escrito na página. Tem de deixar de lado as suas fantasias. Tem de parar de bobagem. Tem de parar de ser bebezinho."

Nunca antes falou tão diretamente com o menino, com tanta dureza.

"Não quero ler do seu jeito", diz o menino. "Quero ler do meu jeito. Era uma vez um gato xadrez e não é não é não é sua vez quando montava ele era um cavalo quando andava era um vacalo."

"Isso é só bobagem. Não existe vacalo. Dom Quixote não é bobagem. Você não pode inventar qualquer bobagem e fingir que está lendo sobre ele."

"Posso, sim! Não é bobagem e eu sei ler! O livro não é seu, é meu!" E franzindo a testa volta a folhear furiosamente o livro.

"Ao contrário, é do señor Benengeli que deu esse livro ao mundo, portanto pertence a todos nós — a todos nós num sentido e à biblioteca em outro sentido, mas não é só seu em nenhum sentido. E pare de puxar as páginas. Por que está tratando o livro tão mal?"

"Porque sim. Porque se eu não for depressa abre um buraco."

"Um buraco onde?"

"Entre as páginas."

"Isso é bobagem. Não dá para ter um buraco entre as páginas."

"Tem um buraco. Fica dentro da página. Você não enxerga porque você não enxerga nada."

"Pare com isso!", diz Inés.

Por um instante, ele acha que ela está se dirigindo ao menino. Por um instante, ele pensa que ela finalmente acordou para ralhar com o menino por ser voluntarioso. Mas não, é para ele que ela está olhando furiosa.

"Pensei que você queria que ele aprendesse a ler", diz ele.

"Não à custa de toda essa altercação. Procure outro livro. Um livro mais simples. Esse *Dom Quixote* é muito complicado para uma criança. Devolva para a biblioteca."

"Não!" O menino agarra o livro. "Você não vai levar! O livro é meu!"

20.

Desde que Inés se mudou, o apartamento perdeu o ar severo. Ficou, na verdade, bem atulhado, e não só com seus múltiplos pertences. O pior de tudo é o canto junto à cama do menino, onde uma caixa de papelão transborda de objetos que ele recolheu e trouxe para casa: pedrinhas, cones de pinheiros, flores secas, ossos, conchas, pedaços de cerâmica e metal velhos.

"Não está na hora de jogar fora essa bagunça?", ele sugere.

"Não é bagunça", diz o menino. "É coisas que eu estou guardando."

Ele dá um empurrão na caixa com o pé. "É lixo. Não dá para guardar toda coisinha que você encontra."

"É o meu museu", diz o menino.

"Um monte de porcarias não é um museu. As coisas precisam ter algum valor para achar seu lugar num museu."

"O que é valor?"

"A coisa tem valor quando todo mundo aprecia, concorda que ela é valiosa. Uma xícara quebrada não tem valor. Ninguém aprecia uma xícara quebrada."

"Eu aprecio. É o meu museu, não o seu."

Ele se volta para Inés. "Você concorda com isso aqui?"

"Deixe. Ele diz que tem pena das coisas velhas."

"Não dá para ter pena de uma xícara velha sem asa."

O menino olha para ele sem entender.

"Uma xícara não tem sentimentos. Se você jogar fora, ela não vai se importar. Não vai ficar magoada. Se você vai sentir pena de uma xícara velha, então pode sentir pena de" — ele olha em torno, exasperado — "do céu, do ar, da terra que você pisa. Pode sentir pena de tudo."

O menino continua a olhar.

"As coisas não existem para durar para sempre", diz ele. "Cada coisa tem seu tempo natural. Essa xícara velha teve uma boa vida; agora está na hora dela se aposentar e dar lugar para uma xícara nova."

O ar teimoso com o qual ele agora já está bem acostumado se instala no rosto do menino. "Não!", diz ele. "Eu vou guardar! Não vou deixar você levar! É minha!"

Como Inés cede a ele em tudo, o menino fica mais e mais teimoso. Não se passa um dia sem uma discussão, sem vozes alteradas e pés batendo no chão.

Ele insiste com ela para mandá-lo à escola. "O apartamento está ficando muito pequeno para ele", diz. "Precisa encarar o mundo real. Precisa ampliar os horizontes." Mas ela continua a resistir.

"De onde vem o dinheiro?", o menino pergunta.

"Depende do tipo de dinheiro que você tem em mente. As moedas vêm de um lugar chamado Casa da Moeda."

"É na Casa da Moeda que você pega o seu dinheiro?"

"Não, pego meu dinheiro com o pagador, nas docas. Você viu isso."

"Por que você não vai na Casa da Moeda?"

"Porque a Casa da Moeda não vai simplesmente nos dar dinheiro. A gente tem de trabalhar para ganhar. Tem de ganhar o dinheiro."

"Por quê?"

"Porque o mundo é assim. Se a gente não tivesse de trabalhar pelo dinheiro, se a Casa da Moeda simplesmente desse dinheiro para todo mundo, ele passava a não ter nenhum valor."

Ele leva o menino a uma partida de futebol e paga na catraca.

"Por que tem de pagar?", o menino pergunta. "A gente não pagou da outra vez."

"Este é um jogo do campeonato, o último jogo da temporada. No fim do jogo, os vencedores ganham bolo e vinho. Alguém tem de recolher dinheiro para comprar bolo e vinho. Se o padeiro não receber dinheiro pelo bolo, não vai poder comprar farinha, açúcar e manteiga para fazer outro bolo. A regra é essa: se você quer comer bolo tem de pagar por isso. A mesma coisa com o vinho."

"Por quê?"

"Por quê? A resposta para todos os seus *porquês*, passados, presentes e futuros, é a seguinte: *Porque o mundo é assim.* O mundo não foi feito para nos servir, meu amigo. Nós é que temos de nos adequar a ele."

O menino abre a boca para responder. Rapidamente, ele pressiona um dedo em seus lábios. "Não", diz. "Chega de perguntas. Fique quieto e assista o futebol."

Depois do jogo, voltam para o apartamento. Inés está ocupada no fogão; há um cheiro de carne queimada no ar.

"Hora do jantar!", ela chama. "Lavar as mãos!"

"Eu já vou indo", ele diz. "Até logo, até amanhã."

"Tem de ir?", Inés pergunta. "Não quer ficar e assistir o jantar dele?"

A mesa está posta para um, para o pequeno príncipe. Da frigideira, Inés transfere duas linguiças finas para o prato dele.

Num arco em torno delas, arranja as metades de uma batata cozida, fatias de cenoura e buquês de couve-flor, sobre os quais despeja a gordura da frigideira. Bolívar, que estava dormindo perto da janela aberta, se levanta e se aproxima.

"Hum, linguiça!", diz o menino. "Linguiça é a melhor comida do mundo!"

"Faz muito tempo que não vejo linguiça", ele observa a Inés. "Onde você comprou?"

"Diego que conseguiu. É amigo de alguém na cozinha de La Residencia."

O menino corta as linguiças em pedacinhos, corta as batatas, mastiga vigorosamente. Parece bem indiferente aos dois adultos que o vigiam, ou ao cachorro com a cabeça em seu joelho, observando cada movimento seu.

"Não esqueça da cenoura", diz Inés. "Cenoura faz você enxergar no escuro."

"Como um gato", diz o menino.

"Como um gato", diz Inés.

O menino come as cenouras. "Couve-flor é bom para quê?", pergunta.

"Couve-flor é bom para a saúde."

"Couve-flor faz bem para a saúde e carne deixa a gente forte, certo?"

"Certo, carne deixa forte."

"Tenho de ir", ele diz a Inés. "Carne deixa forte, mas talvez você devesse pensar duas vezes antes de dar linguiça para ele."

"Por quê?", o menino pergunta. "Por que a Inés tem de pensar duas vezes?"

"Por causa do que põem na linguiça. O que vai na linguiça nem sempre faz bem para a saúde."

"O que que vai na linguiça?"

"Bom, o que você acha?"

"Carne."

"É, mas que tipo de carne?"

"Carne de canguru."

"Não seja bobo."

"Carne de elefante."

"Eles põem carne de porco na linguiça, nem sempre, às vezes, e porco não é um bicho limpo. Eles não comem grama como os carneiros e as vacas. Eles comem qualquer coisa que encontram." Ele olha com o canto dos olhos para Inés. Ela fuzila de volta, os lábios apertados. "Por exemplo, eles comem cocô."

"Da privada?"

"Não, não da privada. Mas se eles encontram cocô num campo, eles comem. Sem nem pensar duas vezes. Eles são onívoros, o que quer dizer que comem qualquer coisa. Comem até um ao outro."

"Não é verdade", diz Inés.

"Tem cocô na linguiça?", o menino pergunta. Ele baixou o garfo.

"Ele está falando bobagem, não ligue para ele, não tem cocô na linguiça."

"Não estou dizendo que tem cocô mesmo na linguiça", diz ele. "Mas tem carne de cocô. Porcos são animais sujos. Carne de porco é carne de cocô. Mas é só a minha opinião. Nem todo mundo concorda. Você tem de decidir sozinho."

"Não quero mais", diz o menino, empurrando o prato. "Pode dar para o Bolívar."

"Esvazie o prato que eu te dou um chocolate", diz Inés.

"Não."

"Você deve estar orgulhoso do que fez", diz Inés, olhando para ele.

"É uma questão de higiene. Higiene ética. Se você come porco fica igual ao porco. Em parte. Não totalmente, mas em parte. Você participa do porco."

"Você é maluco", diz Inés. E se dirige ao menino. "Não escute o que ele diz, ele ficou louco."

"Não sou louco. Isso se chama consubstanciação. Por que você acha que existem canibais? Um canibal é uma pessoa que leva a sério a consubstanciação. Se você come outra pessoa, você incorpora aquela pessoa. É nisso que os canibais acreditam."

"O que é canibal?", o menino pergunta.

"Canibal é um selvagem", diz Inés. "Não precisa se preocupar, aqui não tem canibais. Canibais são lendas."

"O que é lenda?"

"Uma história do tempo antigo que não é mais verdade."

"Me conte uma lenda. Eu quero ouvir uma lenda. Me conte uma lenda sobre os três irmãos. Ou sobre os irmãos no céu."

"Não sei nada de irmãos no céu. Termine de jantar."

"Se não quer contar nada sobre irmãos, conte sobre Chapeuzinho Vermelho", ele diz. "Conte como o lobo engole a avó da menina e se transforma em avó, uma avó lobo. Por consubstanciação."

O menino se levanta, raspa a comida de seu prato em cima da tigela do cachorro e põe o prato na pia da cozinha. O cachorro engole as linguiças.

"Eu vou ser salva-vidas", o menino anuncia. "O Diego vai me ensinar a nadar na piscina."

"Isso é bom", ele diz. "O que mais você quer ser além de salva-vidas, artista da fuga e mágico?"

"Nada. Só isso."

"Tirar gente da piscina, escapar de dentro da caixa e fazer truque de mágica são passatempos, não uma carreira, um trabalho. Como você vai ganhar a vida?"

O menino olha para a mãe como se buscasse orientação. Então, cheio de coragem, diz: "Não preciso ganhar a vida".

"Todo mundo tem de ganhar a vida. Faz parte da condição humana."

"Por quê?"

"*Por quê? Por quê? Por quê?* Isso não é jeito de conversar. Como você vai comer se passar a vida inteira salvando gente, escapando de correntes e se recusando a trabalhar? Onde vai conseguir comida para te deixar forte?"

"No mercado."

"Você vai ao mercado e te dão comida. Em troca de nada."

"É."

"E o que vai acontecer quando as pessoas do mercado tiverem dado toda a comida em troca de nada? O que vai acontecer quando o mercado ficar vazio?"

Serenamente, com um estranho sorriso nos lábios, o menino pergunta: "Por quê?".

"Por que o quê?"

"Por que o mercado fica vazio?"

"Porque se você tem X pães e dá todos em troca de nada, não sobra pão nenhum e você não tem dinheiro para comprar novos pães. Porque X menos X é igual a zero. Igual a nada. Igual vazio. Igual barriga vazia."

"O que é X?"

"X é um número qualquer, dez, ou cem, ou mil. Se você tem alguma coisa e dá para alguém, você não tem mais essa coisa."

O menino aperta os olhos e faz uma cara engraçada. Depois começa a rir. Agarra a saia da mãe, aperta o rosto em sua coxa e ri, ri, até ficar vermelho.

"O que foi, meu bem?", Inés pergunta. Mas o menino não para de rir.

"Melhor você ir embora", diz Inés. "Está perturbando o menino."

"Estou educando. Se ele estivesse na escola não havia necessidade dessas lições domésticas."

O menino fez amizade com um velho do Bloco E que tem um pombal na cobertura. Na caixa de correio do saguão o nome dele é Palamaki, mas o menino o chama de señor Paloma, senhor Pombo. O señor Paloma deixa o menino alimentar os pombos. Até deu a ele um pombo de presente, uma ave toda branca que o menino chamou de Blanco.

Blanco é uma ave plácida, passiva até, que se deixa ser levada a passear pousada no braço estendido dele ou, às vezes, em seu ombro. Não demonstra nenhuma inclinação para voar para longe do menino, ou mesmo para voar de qualquer maneira.

"Acho que cortaram as asas dele", ele diz ao menino. "Isso explicaria por que ele não voa."

"Não", diz o menino. "Olhe!" Joga o pombo no ar. Ele bate as asas languidamente, dá dois ou três giros, pousa no ombro dele outra vez e se alisa com o bico.

"O señor Paloma disse que o Blanco sabe levar mensagens", diz o menino. "Ele disse que, se eu me perder, posso amarrar uma mensagem na pata do Blanco, ele voa para casa e aí o señor Paloma vai e me encontra."

"Muita bondade do señor Paloma. Você tem de levar sempre lápis e papel e um pedaço de barbante para amarrar a mensagem na pata do Blanco. O que você vai escrever? Me mostre o que vai escrever quando precisar ser encontrado."

Estão atravessando o playground vazio. No tanque de areia, o menino se agacha, alisa a superfície, e começa a escrever com o dedo. Ele lê por cima de seu ombro: *O* depois *E* depois um caractere que ele não consegue identificar, mais um *O*, um *X* e outro *X*.

O menino se levanta. "Leia", diz.

"Estou achando difícil. É espanhol?"

O menino faz que sim.

"Não, eu desisto. O que diz aí?"

"Diz assim: *Siga o Blanco. Blanco é o meu melhor amigo.*"

"Sei. Antes, Fidel era o seu melhor amigo, e antes dele era El Rey. O que aconteceu que Fidel não é mais seu amigo e no lugar dele agora tem um pombo?"

"O Fidel é muito mais velho que eu. O Fidel é bruto."

"Eu nunca vi o Fidel fazer nenhuma brutalidade. Foi Inés que disse que ele é bruto?"

O menino faz que sim.

"O Fidel é um menino muito educado. Gosto muito dele e você também gostava. Deixe eu dizer uma coisa. O Fidel está triste porque você não brinca mais com ele. Na minha opinião, você está tratando o Fidel muito mal. Na verdade, você está tratando ele com brutalidade. Na minha opinião, você devia passar menos tempo com o señor Paloma na cobertura e mais tempo com o Fidel."

O menino acaricia o pombo em seu braço. A advertência é recebida sem protesto. Ou talvez ele simplesmente deixe as palavras passarem por ele.

"Além disso, acho que você devia informar a Inés que está na hora de ir para a escola. Você devia insistir nisso. Sei que você é muito inteligente e aprendeu sozinho a ler e escrever, mas na vida real você precisa escrever igual aos outros. Não adianta mandar Blanco com uma mensagem que ninguém consegue ler, nem o señor Paloma."

"Eu consigo ler."

"Você consegue porque foi você que escreveu. Mas as mensagens existem é para que as outras pessoas sejam capazes de ler o que está escrito. Se você se perder e mandar uma mensagem para o señor Paloma ir te salvar, ele tem de entender a sua mensagem. Senão você vai ter é de se amarrar na pata do Blanco e mandar ele levar você para casa."

O menino olha para ele intrigado. "Mas...", diz. Então entende que é uma piada e os dois riem e riem.

Estão no playground dos Blocos Leste. Ele esteve empurrando o menino no balanço, tão alto que ele gritava de medo e prazer. Agora, estão sentados lado a lado, recuperando o fôlego, absorvendo o restinho do crepúsculo.

"A Inés pode ter gêmeos de dentro da barriga dela?", o menino pergunta.

"Claro que pode. Pode não ser comum, mas é possível."

"Se a Inés tiver gêmeos, então eu vou ser o terceiro irmão. Gêmeos têm de ficar sempre juntos?"

"Não precisam, mas geralmente preferem ficar juntos. Gêmeos naturalmente gostam um do outro, como as estrelas gêmeas. Se não gostassem, podiam vagar separadas e se perder no céu. Mas o amor de uma pela outra mantém as duas juntas. Vai continuar mantendo até o fim dos tempos."

"Mas elas não estão juntas, as estrelas gêmeas, não juntas de verdade."

"Não, está certo, não estão juntinhas no céu, tem um pequeno espaço entre elas. A natureza é assim. Pense em duas pessoas que se amam. Se ficassem juntas o tempo inteiro não iam mais se amar. Seriam uma pessoa só. Não ia sobrar nada para elas quererem. Por isso que a natureza tem espaços. Se tudo estivesse muito grudado, tudo no universo, então não existiria nem você, nem eu, nem Inés. Você e eu não estaríamos conversando agora, só existiria o silêncio — a unicidade e o silêncio. Então, no todo, é bom que exista um espaço entre as coisas, que você e eu sejamos dois em vez de um."

"Mas a gente pode cair. Pode cair no espaço. Na rachadura."

"Um espaço não é a mesma coisa que uma rachadura, meu menino. Espaços são parte da natureza, parte de como as coisas são. Não dá para cair num espaço e desaparecer. Simplesmente não acontece. Uma rachadura é bem diferente. Uma rachadura é uma quebra na ordem da natureza. É como se cortar com uma faca, ou rasgar uma folha de papel em dois. Você fica dizendo que a gente tem de tomar cuidado com as rachaduras, mas onde estão essas rachaduras? Onde você vê uma rachadura entre eu e você? Me mostre."

O menino fica calado.

"Os gêmeos no céu são iguais aos gêmeos na terra. São também como números." Será que isso tudo é difícil demais para uma criança? Talvez. Mas o menino vai absorver as palavras, ele tem de esperar por isso — absorver as palavras, matutar sobre elas e talvez começar a ver sentido nelas. "Como Um e Dois. Um e Dois não são a mesma coisa, tem uma diferença entre eles que é um espaço, mas não uma rachadura. É isso que permite que a gente conte, que a gente vá do Um para o Dois sem ter medo de cair."

"A gente pode ir ver os dois um dia, os gêmeos do céu? Dá para ir de navio?"

"Acho que sim, se a gente achar o navio certo. Mas ia levar um longo tempo para chegar lá. Os gêmeos ficam muito longe. Ninguém ainda visitou os dois, que eu saiba. Esta" — ele bate o pé no chão — "é a única estrela que nós, humanos, visitamos até agora."

O menino fica olhando para ele, intrigado. "Isto não é uma estrela", diz.

"É. Só não parece estrela de perto."

"Ela não brilha."

"Nada brilha de perto. Mas de longe, tudo brilha. Você brilha, eu brilho. As estrelas sem dúvida brilham."

O menino parece satisfeito. "Todas as estrelas são números?", pergunta.

"Não. As gêmeas são *como* números, mas isso é só uma maneira de dizer. Não, as estrelas não são números. Estrelas e números são coisas bem diferentes."

"Eu acho que as estrelas são números. Acho que aquela é o Número 11" — ele espeta um dedo no céu — "e aquela o Número 50 e aquela o Número 33333."

"Ah, você quer saber se podemos dar um número para cada estrela? Isso seria, com certeza, um jeito de identificar as estrelas, mas um jeito muito chato, pouco inspirado. Acho melhor elas terem nomes próprios como Ursa, Vésper, Gêmeos."

"Não, bobo, eu disse que cada estrela é um número."

Ele sacode a cabeça. "Cada estrela *não* é um número. Estrelas são como números sob alguns aspectos, mas sob a maioria dos aspectos são bem diferentes deles. Por exemplo, as estrelas estão espalhadas por todo o céu caoticamente, enquanto os números são como uma frota de navios navegando em ordem, cada um sabendo o seu lugar."

"Elas podem morrer. Os números podem morrer. O que acontece com eles quando morrem?"

"Números não morrem. Estrelas não morrem. Estrelas são imortais."

"Os números *podem* morrer. Podem cair do céu."

"Isso não é verdade. Estrelas não caem do céu. As que parecem cair, as estrelas cadentes, não são estrelas de verdade. Quanto aos números, se um número caísse para fora da série, então haveria uma rachadura, uma quebra, e não é assim que os números funcionam. Não existe nunca uma rachadura entre números. Nunca um número fica faltando."

"Está vendo! Você não entende! Você não lembra de nada! Um número pode cair do céu como Dom Quixote quando ele caiu na rachadura."

"Dom Quixote não caiu numa rachadura. Ele desceu para uma caverna, usando uma escada feita de corda. De qualquer jeito, Dom Quixote não interessa. Ele não é real."

"É, sim! Ele é um herói!"

"Desculpe. Não era isso que eu queria dizer. Claro que Dom Quixote é um herói e claro que ele é real. O que eu quero dizer é que o que aconteceu com ele não acontece mais com as pessoas. As pessoas vivem do começo ao fim sem cair em nenhuma rachadura."

"Elas caem, sim! Elas caem nas rachaduras e você não vê mais elas porque elas não conseguem sair. Você mesmo que disse isso."

"Agora você está confundindo rachaduras com buracos. Está pensando nas pessoas que morrem e são enterradas em túmulos, em buracos no chão. Um túmulo é feito por coveiros usando pás. Não é nada não natural como uma rachadura."

Há um farfalhar de roupa e Inés se materializa do escuro. "Estou chamando sem parar", ela diz, irritada. "Ninguém escuta aqui?"

21.

Na próxima vez que ele chega e bate no apartamento, quem abre a porta é o menino, todo excitado, afogueado. "Simón, adivinhe só!", grita. "Nós vimos o señor Daga! Ele tem uma caneta mágica! Ele mostrou para mim!"

Ele havia quase esquecido de Daga, o homem que humilhou Álvaro e o pagador nas docas. "Uma caneta mágica!", ele exclama. "Parece interessante. Posso entrar?"

Bolívar se aproxima majestosamente e fareja sua virilha. Inés está curvada sobre sua costura: ele tem um vislumbre momentâneo, perturbador, de como ela será quando velha. Sem cumprimentar, ela diz: "Nós fomos até a cidade, à Asistencia, pegar a pensão do menino e esse homem estava lá, esse seu amigo".

"Ele não é meu amigo. Jamais troquei uma única palavra com ele."

"Ele tem uma caneta mágica", diz o menino. "Tem uma mulherzinha lá dentro, a gente acha que é uma foto, mas não é, é uma mulher de verdade, uma mulherzinha bem pequenininha e quando a gente vira a caneta de ponta-cabeça a roupa dela cai e ela fica pelada."

"Hum. O que mais o señor Daga te mostrou além da mulherzinha?"

"Ele disse que não era culpa dele o Álvaro ter cortado a mão. Disse que foi o Álvaro que começou. Que foi culpa do Álvaro."

"É isso o que as pessoas dizem. É sempre o outro que começa. É sempre culpa do outro. O señor Daga por acaso contou para você o que aconteceu com a bicicleta que ele pegou?"

"Não."

"Bom, da próxima vez que encontrar com ele, pergunte. Pergunte de quem é a culpa do pagador não ter bicicleta e ter de fazer os pagamentos a pé."

Faz-se um silêncio. Ele fica surpreso de Inés não ter nada a dizer sobre homens que levam meninos para um canto e mostram para eles canetas com mulheres nuas dentro.

"De quem é a culpa?", o menino pergunta.

"Como assim?"

"Você disse que é sempre culpa de outra pessoa. É culpa do señor Daga?"

"A história da bicicleta? É, é culpa dele. Mas quando eu falo que é sempre culpa de outra pessoa estou falando de forma mais geral. Quando alguma coisa dá errado, a gente imediatamente diz que não é nossa culpa. Estamos seguindo essa linha desde o começo do mundo. Parece uma coisa entranhada em nós, parte da nossa natureza. Nunca estamos preparados para admitir nossos erros."

"É culpa minha?", o menino pergunta.

"O que é culpa sua? Não, não é culpa sua. Você é só uma criança, como pode ser culpa sua? Mas acho mesmo que é melhor você ficar longe do señor Daga. Ele não é um bom modelo para um menino imitar." Ele fala devagar e sério: o alerta é dirigido tanto a Inés como ao menino.

Uns dias depois, subindo do porão de um navio para as docas, ele é surpreendido por Inés em pessoa no cais, em concentrada conversa com Álvaro. Seu coração dá um pulo. Ela nunca esteve nas docas antes: só pode ser má notícia.

O menino sumiu, diz Inés, roubado pelo señor Daga. Ela chamou a polícia, mas não vão ajudar. Ninguém vai ajudar. Álvaro tem de ir; ele, Simón, tem de ir. Precisam encontrar Daga — não deve ser difícil, ele trabalha com eles — e devolver o menino a ela.

Mulheres raramente são vistas no cais. Os homens olham com curiosidade para aquela mulher transtornada com cabelos revoltos e roupas de cidade.

Gradualmente, ele e Álvaro conseguem fazer com que ela conte a história. A fila da Asistencia estava comprida, o menino estava inquieto, por acaso o señor Daga estava lá, ele se ofereceu para comprar um sorvete para o menino e quando ela olhou de novo os dois tinham sumido, como se tivessem desaparecido da face da Terra.

"Mas como você pode ter deixado ele ir com um homem desses?", ele protesta.

Ela afasta a pergunta com um movimento de cabeça peremptório. "Um menino que está crescendo precisa de um homem em sua vida. Não pode ficar com a mãe o tempo inteiro. E achei que era um bom homem. Parecia sincero. David ficou fascinado com o brinco dele. Quer um brinco também."

"Você disse que ia comprar um brinco para ele?"

"Disse que ele pode usar brinco quando for mais velho, por enquanto não."

"Vou deixar vocês discutindo", diz Álvaro. "Me chamem se precisarem de mim."

"E a sua parte nisso?", ele pergunta quando estão sozinhos. "Como pode ter confiado o menino àquele homem? Tem alguma coisa que não está me contando? Será possível que você também ache o señor Daga fascinante, com seus brincos de ouro e mulheres nuas dentro da caneta?"

Ela finge não ouvir. "Eu esperei e esperei", diz ela. "Aí peguei o ônibus porque achei que eles podiam ter voltado para casa. Quando vi que não estavam lá, telefonei para meu irmão e ele disse que ia ligar para a polícia, mas quando ligou de volta disse que a polícia não vai ajudar porque eu não sou... porque eu não tenho os documentos do David direito."

Ela faz uma pausa, olhando fixamente ao longe. "Ele disse...", diz ela, "ele disse que ia me dar um filho. Não que... não que ia levar meu filho embora." De repente, ela está soluçando desconsoladamente. "Ele não me disse... não me disse que..."

Sua raiva não diminui, mas ele sente pena da mulher mesmo assim. Indiferente aos estivadores que observam, ele a toma nos braços. Ela soluça em seu ombro. "Ele não me disse..."

Ele disse que ia me dar um filho. A cabeça dele está girando. "Venha aqui", ele diz. "Vamos para um lugar mais reservado." Ele a leva para trás do barracão. "Escute, Inés. David está seguro, tenho certeza disso. Daga não ousaria fazer nada contra ele. Volte ao apartamento e espere lá. Eu vou descobrir onde ele mora e fazer uma visita." Ele faz uma pausa. "O que ele queria dizer quando disse que te daria um filho?"

Ela se afasta dele. O choro cessa. "O que você acha?", ela diz, com um tom duro na voz.

Meia hora depois, ele está no Centro de Realocação. "Preciso de uma informação urgente", ele diz a Ana. "Conhece um homem chamado Daga? Uns trinta anos, magro, usa brincos. Trabalhou um tempo nas docas."

"Por que pergunta?"

"Porque preciso falar com ele. Ele tirou o David da mãe e desapareceu. Se não me ajudar, terei de ir à polícia."

"O nome dele é Emilio Daga. Todo mundo conhece. Mora nos Blocos da Cidade. Pelo menos é lá que está registrado."

"Onde exatamente nos Blocos da Cidade?"

Ela se retira para a parede de gaveteiros, volta com um endereço num pedaço de papel. "Da próxima vez que passar aqui", diz ela, "me diga como encontrou a mãe dele. Eu gostaria de saber, se tiver tempo."

Os Blocos da Cidade são o conjunto mais desejado dos administrados pelo Centro. O endereço que Ana lhe deu leva a um apartamento no último andar do prédio principal. Ele bate. Quem abre a porta é uma moça atraente, um pouco maquiada demais, se equilibrando instavelmente em saltos altos. De fato, não é uma mulher — ele duvida que ela tenha mais de dezesseis anos.

"Estou procurando uma pessoa chamada Emilio Daga", diz ele. "Mora aqui?"

"Claro", diz a menina. "Entre. Você veio buscar o David?"

O interior tem cheiro de fumaça de cigarro amanhecida. Daga, de camiseta de algodão e calça jeans, descalço, está sentado na frente de uma grande janela com uma vista da cidade e do pôr do sol. Ele gira a cadeira, ergue a mão num cumprimento.

"Vim buscar o David", ele diz.

"Ele está no quarto, assistindo televisão", diz Daga. "Você é o tio dele? David! Seu tio está aqui!"

O menino vem correndo do quarto ao lado em grande excitação. "Simón, venha ver! É o Mickey Mouse! Ele tem um cachorro chamado Plato, está dirigindo um trem e os peles-vermelhas estão atirando flechas nele. Venha depressa!"

Ele ignora o menino, se dirige a Daga. "A mãe dele está desesperada de preocupação. Como pôde fazer isso?"

Ele nunca esteve tão perto de Daga antes. A robusta cabeleira, com sua massa de cachos dourados, se revela grosseira e oleosa. A camiseta tem um buraco numa axila. Para sua própria surpresa, não sente nenhum medo do homem.

Daga se levanta. "Calma aí, *viejo*", diz. "A gente se divertiu juntos. Aí o menino cochilou. Dormiu feito uma pedra, feito um anjo. Agora está assistindo um programa de criança. Que problema tem nisso?"

Ele não responde. "Venha, David", diz. "Vamos embora. Se despeça do señor Daga."

"Não! Eu quero assistir o Mickey Mouse!"

"Você assiste o Mickey da próxima vez", diz Daga. "Prometo. A gente guarda ele aqui só pra você."

"E o Plato?"

"E o Plato. A gente guarda o Plato também, não guarda, benzinho?"

"Claro", diz a menina. "Vamos guardar os dois trancados na caixa de ratos até a próxima vez."

"Venha", ele diz ao menino. "Sua mãe está doente de preocupação."

"Ela não é minha mãe."

"Claro que é sua mãe. Ela te ama muito."

"Quem é ela, rapazinho, se não é sua mãe?", Daga pergunta.

"É só uma senhora. Eu não tenho mãe."

"Você tem mãe. Inés é sua mãe", diz ele, Simón. "Me dê a mão."

"Não! Eu não tenho mãe e não tenho pai. Só sou."

"Que bobagem. Todo mundo tem mãe. Todo mundo tem pai."

"Você tem mãe?", o menino pergunta, dirigindo-se a Daga.

"Não", diz Daga. "Eu também não tenho mãe."

"Viu!", o menino diz, triunfante. "Eu quero ficar com você, não quero ir para a Inés."

"Venha cá", diz Daga. O menino trota até ele. Daga o ergue até seu joelho. O menino se aninha em seu peito, o polegar na boca. "Quer ficar comigo?" O menino faz que sim. "Quer morar comigo e a Frannie, só nós três?" O menino faz que sim outra vez. "Tudo bem com você, meu amor — que o David fique morando aqui com a gente?"

"Claro", diz a menina.

"Ele não está capacitado a escolher", diz Simón. "É apenas um menino."

"Tem razão. É só um menino. Os pais que têm de resolver. Mas como você ouviu, ele não tem pais. Então, como é que a gente faz?"

"David tem uma mãe que ama o filho tanto quanto qualquer mãe do mundo. Quanto a mim, posso não ser o pai, mas me importo com ele. Cuido dele, gosto dele e sou responsável por ele. Ele vem comigo."

Daga escuta o breve discurso em silêncio e então, para surpresa de Simón, lhe dá um sorriso, um sorriso bastante atraente, mostrando seus dentes excelentes. "Tudo bem", diz ele. "Você leva o menino de volta para a mãe. Conta para ela que ele se divertiu. Conta que vai estar sempre em segurança comigo. Você se sente seguro comigo, não se sente, rapaz?"

O menino faz que sim, o polegar ainda na boca.

"Certo, então talvez esteja na hora de você ir com esse cavalheiro, seu guardião." Ele tira o menino do colo. "Volte logo. Promete? Venha assistir o Mickey."

22.

"Por que eu tenho de falar espanhol o tempo todo?"

"A gente tem de falar alguma língua, meu menino, a não ser que queira latir e uivar feito os animais. E se a gente tem de falar uma língua, é melhor falar todo mundo a mesma língua. Não acha bom?"

"Mas por que espanhol? Detesto espanhol."

"Não detesta espanhol. Você fala muito bem. Seu espanhol é melhor que o meu. Você só está sendo do contra. Que língua você quer falar?"

"Quero falar a minha língua."

"Não existe a língua de uma pessoa só."

"Existe! *La la fa fa yam ying tu tu.*"

"Isso é só som. Não quer dizer nada."

"Quer, sim. Para mim quer dizer uma coisa."

"Pode ser, mas não quer dizer nada para mim. A língua precisa dizer uma coisa para mim assim como para você, senão não conta como língua."

Num gesto que deve ter pegado de Inés o menino joga a cabeça, cortando o assunto. "*La la fa fa yam ying!* Olhe para mim!"

Ele olha nos olhos do menino. Por um breve instante, vê algo ali. Não consegue encontrar um nome. É como — é o que lhe ocorre no instante. Como um peixe que escapole quando você tenta pegar com a mão. Mas não como um peixe — não, como *como um peixe*. Ou como *como como um peixe*. E assim por diante. O instante passa e ele simplesmente fica ali calado, olhando.

"Você viu?", pergunta o menino.

"Não sei. Pare um pouco, estou ficando tonto."

"Eu consigo ver o que você está pensando!", o menino diz, com um sorriso triunfante.

"Não consegue, não."

"Você acha que eu consigo fazer mágica."

"Nada disso. Você não faz ideia do que eu estou pensando. Agora preste atenção. Vou dizer uma coisa sobre a língua, uma coisa séria, que quero que você não esqueça.

"Todo mundo vem para este país como estrangeiro. Eu vim como estrangeiro. Você veio como estrangeiro. Inés e os irmãos dela vieram como estrangeiros. Viemos de vários lugares e vários passados, em busca de uma nova vida. Mas agora estamos todos juntos no mesmo barco. Então temos de nos dar bem uns com os outros. Um dos jeitos da gente se dar bem é falar a mesma língua. É uma regra. É uma boa regra, e nós devemos obedecer. Não só obedecer, mas obedecer com bom ânimo, não como uma mula que fica cavoucando. Com bom ânimo e com boa vontade. Se você recusar, se vai continuar destratando o espanhol e insistindo em falar sua própria língua, vai acabar vivendo sozinho em um mundo só seu. Não vai ter amigos. Vai ser evitado."

"O que é evitado?"

"Não vai ter onde deitar a cabeça."

"Eu não tenho amigos mesmo."

"Isso pode mudar se for para a escola. Na escola você vai ter um monte de amigos novos. Mas você tem amigos. Fidel e Elena são seus amigos. O Álvaro é seu amigo."

"E El Rey é meu amigo."

"El Rey é seu amigo também."

"E o señor Daga."

"O señor Daga não é seu amigo. O señor Daga está levando você a cair em tentação."

"O que é tentação?"

"Ele está tentando atrair você para longe da sua mãe com o Mickey Mouse e sorvete. Lembra como você passou mal com todo aquele sorvete que ele te deu?"

"Ele me deu água de fogo também."

"Como assim, água de fogo?"

"Ardeu na minha garganta. Ele disse que é remédio para quando a gente está triste."

"O señor Daga leva esse remédio numa garrafinha prateada dentro do bolso?"

"É."

"Por favor, nunca mais beba nada da garrafa do señor Daga, David. Pode ser remédio para gente grande, mas não faz bem para crianças."

Ele não fala da água de fogo para Inés, mas conta para Elena. "Ele está adquirindo domínio sobre o menino", diz. "Não tenho como competir com ele. Ele usa brinco, leva um canivete no bolso, bebe água de fogo. Tem uma namorada bonitinha. Tem Mickey Mouse em casa dentro de uma caixa. Não sei como fazer o menino recuperar o equilíbrio. Inés também está enfeitiçada pelo sujeito."

"O que mais você esperava? Olhe do ponto de vista dela. Está numa idade em que a mulher que não teve filhos — filhos dela mesmo — começa a ficar ansiosa. É uma questão de biologia. Ela está num estado receptivo, biologicamente. Fico surpresa de você não perceber isso."

"Não penso em Inés desse jeito — biologicamente."

"Você pensa demais. Isso não tem nada a ver com pensar."

"Não vejo por que Inés possa querer outro filho, Elena. Ela tem o menino. Ele foi para ela como um presente, do nada, um presente pura e simplesmente. Um presente que devia bastar para qualquer mulher."

"É, mas ele não é o filho natural dela. Isso ela nunca vai esquecer. Se você não fizer alguma coisa, um dia desses o señor Daga vai ser padrasto do David, junto com uma ninhada de meios-irmãos e meias-irmãs Daga. Ou, se não o Daga, algum outro homem."

"O que você quer dizer com se eu não fizer alguma coisa?"

"Se você mesmo não der a ela um filho."

"Eu? Nem em sonho. Não sou do tipo pai. Fui feito para ser tio, não pai. Além disso, Inés não gosta de homens — pelo menos é a impressão que eu tenho. Não gosta do barulho, da grosseria, dos pelos masculinos. Eu não ficaria surpreso se ela tentasse impedir David de crescer e virar um homem."

"Ser pai não é uma carreira, Simón. Nem qualquer espécie de destino metafísico. Você não precisa gostar da mulher, ela não precisa gostar de você. Você pratica o ato sexual com ela e pronto, nove meses depois você é pai. Simples. Qualquer homem pode fazer isso."

"Não pode. Paternidade não é só uma questão de fazer sexo com uma mulher, assim como a maternidade não é só uma questão de servir de receptáculo para a semente do homem."

"Bom, o que você está descrevendo conta como paternidade e maternidade no mundo real. Ninguém entra no mundo real se não for aceso pela faísca do sêmen de um homem e gestado no útero de uma mulher para sair pelo canal de nascimento dessa mulher. A pessoa tem de nascer de um homem e uma mulher. Sem exceção. Desculpe a franqueza. Então, pergunte a si mesmo: *Vai ser meu amigo o señor Daga que vai plantar a semente dele em Inés ou serei eu?*".

Ele sacode a cabeça. "Basta, Elena. Podemos mudar de assunto? O David me disse que o Fidel atirou uma pedra nele outro dia. O que está havendo?"

"Não foi uma pedra, foi uma bolinha de gude. É o que o David deve esperar se a mãe dele não deixar ele confraternizar com outras crianças, se ela fizer o menino se achar uma espécie de ser superior. Ele será atacado por outras crianças também. Falei com Fidel, dei bronca, mas não vai adiantar nada."

"Eles eram melhores amigos."

"Eram melhores amigos até você pôr Inés em cena, com as ideias peculiares dela sobre criação de filhos. Essa é outra razão por que você deve reassumir aquela casa."

Ele suspira.

"Podemos falar em particular?", ele pergunta a Inés. "Quero propor uma coisa."

"Dá para esperar?"

"O que vocês estão cochichando?", o menino fala do quarto.

"Nada que te interesse." E para Inés: "Por favor, podemos sair um minuto?".

"Está cochichando do señor Daga?", o menino pergunta de longe.

"Não tem nada a ver com o señor Daga. É uma coisa particular entre sua mãe e eu."

Inés enxuga as mãos e tira o avental. Ela e ele saem do apartamento, atravessam o playground até o parque. Empoleirado na janela, o menino vigia os dois.

"O que eu tenho a dizer diz respeito ao señor Daga." Ele faz uma pausa, respira. "Pelo que sei você quer ter outro filho. É verdade?"

"Quem disse isso?"

"David disse que você vai dar um irmão a ele."

"Eu estava contando uma história para ele dormir. Foi uma coisa que eu disse de passagem; só uma ideia."

"Bom, ideias podem se tornar realidade, assim como sêmen pode se tornar carne e sangue. Inés, não quero constranger você, então me deixe dizer simplesmente, com o maior respeito, que, se está pensando em estabelecer relações com um homem com a finalidade de ter um filho, pode pensar em mim. Estou preparado para desempenhar o papel. Desempenhar o papel e me retirar, continuando a ser seu protetor, e a prover você e quantos filhos você tiver. Pode me chamar de padrinho deles. Ou, se preferir, de tio. Esquecerei o que acontecer entre nós, entre você e eu. Será lavado da minha memória. Será como se nunca tivesse acontecido.

"Pronto. Está dito. Por favor, não responda de imediato. Reflita."

Em silêncio, no escuro que baixa, voltam para o apartamento. Inés vai na frente. Está claramente irritada, ou aborrecida: nem ao menos olha para ele. Ele culpa Elena por tê-lo levado a isso, culpa a si mesmo também. Que maneira crua de se oferecer! Como se estivesse se oferecendo para consertar o encanamento!

Ele a alcança, pega seu braço, faz com que se vire para ele. "Isso foi imperdoável", ele diz. "Sinto muito. Por favor, me perdoe."

Ela não fala nada. Fica parada como uma coisa esculpida em madeira, braços ao longo do corpo, esperando que ele a solte. Ele afrouxa a pressão e ela vai embora cambaleando.

Da janela lá no alto, ele ouve o menino chamar: "Inés! Simón! O señor Daga está aqui! O señor Daga está aqui!".

Ele xinga baixinho. Se ela estava esperando Daga, por que não o avisou? O que ela vê naquele homem, de qualquer forma, com aquele ar arrogante, cheiro de pomada de cabelo e a voz chata, anasalada?

O señor Daga não veio sozinho. Com ele está sua linda namorada, usando um vestido branco com babados vermelho--sangue e brincos pesados em forma de roda de carroça que balançam quando ela se mexe. Inés cumprimenta a menina com gelada cerimônia. Quanto a Daga, ele parece se sentir em casa no apartamento, alojado na cama, sem nada fazer para deixar a menina à vontade.

"O señor Daga quer levar a gente para dançar", o menino anuncia. "A gente pode ir dançar?"

"Temos de ir para La Residencia hoje à noite. Você sabe disso."

"Não quero ir para La Residencia! É chato! Quero ir dançar!"

"Você não pode ir dançar. É muito novo."

"Eu posso dançar! Não sou muito novo! Quer ver só?" Ele gira no piso, pisando com leveza e alguma graça com seus sapatos azuis e macios. "Então! Viu?"

"Nós não vamos dançar", Inés diz com firmeza. "Diego vem nos buscar e vamos com ele para La Residencia."

"Então o señor Daga e a Frannie têm de ir também!"

"O señor Daga já tem o programa dele. Você não vai querer que ele largue o programa dele para ir com a gente." Ela fala como se Daga não estivesse presente. "Além disso, como você sabe muito bem, não permitem visitas em La Residencia."

"Eu sou visita", o menino protesta. "Eles permitem eu."

"É, mas você é diferente. Você é meu filho. Você é a luz da minha vida."

A *luz da minha vida*. Que coisa surpreendente para dizer na frente de estranhos!

Então, Diego faz sua entrada e o outro irmão também, aquele que nunca abre a boca. Inés os cumprimenta aliviada. "Estamos prontos. David, pegue suas coisas."

"Não!", diz o menino. "Não quero ir. Quero fazer uma festa. A gente não pode fazer uma festa?"

"Não temos tempo para festa e não temos nada para oferecer para os convidados."

"Não é verdade! Nós temos vinho! Na cozinha!" E num átimo ele está pendurado no armário da cozinha, procurando na prateleira de cima. "Está vendo?", ele grita, mostrando uma garrafa, triunfante. "Nós temos vinho!"

Inés fica escarlate e tenta tirar a garrafa da mão dele — Não é vinho, é xerez", diz ela — mas ele escapa. "Quem quer vinho? Quem quer vinho?", ele entoa.

"Eu!", diz Diego; e "Eu!", diz o irmão silencioso. Estão rindo, os dois, do incômodo de sua irmã. O señor Daga adere: "Eu também!".

Não há copos suficientes para os seis, então o menino circula com a garrafa e um copo, serve o xerez a cada um e espera solenemente que o copo seja esvaziado.

Ele chega a Inés. Com uma careta, ela afasta o copo. "Tem de tomar!", diz o menino. "Eu sou o rei hoje e estou ordenando que você tem de tomar!"

Inés toma um golinho de dama.

"Agora eu", o menino anuncia. E antes que qualquer um possa detê-lo, leva a garrafa aos lábios e toma um grande gole. Por um instante, ele passeia o olhar pelo grupo, triunfante. De repente, sufoca, tosse, cospe. "É horrível!", diz, sem fôlego. A garrafa cai de sua mão; ágil, o señor Daga a resgata.

Diego e o irmão caem na gargalhada "O que acontece convosco, suave rei?", Diego exclama. "Não tendes resistência à bebida?"

O menino recupera o fôlego. "Mais!", grita. "Mais vinho!"

Se Inés não vai agir, então está na hora de ele, Simón, interferir. "Basta disso!", diz. "Já é tarde, David, hora dos convidados irem embora."

"Não!", diz o menino. "Não é tarde! Eu quero brincar. Quem quer brincar de Quem Sou Eu?"

"Quem Sou Eu?", pergunta o señor Daga. "Como é isso?"

"Você tem de fingir que é alguém e aí todo mundo tem de adivinhar quem você é. Da última vez, eu fingi que era o Bolívar e o Diego adivinhou na hora, não foi, Diego?"

"E qual é o castigo?", Daga pergunta. "Qual é o castigo se a gente adivinhar?"

O menino parece confuso.

"Antigamente, quando a gente jogava", diz Daga, "se os outros adivinhassem a pessoa tinha de contar um segredo, o seu maior segredo."

O menino se cala.

"Temos de sair. Está muito tarde para brincadeiras", diz Inés, frouxamente.

"Não!", diz o menino. "Quero brincar de outra coisa. Quero brincar de Verdade ou Consequência."

"Isso parece melhor", diz Daga. "Conte como é esse Verdade ou Consequência."

"Eu faço uma pergunta e você tem de responder, não pode mentir, tem de falar a verdade. Se não falar a verdade, tem de pagar um castigo. Tudo bem? Eu começo. Diego, seu bumbum está limpo?"

Cai um silêncio. O segundo irmão fica com o rosto vermelho, de repente explode num grande ronco de risada. O menino ri, deliciado, e gira dançando. "Vamos!", diz ele. "Verdade ou consequência!"

"Só uma rodada", Inés concede. "E sem essas perguntas mal-educadas."

"Sem pergunta mal-educada", o menino concorda. "Minha vez de novo. Minha pergunta vai para... — ele olha em torno da sala, de rosto em rosto — minha pergunta vai para... Inés! Inés, de quem você mais gosta no mundo?"

"De você. De quem eu mais gosto, é de você."

"Não, eu não! Que *homem* que você mais gosta no mundo para fazer um bebê na sua barriga?"

Faz-se silêncio. Inés aperta os lábios.

"Você gosta dele, dele, dele ou dele?", o menino pergunta, apontando cada homem da sala.

Ele, Simón, o quarto homem, interfere. "Sem perguntas mal-educadas", diz. "Essa foi uma pergunta mal-educada. Uma mulher não faz bebê com o irmão."

"Por que não?"

"Simplesmente não faz. Não tem por quê."

"Tem um porquê! Eu posso perguntar qualquer coisa que eu quiser! É a brincadeira. Você quer que o Diego faça um bebê dentro de você, Inés? Ou você quer o Stefano?"

Por Inés, ele interfere outra vez. "Já basta!"

Diego se levanta. "Vamos", diz.

"Não!", diz o menino. "Verdade ou consequência! De quem você gosta mais, Inés?"

Diego se volta para a irmã. "Diga alguma coisa, qualquer coisa."

Inés fica em silêncio.

"Inés não quer nada com homem nenhum", diz Diego. "Pronto, está aí a sua resposta. Ela não quer nenhum de nós. Ela quer ser livre. Agora vamos."

"É verdade?", o menino pergunta a Inés. "Não é verdade, é? Você prometeu que eu podia ter um irmão."

Mais uma vez, ele intervém. "Só uma pergunta para cada um, David. Essa é a regra. Você já fez a sua pergunta e já recebeu a sua resposta. Como disse o Diego, Inés não quer nenhum de nós."

"Mas eu quero um irmão! Não quero ser filho único! É chato!"

"Se você quer mesmo um irmão, saia e encontre um você mesmo. Comece com o Fidel. Pegue o Fidel para ser seu irmão. Irmãos não precisam sair todos do mesmo útero. Comece uma irmandade sua."

"Não sei o que é irmandade."

"Fico surpreso de ouvir isso. Se dois meninos resolvem se chamar de irmãos, eles começaram uma irmandade. Simples. Podem chamar mais meninos e eles ficam sendo irmãos também. Podem jurar lealdade um ao outro e escolher um nome — a Irmandade das Sete Estrelas, ou a Irmandade da Caverna, qualquer coisa. Até irmandade do David, se você quiser."

"Ou pode ser uma irmandade secreta", Daga acrescenta. Seus olhos cintilam, ele exibe um sorrisinho. O menino, que mal ouviu a ele, Simón, agora parece fascinado. "Você pode fazer um juramento de segredo. Ninguém nunca vai saber quem são seus irmãos secretos."

Ele rompe o silêncio. "Basta por hoje, David. Vá pegar seu pijama. Diego já está esperando faz tempo. Pense num bom nome para sua irmandade. Aí, quando voltar de La Residencia, você pode convidar o Fidel para ser seu primeiro irmão." Ele se vira para Inés. "Você concorda? Você aprova?"

23.

"Cadê El Rey?"

A carroça está parada ao lado do cais, vazia, pronta para ser carregada, mas o lugar de El Rey foi tomado por um cavalo que nunca viram antes, um preto, castrado, com uma mancha branca na testa. Quando o menino chega muito perto, o novo cavalo rola os olhos, nervoso, e bate os cascos no chão.

"Ei!", Álvaro chama o cocheiro que está cochilando em seu banco. "Cadê a fêmea grande? O menino veio especialmente para ver ela."

"Está com gripe equina."

"O nome dele é El Rey", diz o menino. "Não é uma égua. Posso ir visitar ele?"

Álvaro e o cocheiro trocam um olhar discreto. "El Rey está no estábulo, descansando", diz Álvaro. "O médico de cavalos vai dar remédio para ele. A gente vai visitar assim que ele melhorar."

"Quero ver ele agora. Eu posso curar El Rey."

Ele, Simón, intervém. "Agora não, meu menino. Vamos falar com Inés primeiro. Quem sabe nós três podemos ir juntos ao estábulo amanhã."

"Melhor esperar uns dias", diz Álvaro e olha para ele de um jeito que ele não sabe como interpretar. "Deixe El Rey se recuperar direitinho. Gripe equina é uma doença ruim, pior que gripe humana. Quem está com gripe equina precisa ficar quieto, descansando, não precisa de visita."

"Ele quer visita", diz o menino. "Ele quer eu. Eu sou amigo dele."

Álvaro puxa Simón de lado. "Melhor você não levar o menino ao estábulo", diz; e quando ele ainda não entende: "A égua está velha. É o fim dela".

"Álvaro acaba de receber um recado do médico de cavalos", ele diz ao menino. "Resolveram levar El Rey para o haras para ele melhorar mais depressa."

"O que é haras?"

"É uma fazenda onde nascem cavalos novos e onde os cavalos velhos vão descansar."

"A gente pode ir lá?"

"O haras fica bem longe, não sei exatamente onde. Vou me informar."

Quando os homens terminam o turno às quatro horas, o menino sumiu. "Ele foi com a última carroça", diz um dos homens. "Achei que você sabia."

Ele parte imediatamente. Quando chega ao armazém de cereais o sol está se pondo. O depósito está deserto, as grandes portas trancadas. Com o coração disparado, ele procura o menino. Encontra-o atrás do prédio, na plataforma de carregamento, acocorado ao lado do corpo de El Rey, acariciando sua cabeça, espantando as moscas. A forte cinta de couro que deve ter sido usada para erguer a égua ainda está em volta da barriga.

Ele sobe à plataforma. "Coitado do El Rey, coitado!", murmura. Então nota o sangue coagulado na orelha do cavalo e o buraco escuro do tiro um pouco acima. Cala-se.

"Tudo bem", diz o menino. "Ele vai ficar bom de novo daqui três dias."

"Foi isso que o médico de cavalo falou pra você?"

O menino sacode a cabeça. "El Rey."

"El Rey mesmo que disse isso: três dias?"

O menino faz que sim.

"Mas não é gripe equina, meu menino. Você, sem dúvida, consegue perceber. Deram um tiro nele, por misericórdia. Ele devia estar sofrendo. Estava sofrendo e resolveram ajudar, para acabar com a dor. Ele não vai melhorar. Está morto."

"Não está, não." Correm lágrimas pelo rosto do menino. "Ele vai para o haras para sarar. Você disse."

"Ele vai para o haras, sim, mas não esse haras, não para o haras daqui; ele vai para um haras melhor, em outro mundo. Onde não vai ter de usar arreios e puxar uma carroça pesada. Vai poder correr pelos campos ensolarados, comendo flores."

"Não é verdade! Ele vai para o haras para sarar. Vão botar ele na carroça e levar para o haras."

O menino se curva e cola a boca na vasta narina do cavalo. Depressa ele agarra o braço do menino e o afasta. "Não faça isso! Não é higiênico! Você pode ficar doente!"

O menino luta para se soltar. Está chorando muito. "Eu vou salvar ele!", soluça. "Quero que ele viva! Ele é meu amigo!"

Ele imobiliza o menino que se debate e o abraça com força. "Meu menino mais querido, às vezes aqueles que nós amamos morrem e não se pode fazer nada a não ser esperar o dia em que vamos estar todos juntos outra vez."

"Quero fazer ele respirar!", o menino soluça.

"É um cavalo, é grande demais para você soprar vida dentro dele."

"Então você sopra!"

"Não vai funcionar. Não tenho esse tipo de sopro. Não tenho o sopro da vida. Eu só posso ficar triste. Só posso lamentar e ajudar você a lamentar. Agora, depressa, antes que escureça, por que nós não vamos até o rio e procuramos umas flores para El Rey? Ele vai gostar disso. Era um cavalo manso, não era, apesar de ser um gigante. Ele vai gostar de chegar no haras com um colar de flores no pescoço."

Então ele tira o menino de perto do corpo morto, leva-o até a margem do rio, ajuda-o a colher flores e tecem uma guirlanda. Voltam; o menino arruma a guirlanda em torno dos olhos mortos, abertos.

"Pronto", diz ele. "Agora temos de deixar El Rey. Ele tem uma longa jornada pela frente, até o grande haras. Quando ele chegar, outros cavalos vão olhar para ele com sua coroa de flores, e vão dizer entre eles: 'Deve ter sido um rei lá de onde veio! Deve ter sido o grande El Rey de que ouvimos falar, o amigo do David!'."

O menino pega a mão dele. Com a lua cheia subindo no céu, eles retomam o caminho para as docas.

"Acha que El Rey está levantando agora?", o menino pergunta.

"Ele está levantando, se sacudindo, dando aquele relincho que você conhece, e partindo, pocotó-pocotó, para sua nova vida. Fim do choro. Chega de chorar."

"Chega de chorar", diz o menino, e endireita o corpo e até dá um sorrisinho animado.

24.

Ele e o menino fazem aniversário na mesma data. Quer dizer, como chegaram no mesmo barco, no mesmo dia, lhes foi atribuída como data de nascimento a data de sua chegada conjunta, sua entrada conjunta numa nova vida. Deram para o menino a idade de cinco anos porque parecia ter cinco anos, assim como deram para ele quarenta e cinco (assim diz seu cartão) porque era essa a idade que aparentava aquele dia. (Ele ficou irritado: se sentia mais jovem. Agora se sente mais velho. Sente que tem sessenta anos; há dias em que sente que tem setenta.)

Como o menino não tem amigos, nem mesmo um cavalo, não há por que fazer uma festa de aniversário. Mesmo assim, ele e Inés concordam que o dia deve ser devidamente comemorado. Então Inés faz um bolo, enfeita com cobertura, planta seis velas nele e em segredo compram presentes para o menino, ela um suéter (o inverno está chegando), ele um ábaco (está preocupado com a resistência do menino à ciência dos números).

A comemoração do aniversário é ofuscada por uma carta que chega pelo correio, lembrando-o de que ao completar seis anos

David deve ser matriculado no sistema escolar público, a responsabilidade pela matrícula recaindo sobre os pais ou responsáveis.

Até esse momento, Inés estimulou o menino a pensar que é inteligente demais para precisar de escola, que o pouco ensino de que precisa ele pode receber em casa. Mas sua atitude voluntariosa com o *Dom Quixote* e a pretensão de saber ler, escrever e contar quando claramente não sabe semearam dúvidas até mesmo em sua mente. Talvez fosse melhor, ela agora concede, que ele tivesse a orientação de um professor formado. Então compram para ele, em conjunto, um terceiro presente, um estojo de couro vermelho com a letra *D* gravada num canto, contendo dois lápis novos, um apontador e uma borracha. Dão a ele esse presente, junto com o ábaco e o suéter, em seu aniversário. O estojo, dizem a ele, é seu presente-surpresa, para acompanhar a notícia feliz e surpreendente de que logo, talvez na semana que vem, irá para a escola.

O menino recebe a notícia com frieza. "Não quero ir com o Fidel", diz. Garantem-lhe que, sendo mais velho que ele, Fidel deve estar em outra classe. "E quero levar o *Dom Quixote*", diz ele.

Ele tenta dissuadir o menino de levar o livro para a escola. Pertence à Biblioteca dos Blocos Leste, diz; se for perdido, não faz ideia de como irão substituí-lo. Além disso, a escola deve ter sua própria biblioteca com seu próprio exemplar do livro. Mas o menino não quer saber de nada disso.

Na segunda-feira, ele chega cedo ao apartamento para acompanhar Inés e o menino até o ponto onde ele vai tomar o ônibus que o levará ao primeiro dia de aula. O menino está usando o suéter novo, leva o estojo de couro vermelho com a inicial *D* e aperta o exemplar desbeiçado do *Dom Quixote* dos Blocos Leste embaixo do braço. Fidel já está no ponto, ao lado de meia dúzia de outras crianças dos Blocos. Ostensivamente, David não o cumprimenta.

Como querem que ir à escola pareça fazer parte da vida normal, concordam em não pressionar o menino a contar coisas da sala de aula; e ele, por sua vez, fica de boca fechada, o que é raro. "Foi bem na escola hoje?", ele ousa perguntar, no quinto dia de aula. "Hã, hã", o menino responde. "Já fez novos amigos?" O menino não se digna a responder.

Assim continua por três semanas, quatro semanas. Então chega pelo correio uma carta com o endereço da escola no canto superior esquerdo. Com o cabeçalho de "Comunicado Extraordinário", convida os pais do aluno/a em questão a entrar em contato com a secretaria da escola o mais breve possível para marcar uma reunião com o/a professor/a da classe em questão a fim de resolver certos assuntos relativos a seu/sua filho/a.

Inés telefona para a escola. "Estou livre o dia todo", diz ela. "Marque uma hora e estarei aí." A secretária propõe onze horas da manhã seguinte, durante o período livre do señor León. "Seria melhor que o pai do menino viesse também", ela acrescenta. "Meu filho não tem pai", Inés responde. "Vou pedir ao tio dele que me acompanhe. O tio se interessa por ele."

O señor León, professor do primeiro ano, é um moço alto, magro, com barba escura e apenas um olho. O olho morto, feito de vidro, não se move na órbita; ele, Simón, se pergunta se as crianças não acham isso perturbador.

"Temos pouco tempo", diz o señor León, "então serei direto. Acho David um menino inteligente, muito inteligente. Tem raciocínio rápido; capta as ideias imediatamente. No entanto, está tendo dificuldades para se adaptar às realidades da classe. Quer as coisas do seu jeito o tempo todo. Talvez seja por ele ser um pouco mais velho que a média da classe. Ou talvez em casa ele esteja acostumado a ter as coisas do jeito dele com muita facilidade. De qualquer forma, não é um desenvolvimento positivo."

O señor León faz uma pausa, encosta os dedos de uma mão nos dedos da outra, pontas com pontas, e espera a reação deles.

"Uma criança deve ter liberdade", diz Inés. "Liberdade de aproveitar sua infância. Eu tinha dúvidas sobre mandar David para a escola tão novo."

"Seis anos não é novo para ir à escola", diz o señor León. "Ao contrário."

"Mesmo assim, ele é novo e está acostumado à sua liberdade."

"Uma criança não renuncia à liberdade ao vir para a escola", diz o señor León. "Não renuncia à sua liberdade por ficar sentada, quieta. Não renuncia à sua liberdade ouvindo o que o professor tem a dizer. Liberdade não é incompatível com disciplina e trabalho duro."

"David não fica sentado? Não escuta o que o senhor diz?"

"Ele é irrequieto e deixa as outras crianças irrequietas também. Sai de sua carteira e fica zanzando pela classe. Sai da sala sem permissão. E não, ele não presta atenção ao que eu digo."

"Estranho. Em casa ele não faz isso. Se fica zanzando na escola, deve haver uma razão."

O olho solitário se fixa em Inés.

"Quanto a ser irrequieto", diz ela, "ele sempre foi assim. Ele não dorme o suficiente."

"Uma alimentação leve pode curar isso", diz o señor León. "Sem temperos. Sem estimulantes. Falando de coisas específicas. Na leitura, David não fez, infelizmente, nenhum progresso, absolutamente nenhum. Outras crianças, que não são naturalmente tão dotadas, leem melhor que ele. Muito melhor. A atividade da leitura tem alguma coisa que ele parece incapaz de perceber. A mesma coisa com os números."

Ele, Simón, intervém. "Mas ele gosta de livros. O senhor deve ter notado. Leva o *Dom Quixote* por toda parte."

"Ele não larga do livro porque tem figuras", replica o señor León. "Geralmente, não é boa prática aprender a ler em livros com figuras. As figuras distraem a mente das palavras. E *Dom Quixote*, apesar de tudo que se possa dizer sobre o livro, não é para leitores principiantes. O espanhol falado de David não é ruim, mas ele não consegue ler. Não consegue dizer nem as letras do alfabeto. Nunca encontrei um caso tão extremo. Eu proporia que chamássemos um especialista, um terapeuta. Tenho a sensação — e colegas meus com quem discuti acham a mesma coisa — de que pode haver um déficit."

"Um déficit?"

"Um déficit específico ligado a atividades simbólicas. Para trabalhar com palavras e números. Ele não consegue ler. Não consegue escrever. Não consegue contar."

"Em casa ele lê e escreve. Passa horas assim, todos os dias. Absorto em ler e escrever. E sabe contar até mil, até um milhão."

Pela primeira vez, o señor León sorri. "Ele recita todo tipo de números, sim, mas não na ordem correta. Quanto aos riscos que ele faz com o lápis, a senhora pode chamar de escrita, ele pode chamar de escrita, mas não são o que se entende normalmente por escrita. Se têm algum significado particular eu não posso julgar. Talvez tenham. Talvez isso indique um talento artístico. O que seria uma segunda razão, e mais positiva, para ele consultar um especialista. David é uma criança interessante. Seria uma pena perdê-lo. Um especialista pode nos dizer se existe algum fator comum subjacente ao déficit por um lado e à inventividade por outro."

Toca a campainha. O señor León tira um caderno do bolso, escreve alguma coisa, arranca a página. "Este é o nome da especialista que eu proponho e o telefone dela. Ela visita a escola uma vez por semana, então podem encontrar com ela aqui. Telefonem e marquem uma reunião. Enquanto isso, vou continuar me esforçando com David. Obrigado por terem vindo falar comigo. Tenho certeza que chegaremos num bom resultado."

Ele procura Elena e conta como foi a reunião. "Você conhece esse señor León?", ele pergunta. "É professor do Fidel? Acho difícil de acreditar nas reclamações dele. Que o David seja desobediente, por exemplo. Ele às vezes pode ser um pouco voluntarioso, mas não desobediente, não pela minha experiência."

Elena não responde, mas chama Fidel. "Fidel, meu bem, fale um pouco do senhor León. David e ele parece que não estão se dando bem e Simón está preocupado."

"O señor León é legal", diz Fidel. "É rigoroso."

"Rigoroso quando as crianças falam fora de hora?"

"Acho que sim."

"Por que você acha que ele e o David não se dão bem?"

"Não sei. O David fala umas coisas malucas. Vai ver que o señor León não gosta."

"Coisas malucas? Que tipo de coisa?"

"Sei lá... Ele fala umas maluquices no parquinho. Todo mundo acha que ele é maluco, até os grandes."

"Mas que tipo de maluquice?"

"Que ele consegue fazer as pessoas desaparecerem. Que ele consegue desaparecer. Disse que em todo lugar tem vulcões que ninguém consegue enxergar, só ele."

"Vulcões?"

"Não vulcões grandes, pequenos. Que ninguém consegue enxergar."

"Acha que ele assusta as outras crianças com essas histórias?"

"Não sei. Ele disse que vai ser mágico."

"Ele anda dizendo isso faz tempo. Ele me disse que você e ele vão se apresentar no circo um dia. Ele vai fazer mágica e você vai ser o palhaço."

Fidel e a mãe trocam olhares.

"Fidel vai ser músico, não mágico, nem palhaço", diz Elena. "Fidel, você disse para o David que ia ser palhaço?"

"Não", Fidel responde, se mexendo, inquieto.

A entrevista com a psicóloga tem lugar no prédio da escola. São levados a uma sala bem iluminada, bastante antisséptica, onde a señora Otxoa realiza suas consultas. "Bom dia", diz ela, sorrindo e estendendo a mão. "Vocês são os pais de David. Conheci o seu filho. Tivemos uma longa conversa, diversas conversas. Que rapazinho interessante!"

"Antes de começarmos", ele interrompe, "deixe eu esclarecer quem sou eu. Embora conheça David há muito tempo e tenha sido uma espécie de guardião dele, não sou o pai. Porém..."

A señora Otxoa ergue a mão. "Eu sei, ele me contou. David disse que não conheceu seu pai real. Disse também" — e ela se volta para Inés — "que a senhora não é a mãe real dele. Vamos discutir essas convicções dele antes de qualquer outra coisa. Porque embora possa haver fatores orgânicos em ação, dislexia, por exemplo, minha sensação é de que o comportamento inquieto de David na classe vem de uma situação familiar — para uma criança — confusa: vem da incerteza sobre quem ele é, de onde veio."

Ele e Inés trocam olhares. "A senhora usa a palavra *real*", diz ele. "Diz que não somos sua mãe real e seu pai real. O que exatamente quer dizer por real? Sem dúvida existe aí uma supervalorização do biológico."

A señora Otxoa projeta os lábios, sacode a cabeça. "Não vamos teorizar. É melhor nos concentrarmos na experiência e no entendimento que David tem do real. Quero sugerir que o real é o que está faltando na vida de David. Essa experiência de ausência do real engloba a experiência de não ter pais reais. David não tem âncora na vida. Então ele se volta para dentro e se recolhe a um mundo de fantasia onde se sente mais no controle."

"Mas ele tem uma âncora", diz Inés. "Eu sou a âncora dele. Eu amo David. É o que eu mais amo no mundo. E ele sabe disso."

A señora Otxoa assente. "Ele sabe, de fato. Ele me contou o quanto a senhora o ama — como vocês dois o amam. Sua boa vontade deixa o menino feliz; e em troca ele sente a maior boa vontade pelos dois. No entanto, continua faltando alguma coisa, uma coisa que boa vontade ou amor não conseguem suprir. Porque embora um ambiente emocional positivo conte muito, não basta. Foi por essa diferença, essa ausência de presença parental real, que eu chamei os senhores aqui para conversar. Por quê?, os senhores perguntam. Porque, como eu disse, sinto que as dificuldades de aprendizado de David brotam de uma confusão a respeito de um mundo do qual seus pais reais desapareceram, um mundo ao qual ele não sabe como chegou."

"David chegou de barco, como todo mundo", ele protesta. "Do barco para o campo, do campo para Novilla. Nenhum de nós sabe mais que isso sobre nossa origem. Nós todos estamos destituídos de memória, mais ou menos. O que há de tão especial no caso de David? E o que tudo isso tem a ver com leitura e escrita, com os problemas de David na sala de aula? A senhora mencionou dislexia. David sofre de dislexia?"

"Falei de dislexia como uma possibilidade. Não fiz nenhum teste nesse sentido. Mas se estiver presente de fato, meu palpite é que se trata apenas de um fator contribuinte. Não, respondendo a sua pergunta principal, eu diria que o que há de especial em David é que ele se sente especial, até anormal. Claro que ele não é anormal. Quanto a ser especial, vamos deixar de lado essa questão, por enquanto. Em vez disso, vamos, nós três juntos, fazer um esforço para ver o mundo através dos olhos dele, sem impor a ele o nosso modo de ver o mundo. David quer saber quem ele é realmente, mas quando pergunta recebe respostas evasivas como 'O que você quer dizer com real?' ou 'Nós não temos história, nenhum de nós, tudo se dissipou'. Dá para censurar o menino por se sentir frustrado e rebelde e se retirar para um mundo particular onde tem a liberdade de criar suas próprias respostas?"

"Está nos dizendo que as páginas ilegíveis que ele escreve para o señor León são histórias de onde ele veio?"

"Sim e não. São histórias para ele, não para nós. Por isso é que ele escreve numa escrita privada."

"Como a senhora sabe disso se não consegue ler? Ele traduziu para a senhora?"

"Señor, para as relações de David comigo florescerem é importante que ele confie em que eu não vou revelar o que se passa entre nós. Mesmo uma criança deve ter direito a seus pequenos segredos. Mas, pelas conversas que tive com David, eu acredito, sim, que na sua cabeça ele está escrevendo histórias sobre ele e seus pais verdadeiros. Que por consideração a vocês, vocês dois, ele mantém em segredo, para vocês não se aborrecerem."

"E quem são os pais verdadeiros dele? De onde, segundo ele, ele vem de fato?"

"Não me cabe responder isso. Mas existe a questão de uma certa carta. Ele fala de uma carta que continha os nomes de seus pais verdadeiros. Ele diz que o señor sabe da carta. É verdade?"

"Uma carta de quem?"

"Ele diz que tinha a carta quando chegou no barco."

"Ah, *essa* carta! Não, a senhora está enganada, a carta se perdeu antes de desembarcarmos. Foi perdida durante a viagem. Eu nunca vi a carta. Foi por ele ter perdido a carta que assumi a responsabilidade de ajudar o menino a encontrar sua mãe. Senão ele teria ficado desamparado. Ainda estaria em Belstar, no limbo."

A señora Otxoa faz em seu bloco uma anotação vigorosa para si mesma.

"Vamos falar agora", diz ela, largando a caneta, "do problema prático do comportamento de David na sala de aula. Sua insubordinação. Seu fracasso em apresentar progresso. As consequências dessa falta de progresso e dessa insubordinação para o señor León e para as outras crianças da classe."

"Insubordinação?" Ele espera que Inés se manifeste, mas não, ela está deixando que ele fale. "Em casa, señora, David é sempre polido e bem-comportado. Acho difícil de acreditar nesse relato do señor León. O que exatamente ele quer dizer com insubordinação?"

"Quer dizer desafios constantes à sua autoridade como professor. Quer dizer recusa em aceitar direção. O que nos leva ao ponto principal. Gostaria de propor que tirássemos David da classe regular, ao menos de momento, para que frequente um programa de ensino adaptado a suas necessidades individuais. Onde ele possa avançar em seu próprio ritmo, dada a sua difícil situação familiar. Até ele estar pronto para voltar para a classe. O que tenho certeza de que ele vai conseguir, uma vez que é uma criança inteligente, com uma mente rápida."

"E esse programa de ensino...?"

"O programa que tenho em mente fica no Centro de Aprendizado Especial em Punto Arenas, não longe de Novilla, no litoral, num local muito bonito."

"É longe?"

"Uns cinquenta quilômetros mais ou menos."

"Cinquenta quilômetros! É muita viagem para uma criança pequena fazer todo dia, de ida e volta. Tem ônibus?"

"Não. David vai residir no Centro de Aprendizado e passar fins de semana alternados em casa, se ele quiser. Nossa experiência é de que funciona melhor quando a criança reside no local.

Permite um certo distanciamento de uma situação doméstica que pode estar contribuindo para o problema."

Ele e Inés trocam olhares. "E se nós recusarmos?", ele pergunta. "Se preferirmos que David continue na sala do señor León?"

"E se nós preferirmos tirar David desta escola onde ele não está aprendendo nada?", Inés entra agora, elevando a voz. "Onde é mesmo novo demais para estar. Essa é a verdadeira razão de ele estar tendo dificuldades. Ele é muito novo."

"O señor León não está mais disposto a ter David em sua classe e depois de fazer minha própria investigação, entendo por quê. Quanto à idade, David está em idade escolar normal. Señor, señora, ofereço meu conselho pensando no bem de David. Ele não está fazendo nenhum progresso na escola. É uma influência perturbadora. Tirar o menino da escola para voltar a um ambiente que ele sente como claramente inquietante não é a solução. Portanto, temos de tomar outra iniciativa, mais ousada. Razão pela qual eu recomendo Punto Arenas."

"E se recusarmos?"

"Señor, preferia que não colocasse nesses termos. Tem a minha palavra, Punto Arenas é a melhor opção que temos pela frente. Se o señor e a señora Inés quiserem visitar Punto Arenas antes, eu posso providenciar, para verem com seus próprios olhos como é uma instituição de primeira classe."

"Mas e se nós visitarmos essa instituição e ainda recusarmos, o que acontece?"

"O que acontece?" A señora Otxoa estende as mãos num gesto de impotência. "O senhor me disse, no começo desta reunião, que não é o pai do menino. Não há nada sobre paternidade, paternidade real, na documentação dele. Eu diria... Eu diria que suas qualificações para determinar onde ele deve ser educado são extremamente frágeis."

"Então, vai tirar o menino de nós."

"Por favor, não veja dessa forma. Não estamos tirando a criança de vocês. Vão se ver regularmente, semana sim, semana não. A casa de vocês continuará sendo a casa dele. Sob todos os aspectos práticos vocês continuarão sendo os pais dele, a menos que ele decida que quer ser separado dos senhores. Coisa que ele não parece indicar de jeito nenhum. Ao contrário, ele é extremamente afeiçoado aos senhores, a ambos — afeiçoado e ligado aos senhores.

"Repito que Punto Arenas é, na minha opinião, a melhor solução para o problema que enfrentamos. E uma solução generosa também. Pensem a respeito. Sem pressa. Visitem Punto Arenas, se quiserem. Depois, junto com o señor León, podemos discutir detalhes."

"E enquanto isso?"

"Enquanto isso, sugiro que David volte para casa com vocês. Não está fazendo bem nenhum para ele ficar na classe do señor León e com certeza não está fazendo bem nenhum aos colegas de classe dele."

25.

"Por que a gente está voltando cedo?"

Estão no ônibus, os três, voltando para os Blocos.

"Porque foi tudo um erro", diz Inés. "Eles são muito velhos para você, aqueles meninos da sua classe. E esse professor, o señor León, não sabe ensinar."

"O señor León tem um olho mágico. Ele consegue tirar e guardar no bolso. Um dos meninos viu."

Inés não diz nada.

"Vou voltar na escola amanhã?"

"Não."

"Para ser exato", ele intervém, "você não vai voltar para a escola do señor León. Sua mãe e eu estamos discutindo um outro tipo de escola para você. Talvez."

"Não estamos discutindo nenhuma outra escola", diz Inés. "A escola não foi uma boa ideia desde o começo. Não sei por que eu permiti. O que aquela mulher falou sobre dislexia? O que é dislexia?"

"É não conseguir ler as palavras na ordem certa. Não conseguir ler da esquerda para a direita. Algo assim. Eu não sei."

"Eu não tenho dislexia", diz o menino. "Não tenho nada. Eles vão me mandar para Punto Arenas? Eu não quero ir."

"O que você sabe de Punto Arenas?"

"Tem arame farpado, tem de dormir num dormitório e não pode voltar para casa."

"Você não vai ser mandado para Punto Arenas", diz Inés. "Não enquanto eu viver."

"Você vai morrer?", o menino pergunta.

"Não, claro que não. É só uma maneira de falar. Você não vai para Punto Arenas."

"Esqueci o meu caderno. Meu caderno de escrever. Está na minha carteira. Dá pra voltar pra gente buscar?"

"Não. Agora não. Eu pego outro dia."

"E o meu estojo."

"O estojo que nós te demos no aniversário?"

"É."

"Eu pego também. Não se preocupe."

"Eles querem me mandar para Punto Arenas por causa das minhas histórias?"

"Não é que eles queiram mandar você para Punto Arenas", ele diz. "É mais que eles não sabem o que fazer com você. Você é uma criança excepcional e eles não sabem o que fazer com crianças excepcionais."

"Por que eu sou excepcional?"

"Isso não se pergunta. Você simplesmente é excepcional e vai ter de conviver com o fato. Às vezes, vai facilitar seu caminho, às vezes vai tornar mais difícil. Este é um caso em que torna mais difícil."

"Eu não quero ir para a escola. Não gosto da escola. Posso me ensinar sozinho."

"Acho que não, David. Acho que você tem se ensinado sozinho um pouco demais ultimamente. Isso é metade do problema. Um pouco mais de humildade, um pouco mais de disposição de aprender com os outros, isso é que está precisando."

"Você pode me ensinar."

"Obrigado. Muita bondade sua. Como você se lembra, me ofereci para te ensinar várias vezes antes e você recusou. Se tivesse deixado eu ensinar você a ler, escrever e contar de um jeito normal, não estaríamos nessa confusão."

A força de sua explosão claramente choca o menino: ele lhe dirige um olhar de dolorida surpresa.

"Mas isso tudo ficou para trás", ele se apressa a acrescentar. "Vamos começar um novo capítulo, você e eu."

"Por que o señor León não gosta de mim?"

"Porque ele se acha muito importante", diz Inés.

"O señor León gosta de você, sim", ele diz. "Só que tem uma classe inteira para ensinar e não tem tempo de te dar atenção individual. Ele espera que as crianças trabalhem sozinhas uma parte do tempo."

"Eu não gosto de trabalhar."

"Todo mundo tem de trabalhar, então é melhor você ir se acostumando. Trabalhar faz parte da condição humana."

"Não gosto de trabalhar. Gosto de brincar."

"É, mas não pode brincar o tempo inteiro. A hora de brincar é depois de terminar o dia de trabalho. Quando você chega na classe, o señor León espera que você trabalhe. É muito razoável."

"O señor León não gosta das minhas histórias."

"Ele não tem como não gostar das suas histórias, uma vez que não consegue ler o que está escrito. De que tipo de história ele gosta?"

"Histórias de férias. Do que as pessoas fazem nas férias. O que é férias?"

"Férias são os dias livres, dias em que você não tem de trabalhar. Você está de férias pelo resto do dia. Não tem de estudar mais nada."

"E amanhã?"

"Amanhã você vai aprender a ler, escrever e contar como uma pessoa normal."

"Vou escrever uma carta à escola", ele diz a Inés, "notificando que vamos tirar o David. Que vamos cuidar da educação dele nós mesmos. Você concorda?"

"Concordo. E já que está falando disso, escreva para aquele señor León também. Pergunte o que está fazendo, dando aula para crianças pequenas. Diga que isso não é trabalho de homem."

"Estimado señor León", ele escreve.

"Obrigado por nos apresentar à señora Otxoa.

"A señora Otxoa propôs que nosso filho David seja transferido para uma escola especial em Punto Arenas.

"Amadurecendo nossas considerações, nos decidimos contra essa atitude. David é, a nosso ver, muito novo para viver longe dos pais. Duvidamos também que ele venha a receber a devida atenção em Punto Arenas. Vamos, portanto, proceder à sua educação em casa. Temos toda esperança de que suas dificuldades de aprendizado logo venham a ser coisa do passado. Ele é, como o senhor admite, uma criança brilhante que aprende depressa.

"Agradecemos os esforços que fez por ele. Anexamos uma cópia da carta que enviamos à diretoria de sua escola notificando a retirada do aluno."

Não recebem resposta. Em vez disso, chega pelo correio um formulário de três páginas a ser preenchido para admissão em Punto Arenas, mais uma lista de roupas e objetos pessoais (escova de dentes, pasta de dentes, pente) que um aluno novo deve levar, e um passe de ônibus. Eles ignoram tudo isso.

Em seguida, vem um telefonema, nem da escola, nem de Punto Arenas, mas, pelo que Inés consegue entender, de algum departamento administrativo na cidade.

"Resolvemos não mandar mais David à escola", ela informa à mulher do outro lado da linha. "Ele não está recebendo nenhum benefício do ensino. Vai estudar em casa."

"Só é permitido educar uma criança em casa quando os pais são professores credenciados", diz a mulher. "A senhora é professora credenciada?"

"Sou mãe do David e eu e mais ninguém é que resolvo como ele será educado", Inés responde e desliga o telefone.

Uma semana depois, chega outra carta. Com o cabeçalho de "Informe do Tribunal" determina que os não identificados "pais e/ou responsáveis" compareçam perante um comitê de investigação em 21 de fevereiro, às nove horas da manhã, para apresentar os motivos por que a criança em questão não deve ser transferida para o Centro de Aprendizado Especial em Punto Arenas.

"Eu me recuso", diz Inés. "Me recuso a comparecer ao tribunal deles. Vou levar David para La Residencia e ficar com ele lá. Se alguém perguntar onde estamos, diga que fomos para o norte do país."

"Pense melhor, Inés. Se fizer isso, estará se tornando uma fugitiva. Alguém em La Residencia — aquele porteiro empertigado, por exemplo — pode denunciar você às autoridades. Vamos comparecer a essa audiência, você, David e eu. Deixe que eles vejam que o menino não tem chifres, que é apenas um menino comum de seis anos, jovem demais para ser separado da mãe."

"Agora acabou a brincadeira", ele alerta o menino. "Se você não convencer essas pessoas de que está disposto a aprender, eles vão mandar você para Punto Arenas, para o arame farpado. Pegue seu livro. Você vai aprender a ler."

"Mas eu sei ler", diz o menino pacientemente.

"Você só sabe ler do seu jeito absurdo. Vou ensinar você a ler direito."

O menino trota para fora da sala, volta com seu *Dom Quixote* e abre na primeira página. "Em algum lugar de La Mancha", ele lê, devagar, mas com segurança, dando a cada palavra o seu próprio peso, "num lugar cujo nome não me lembro, vivia um cavalheiro que possuía um pangaré esquelético e um cachorro."

"Muito bem. Mas como vou saber que você não decorou essa passagem?" Ele escolhe uma página ao acaso. "Leia."

"Deus sabe se há uma Dulcineia neste mundo ou não", o menino lê, "se ela é fatânstica ou não é fatânstica."

"Fantástica. Continue."

"São coisas que não se podem provar nem refutar. Eu não a engendrei nem dei à luz. O que é engendrei?"

"Dom Quixote está dizendo que ele não é nem pai nem mãe de Dulcineia. Engendrar é o que o pai faz para ajudar a fazer o bebê. Continue."

"Eu não a engendrei nem dei à luz, mas a venero como se deve venerar uma dama cujas virtudes a tornam famosa em todo o mundo. O que é venerar?"

"Venerar é adorar. Por que não contou que sabe ler?"

"Eu contei. Você que não ouviu."

"Você fingiu que não sabia. Sabe escrever também?"

"Sei."

"Pegue seu lápis. Escreva o que eu vou ler para você."

"Não tenho lápis. Meus lápis ficaram na escola. Você ia pegar. Você prometeu."

"Eu não esqueci."

"No meu aniversário ano que vem posso ganhar um cavalo?"

"Um cavalo como El Rey?"

"Não, um cavalinho para dormir no meu quarto junto comigo."

"Pense bem, meu menino. Não pode ter um cavalo num apartamento."

"A Inés tem o Bolívar."

"É, mas um cavalo é muito maior que um cachorro."

"Pode ser um cavalo bebê."

"Um cavalo bebê vai crescer e virar um cavalo grande. Vou dizer uma coisa. Se você for bonzinho e mostrar para o señor León que acompanha a aula dele, eu te dou uma bicicleta."

"Não quero bicicleta. Não dá para salvar gente com bicicleta."

"Bom, um cavalo você não vai ganhar, então ponto final. Escreva: 'Deus sabe se há uma Dulcineia neste mundo ou não'. Deixe eu ver."

O menino mostra a ele o caderno. *Deos sabe si hay Dulcinea o no en el mundo*, ele lê: a linha de palavras segue firme da esquerda para a direita; as letras estão espaçadas com uniformidade e perfeitamente traçadas. "Estou impressionado", ele diz. "Só uma coisa: em espanhol Deus escreve o nome dele como Dios, não Deos. Fora isso, está muito bom. De primeira classe. Então você sabia ler e escrever o tempo todo e estava apenas engambelando sua mãe, eu e o señor León."

"Não estava engambelando. Quem é Deus?"

"*Deus sabe* é uma expressão. É um jeito de dizer que ninguém sabe. Você não pode..."

"Deus não é ninguém?"

"Não mude de assunto. Deus não é ninguém, mas mora muito longe para podermos conversar com ele ou tratar com ele. Agora, se ele olha por nós, *Dios sabe*. O que nós vamos dizer para a señora Otxoa? O que nós vamos dizer para o señor León? Como vamos explicar para eles que você estava se fazendo de bobo com ele, que você sabia ler e escrever o tempo todo? Inés, venha cá! David tem uma coisa para te mostrar."

Ele passa o caderno do menino para ela. Ela lê. "Quem é Dulcineia?", pergunta.

"Não importa. É uma mulher por quem Dom Quixote está apaixonado. Não uma mulher real. Um ideal. Uma ideia na cabeça dele. Olhe como ele traça bem as letras. Ele sabia escrever o tempo todo."

"Claro que sabe escrever. Ele sabe fazer qualquer coisa — não sabe, David? É capaz de qualquer coisa. Você é o querido da sua mãe."

Com um grande e (parece-lhe) autossatisfeito sorriso no rosto, David pula na cama e estende os braços para a mãe, que o arrebata num abraço. Ele fecha os olhos; se recolhe à total felicidade.

"Vamos voltar à escola", ele anuncia ao menino, "você, Inés e eu. Vamos levar o *Dom Quixote*. Vamos mostrar para o señor León que você sabe ler. Depois, você vai pedir desculpas a ele por toda essa confusão."

"Eu não vou voltar para a escola. Não preciso. Já sei ler e escrever."

"A escolha não é mais entre a escola do señor León e ficar em casa. A escolha é entre a escola do señor León ou a escola com arame farpado. Além disso, escola não é só ler e escrever. É também aprender a conviver com outros meninos e meninas. É se transformar em um animal social."

"Não tem menina na classe do señor León."

"Sei. Mas você encontra meninas no intervalo e depois da aula."

"Não gosto de meninas."

"Isso é o que todo menino diz. Até que um dia, de repente, se apaixonam e casam."

"Eu não vou casar."

"É o que todo menino diz."

"Você não é casado."

"É, mas eu sou um caso especial. Sou velho demais para casar."

"Pode casar com a Inés."

"Tenho uma relação especial com sua mãe, David, que você ainda é muito novo para entender. Não vou dizer mais nada a respeito, a não ser que não é uma relação do tipo casamento."

"Por que não?"

"Porque dentro de cada um de nós existe uma voz, às vezes chamada de voz do coração, que nos diz que tipo de sentimento temos por uma pessoa. E o tipo de sentimento que eu tenho pela Inés é mais parecido com boa vontade do que com amor, o tipo de amor para casamento."

"O señor Daga vai casar com ela?"

"É isso que está preocupando você? Não, duvido que o señor Daga queira casar com sua mãe. O señor Daga não é do tipo que casa. Além disso, ele já tem uma namorada perfeita para ele."

"O señor Daga diz que ele e a Frannie fazem fogos de artifício. Diz que eles fazem fogos de artifício ao luar. Diz que eu posso ir assistir. Posso?"

"Não, não pode. Quando o señor Daga diz fogos de artifício, não é de fogos de artifício que ele está falando."

"Está, sim! Ele tem uma gaveta cheia de fogos de artifício. Ele diz que a Inés tem seios perfeitos. Diz que são os seios mais perfeitos do mundo. Diz que vai casar com ela por causa dos seios dela e que eles vão fazer bebês."

"Ele diz isso, é? Bom, a Inés deve ter a opinião dela a respeito."

"Por que você não quer que o señor Daga case com a Inés?"

"Porque se sua mãe quisesse mesmo se casar podia encontrar marido melhor."

"Quem?"

"Quem? Não sei. Não sei os homens que sua mãe conhece. Ela deve conhecer uma porção de homens de La Residencia."

"Ela não gosta dos homens de La Residencia. Diz que são muito velhos. Para que servem os seios?"

"A mulher tem seios para poder dar leite para seus bebês."

"Tem leite dentro do seio da Inés? Eu vou ter leite no seio quando crescer?"

"Não. Você vai crescer como homem e homens não têm seios, seios de verdade. Só mulheres dão leite pelos seios. Os seios de homem são secos."

"Eu quero ter leite também! Por que eu não posso ter leite?"

"Já disse: homens não têm leite."

"O que homem faz?"

"Homens fazem sangue. Se um homem quer dar alguma coisa do seu corpo, ele dá sangue. Ele vai ao hospital e dá sangue para quem está doente e para quem sofreu algum acidente."

"Para as pessoas sararem?"

"Para as pessoas sararem."

"Eu vou dar sangue. Posso dar sangue logo?"

"Não. Vai ter de esperar até ficar mais velho, até ter mais sangue no corpo. Agora tem uma outra coisa que eu quero perguntar. É difícil, na escola, você não ter um pai normal como as outras crianças, você só ter eu?"

"Não."

"Tem certeza? Porque a señora Otxoa, a moça lá da escola, disse que você pode estar preocupado por não ter um pai de verdade."

"Não estou preocupado. Não estou preocupado com nada."

"Fico contente de ouvir isso. Porque, sabe, pais não são muito importantes, comparados com mães. Uma mãe traz a pessoa ao mundo de dentro do corpo dela. Ela dá leite para o filho, como eu falei. Carrega no colo e protege. Enquanto o pai às vezes pode ser um pouco andante, como Dom Quixote, nem sempre presente quando se precisa dele. Ele ajuda a fazer a pessoa, logo no começo, mas depois segue em frente. Quando o filho chega ao mundo ele pode ter desaparecido no horizonte em busca de novas aventuras. Por isso é que temos padrinhos, confiáveis, padrinhos velhos e sérios, e tios. Para que, quando o pai está longe, tenha alguém no lugar dele, alguém a quem recorrer."

"Você é meu padrinho ou meu tio?"

"As duas coisas. Pode pensar em mim como você quiser."

"Quem é o meu pai de verdade? Como é o nome dele?"

"Eu não sei. *Dios sabe.* Devia estar na carta que você tinha, mas a carta se perdeu, comida pelos peixes, e chorar por isso não vai trazer a carta de volta. Como eu disse, acontece muitas vezes da gente não saber quem é nosso pai. Nem a mãe às vezes sabe com certeza. Agora: está pronto para encontrar com o señor León? Pronto para mostrar para ele como você é inteligente?"

26.

Durante uma hora eles esperam pacientemente diante do escritório da escola, até a última campainha soar e a última classe se esvaziar. Então, o señor León passa, mochila na mão, a caminho de casa. Ele claramente não fica feliz ao vê-los.

"Apenas cinco minutos do seu tempo, señor León", ele pede. "Queremos mostrar o progresso que David fez com a leitura. Por favor. David, mostre ao señor León como você lê."

O señor León faz um sinal para entrarem em sua sala de aula. David abre o *Dom Quixote*. "Em algum lugar de La Mancha, num lugar cujo nome não me lembro, vivia um cavalheiro que possuía um pangaré esquelético..."

O señor León o interrompe peremptoriamente. "Não estou disposto a ouvir uma recitação." Ele atravessa a sala, abre um armário, volta com um livro e abre na frente do menino. "Leia para mim."

"Ler onde?"

"Leia desde o começo."

"Juan e María vão para a praia. Hoje Juan e María vão para a praia. O pai diz para eles que seus amigos Pablo e Ramona podem ir junto. Juan e María ficam animados. A mãe faz sanduíches para a viagem. Juan..."

"Pare!", diz o señor León. "Como aprendeu a ler em duas semanas?"

"Ele passou muito tempo com o *Dom Quixote*", ele, Simón, intervém.

"Deixe o menino responder sozinho", diz o señor León. "Se não sabia ler duas semanas atrás, como sabe ler hoje?"

O menino dá de ombros. "É fácil."

"Muito bem, se ler é tão fácil, me conte o que tem lido. Me conte uma história do *Dom Quixote*."

"Ele cai num buraco no chão e ninguém sabe onde ele está."

"Bom?"

"Aí ele escapa. Com uma corda."

"E o que mais?"

"Prendem ele numa gaiola e ele faz cocô na calça."

"E por que fazem isso — prender Dom Quixote?"

"Porque não acreditam que ele é Dom Quixote."

"Não. Fazem isso porque não existe uma pessoa chamada Dom Quixote. Porque Dom Quixote é um nome inventado. Querem que ele volte para casa e recupere o juízo."

O menino lança a ele, Simón, um olhar cheio de dúvida.

"David tem a sua própria leitura do livro", diz ao señor León. "Tem a imaginação viva."

O señor León não se digna a responder. "Juan e Pablo vão pescar", diz ele. "Juan pega cinco peixes. Escreva na lousa: cinco. Pablo pega três peixes. Escreva debaixo do cinco: três. Agora, quantos peixes eles pescaram juntos, Juan e Pablo?"

O menino fica parado na frente da lousa, os olhos fechados com força, como se quisesse escutar uma palavra dita de muito longe. O giz não se mexe.

"Conte. Conte um-dois-três-quatro-cinco. Agora conte mais três. Quanto isso dá?"

O menino sacode a cabeça. "Não consigo ver eles", diz com uma voz minúscula.

"Não consegue ver o quê? Não precisa ver os peixes, só precisa ver os números. Olhe os números. Cinco e depois mais três. Quanto dá isso?"

"Dessa vez... dessa vez...", diz o menino com a mesma voz minúscula, sem vida, "dá... oito."

"Bom. Faça uma linha debaixo do três e escreva oito. Então você estava fingindo durante todo o tempo em que nos disse que não sabia contar. Agora mostre como você escreve. Escreva: *Conviene que yo diga la verdad*, Devo dizer a verdade. Escreva. *Con-viene*."

Escrevendo da esquerda para a direita, traçando as letras com clareza, mesmo que devagar, o menino escreve: *Yo soy la verdad*, Eu sou a verdade.

"Está vendo", diz o señor León se dirigindo a Inés. "É com isso que eu tinha de lidar dia após dia quando seu filho estava na minha classe. Quer dizer, só pode haver uma autoridade na sala de aula, não pode haver duas. A senhora não concorda?"

"Ele é uma criança excepcional", diz Inés. "Que tipo de escola é a sua, que não consegue lidar com uma única criança excepcional?"

"Recusar ouvir o professor não quer dizer que uma criança seja excepcional, quer dizer apenas que ela é desobediente. Se insiste que o menino precisa de tratamento especial, que ele vá para Punto Arenas. Lá eles sabem lidar com crianças excepcionais."

Inés fica muito ereta, os olhos faiscando. "Só sobre o meu cadáver ele vai para Punto Arenas!", diz ela. "Venha, meu bem."

Cuidadosamente, o menino devolve o giz à caixa. Não olha nem para a direita nem para a esquerda e sai da classe seguindo a mãe.

Na porta, Inés se volta e mira um último dardo no señor León: "O senhor não tem condições de ensinar crianças!".

O señor León dá de ombros, indiferente.

* * *

Com o correr dos dias, a indignação de Inés só fica mais forte. Ela passa horas ao telefone com os irmãos, fazendo e refazendo planos de sair de Novilla e começar uma nova vida em algum outro lugar, fora do alcance das autoridades da educação.

Quanto a ele, remoendo o episódio da sala de aula, acha cada vez mais difícil pensar que foi inútil. Não gosta do tom autocrático do señor León; concorda com Inés que ele não devia estar encarregado de crianças pequenas. Mas por que o menino resiste à instrução? Será apenas um espírito de rebeldia inata flamejando nele, insuflado pela mãe; ou o mal-estar entre aluno e professor tem uma causa mais específica?

Ele chama o menino de lado. "Sei que o señor León às vezes é muito rigoroso", diz, "e que você e ele nem sempre se deram bem. Estou tentando entender por quê. O señor León algum dia te disse alguma coisa ruim que você não nos contou?"

O menino olha para ele intrigado. "Não."

"Como eu disse, não estou acusando ninguém, só tentando entender. Existe alguma razão para você não gostar do señor León, além do fato dele ser muito rigoroso?"

"Ele tem um olho de vidro."

"Eu sei disso. É provável que ele tenha perdido o olho num acidente. Deve se ressentir disso. Mas a gente não fica inimigo das pessoas porque elas têm olho de vidro."

"Por que ele diz que não existe nenhum Dom Quixote? Existe um Dom Quixote. Ele está no livro. Ele salva as pessoas."

"Verdade, no livro existe um homem que se chama de Dom Quixote e que salva as pessoas. Mas algumas pessoas que ele salva não querem ser salvas. Estão contentes como estão. Ficam bravas com Dom Quixote e gritam com ele. Dizem que ele não sabe o que está fazendo, que ele está perturbando a ordem social. O señor León gosta de ordem, David. Ele gosta de calma e ordem na sala dele. Gosta de ordem no mundo. Não tem nada de errado nisso. O caos pode ser muito perturbador."

"O que é caos?"

"Eu te contei outro dia. Caos é quando não existe ordem, não existem leis em que se apoiar. Caos é as coisas girando por aí. Não sei descrever melhor."

"É quando os números abrem e você cai?"

"Não, não é, de jeito nenhum. Os números nunca se abrem. Números nos dão segurança. São os números que sustentam o universo. Você devia fazer amizade com os números. Se fosse mais amigo deles, eles seriam mais amigos seus. Aí você não precisaria mais ter medo de que eles cedessem debaixo dos seus pés."

Ele fala com a maior honestidade possível e o menino parece perceber isso. "Por que Inés estava brigando com o señor León?", ele pergunta.

"Eles não estavam brigando. Eles se inflamaram, coisa de que os dois devem ter se arrependido agora que tiveram tempo para pensar. Mas não é a mesma coisa que brigar. Palavras fortes não é brigar. Há momentos em que temos de nos colocar em defesa daqueles que nós amamos. Sua mãe estava defendendo você. Isso é o que uma boa mãe, uma mãe valente, faz por seus filhos: defende, protege, enquanto tiver alento no corpo. Você devia ficar orgulhoso de ter uma mãe assim."

"Inés não é minha mãe."

"Inés é sua mãe. Ela é uma mãe verdadeira para você. É a sua mãe verdadeira."

"Eles vão me levar embora?"

"Quem vai te levar embora?"

"As pessoas de Punto Arenas."

"Punto Arenas é uma escola. Os professores de Punto Arenas não sequestram crianças. Não é assim que funciona o sistema educacional."

"Eu não quero ir para Punto Arenas. Prometa que não deixa eles me levarem."

"Prometo. Sua mãe e eu não vamos deixar ninguém levar você para Punto Arenas. Você viu como sua mãe vira um tigre quando precisa defender você. Ninguém passa por ela."

A audiência tem lugar no quartel-general do Departamento de Educação de Novilla. Ele e Inés comparecem na hora marcada. Depois de uma breve espera, são levados a uma imensa câmara, cheia de ecos, com fileiras e fileiras de cadeiras vazias. À frente, sobre uma plataforma elevada, estão sentados dois homens e uma mulher, juízes ou examinadores. O señor León já está presente. Não trocam cumprimentos.

"Vocês são os pais do menino David?", pergunta o juiz do centro.

"Sou a mãe dele", diz Inés.

"E eu sou seu padrinho", diz ele. "David não tem pai."

"O pai é falecido?"

"O pai é desconhecido."

"Com qual dos dois o menino mora?"

"O menino mora com a mãe. A mãe e eu não vivemos juntos. Não temos uma relação conjugal. Mesmo assim, nós três somos uma família. De certa forma. Somos ambos dedicados a David. Eu estou com ele todos os dias quase."

"Pelo que nos foi informado David compareceu à escola pela primeira vez em janeiro, e foi destinado à classe do señor León. Depois de algumas semanas, os senhores foram chamados em conjunto para uma reunião. Correto?"

"Correto."

"E o que o señor León relatou aos senhores?"

"Disse que David estava tendo pouco progresso escolar e além disso era insubordinado. Recomendou que fosse tirado da classe."

"Señor León, está correto?"

O señor León assente. "Discuti o caso com a señora Otxoa, psicóloga da escola. Concordamos que David seria beneficiado se transferido para a escola de Punto Arenas."

O juiz olha em torno. "A señora Otxoa está presente?"

Um funcionário do tribunal cochicha no seu ouvido. O juiz fala: "A señora Otxoa não pode comparecer, mas apresentou um relatório que" — ele remexe em seus papéis — "que, como disse o señor León, recomenda a transferência para Punto Arenas".

A juíza da esquerda fala. "Señor León, pode explicar por que sente que essa atitude é necessária? Parece uma medida muito severa, mandar uma criança de seis anos para Punto Arenas."

"Señora, tenho doze anos de experiência como professor. Em todo esse tempo, nunca tive um caso semelhante. O menino David não é burro. Não tem limitação. Ao contrário, é dotado e inteligente. Mas não aceita direção e não aprende. Dediquei a ele muitas horas, em prejuízo de outras crianças da classe, tentando incutir nele os elementos de leitura, escrita e aritmética. Ele não apresentou nenhum progresso. Não captou nada. Ou melhor, fingiu não captar nada. Digo *fingiu* porque de fato ele já sabia ler e escrever quando chegou à escola."

"É verdade?", pergunta o juiz-presidente.

"Ler e escrever, sim, intermitentemente", ele, Simón, responde. "Ele tem dias bons e dias ruins. No caso da aritmética está apresentando certas dificuldades, dificuldades filosóficas como eu prefiro chamar, que atrasam seu progresso. É uma criança excepcional. Excepcional em inteligência e sob outros aspectos também. Ele aprendeu a ler sozinho com o livro *Dom Quixote*, numa versão adaptada para crianças. Só recentemente me dei conta disso."

"A questão", diz o señor León, "não é se o menino sabe ler e escrever, ou quem ensinou, é se ele é capaz de se integrar a uma escola comum. Não tenho tempo para lidar com uma criança que se recusa a aprender e que com seu comportamento perturba as atividades normais da classe."

"Ele acabou de fazer seis anos!", Inés explode. "Que tipo de professor é o senhor que não consegue controlar uma criança de seis anos?"

O señor León fica rígido. "Eu não disse que não consigo controlar o seu filho. O que não consigo é cumprir meu dever para com as outras crianças quando ele está na sala. Seu filho precisa de atenção especial de um tipo que não podemos fornecer numa escola comum. Por isso recomendei Punto Arenas."

Cai um silêncio.

"Tem mais alguma coisa a dizer, señora?", pergunta o juiz-presidente.

Inés sacode a cabeça, furiosa.

"O señor?"

"Não."

"Então, vamos pedir que se retirem — o senhor também, señor León — e esperem nossa decisão."

Eles se retiram para a sala de espera, os três juntos. Inés não consegue sequer olhar para o señor León. Depois de alguns minutos, são chamados de volta. "A decisão deste tribunal", diz o juiz-presidente, "é que a recomendação do señor León, secundada e apoiada pela psicóloga da escola e pelo diretor, seja mantida. O menino David será transferido para a escola de Punto Arenas, transferência que deve ocorrer o mais breve possível. Isso é tudo. Obrigado pelo comparecimento."

"Meritíssimo", ele diz, "posso perguntar se temos direito a apelação?"

"Podem levar a questão à corte civil, claro, é seu direito. Mas o processo de apelação não pode ser usado como meio de anular a decisão deste tribunal. O que quer dizer que a transferência para Punto Arenas será efetuada quer o señor vá ou não à corte civil."

"Diego vem nos pegar amanhã à noite", diz Inés. "Está tudo acertado. Ele só tem de terminar uns negócios."

"E para onde estão planejando ir?"

"Como eu vou saber? Algum lugar fora do alcance dessa gente e de suas perseguições."

"Vai mesmo deixar um bando de administradores escolares expulsarem você da cidade, Inés? Como vão viver, você, Diego e o menino?"

"Não sei. Como ciganos, acho. Por que não ajuda em vez de ficar levantando objeções?"

"O que é cigano?", o menino intervém.

"Viver como ciganos é uma maneira de dizer", ele fala. "Você e eu fomos meio ciganos enquanto estávamos no campo de Belstar. Ser cigano significa não ter uma casa de verdade, um lugar onde pousar a cabeça. Não é muito divertido ser cigano."

"Vou ter de ir para a escola?"

"Não. Crianças ciganas não vão para a escola."

"Então eu quero ser cigano junto com a Inés e o Diego."

Ele se volta para Inés. "Gostaria que tivesse discutido isso comigo. Você realmente quer dormir debaixo das sebes e comer frutos silvestres fugindo da lei?"

"Isso não tem nada a ver com você", Inés responde, friamente. "Você não se importa que David vá para um reformatório. Eu sim."

"Punto Arenas não é um reformatório."

"É um depósito de delinquentes — delinquentes e órfãos. Meu filho não vai para esse lugar, nunca, nunca, nunca."

"Concordo com você. David não merece ser mandado para Punto Arenas. Não porque seja um depósito, mas porque é novo demais para ser separado dos pais."

"Então por que você não enfrentou aqueles juízes? Por que baixou a cabeça, beijou a mão e disse *Sí señor, Sí señor*? Não acredita no menino?"

"Claro que acredito nele. Acredito que é excepcional e merece tratamento excepcional. Mas aquelas pessoas têm a lei por trás delas e nós não estamos em posição de desafiar a lei."

"Nem quando a lei é ruim?"

"Não é uma questão de boa ou ruim, Inés, é uma questão de poder. Se você fugir, vão mandar a polícia atrás de você e a polícia vai te encontrar. Você será considerada mãe incapaz e o menino será tirado de você. Vai ser mandado para Punto Arenas e nós vamos ter uma batalha pela frente para ver se recuperamos a custódia dele."

"Não vão nunca tirar meu filho de mim. Prefiro morrer." O seio dela arfa. "Por que não me ajuda em vez de ficar sempre do lado deles?"

Ele estende a mão para acalmá-la, mas ela se esquiva e afunda na cama. "Me deixe em paz! Não toque em mim! Você não acredita de verdade no menino. Não sabe o que quer dizer acreditar."

O menino se inclina sobre ela, acaricia seu cabelo. Tem um sorriso nos lábios. "Ssh", ele diz, "ssh." Deita-se ao lado dela; o polegar vai para a boca; os olhos ganham um aspecto vidrado, ausente; minutos depois, está dormindo.

27.

Álvaro reúne os estivadores. "Amigos", diz, "quero discutir uma questão com vocês. Como vocês devem se lembrar, nosso camarada Simón propôs que a gente parasse de descarregar os navios pela força do braço e recorresse a um guindaste mecânico."

Os homens balançam a cabeça. Alguns olham na sua direção. Eugenio sorri para ele.

"Bom, hoje tenho uma notícia para vocês. Um camarada do Departamento de Estradas me disse que no depósito deles existe um guindaste que está parado há meses. Se a gente quiser pegar emprestado como experiência, ele diz que podemos.

"O que devemos fazer, amigos? Aceitamos a oferta? Devemos ver se, como diz o Simón, um guindaste pode mudar nossas vidas? Quem quer falar primeiro? Simón, você?"

Ele é pego totalmente de surpresa. Está com a cabeça ocupada com Inés e seus planos de fuga; há semanas não pensa em guindastes, ratos ou na economia do transporte de grãos; de fato, passou a depender da rotina imutável do trabalho para exauri-lo e trazer a bênção do sono profundo, sem sonhos.

"Eu não", ele fala, "já disse o que tinha a dizer."

"Quem mais?", pergunta Álvaro.

Eugenio fala. "Eu digo que devemos experimentar o guindaste. Nosso amigo Simón tem cabeça boa. Quem sabe está com a razão. Talvez a gente deva acompanhar o progresso. Só dá para saber tentando."

Há um murmúrio de concordância entre os homens.

"Então, vamos experimentar o guindaste?", Álvaro pergunta. "Devo dizer para o camarada do Departamento de Estradas para trazer para cá?"

"Sim!", diz Eugenio, e levanta a mão. "Sim!", dizem os estivadores em coro, levantando as mãos. Até ele, Simón, levanta a mão. A votação é unânime.

O guindaste chega na manhã seguinte em cima de um caminhão. Um dia, foi pintado de branco, mas a pintura descascou e o metal está enferrujado. Parece que ficou ao ar livre na chuva por um longo tempo. É também menor do que o esperado. Roda sobre esteiras metálicas barulhentas; o operador fica sentado numa cabine acima das esteiras, operando os controles que movimentam o braço e giram o guincho.

Leva quase uma hora para remover a máquina de cima do caminhão. O amigo de Álvaro, do Departamento de Estradas, está impaciente para ir embora. "Quem vai operar?", ele pergunta. "Dou uma rápida amostra dos controles e caio fora."

"Eugenio!", Álvaro chama. "Você falou a favor do guindaste. Gostaria de operar a máquina?"

Eugenio olha em torno. "Se ninguém mais quiser, eu quero."

"Ótimo! Então é você."

Eugenio mostra aprender depressa. Não demora nada para pôr o pequeno guindaste para rodar para um lado e outro do cais, movimentando o braço no qual o gancho balança alegremente.

"Ensinei o que eu pude", o operador diz a Álvaro. "Ele que vá com cuidado nos primeiros dias e vai se dar bem."

O braço do guindaste consegue apenas alcançar o convés do navio. Os estivadores trazem os sacos do porão um a um, como antes; mas agora, em vez de serem carregados pela prancha, os sacos são jogados numa eslinga de lona. Quando a eslinga está cheia pela primeira vez, dão um grito para Eugenio. O gancho pega a eslinga; o cabo de aço se retesa; a eslinga passa por cima da amurada do convés e com um floreio Eugenio gira e baixa a carga num grande arco. Os homens dão viva; mas seus vivas se transformam em gritos de alarme quando a eslinga bate na doca e começa a girar e oscilar descontroladamente. Os homens se espalham, menos ele, Simón, que está ou muito absorto para ver o que acontece ou é lento demais para se mexer. Vê de relance Eugenio olhando para ele da cabine, articulando palavras que não consegue escutar. Então a carga oscilante o atinge no meio do corpo e o joga para trás. Ele cambaleia até um pilar, tropeça numa corda e cai no espaço entre o cais e as placas de aço do cargueiro. Por um momento, fica preso ali, tão apertado que dói para respirar. Tem uma consciência intensa de que basta o navio se deslocar um centímetro para ele ser esmagado como um inseto. Então a pressão relaxa e ele cai de pé na água.

"Socorro!", grita, sufocado. "Socorro!"

Uma boia salva-vidas cai na água a seu lado, pintada com listas brancas e vermelhas. Do alto, vem a voz de Álvaro: "Simón! Escute! Aguente que vamos tirar você dessa".

Ele agarra a boia; como um peixe, ele é puxado ao longo do cais para o mar aberto. Mais uma vez a voz de Álvaro: "Segure firme, vamos puxar você!". Mas quando a boia começa a subir a dor de repente é demasiada. Não consegue se segurar e cai de volta na água. Está todo coberto de óleo, nos olhos, na boca. *Então é assim que termina?*, ele diz a si mesmo. *Como um rato? Que indigno!*

Mas Álvaro está a seu lado, flutuando na água, o cabelo grudado na cabeça por causa do óleo. "Relaxe, meu amigo", diz Álvaro. "Eu seguro você." Agradecido, ele relaxa nos braços de Álvaro. "Puxem!", Álvaro grita; e os dois, num abraço apertado, emergem da água.

Ele volta a si, confuso. Está deitado de costas, olhando um céu vazio. Há figuras vagas à sua volta e um murmúrio de vozes, mas ele não consegue identificar nem uma palavra. Fecha os olhos e apaga outra vez.

Acorda de novo com um baque surdo. O baque parece vir de dentro dele, de dentro de sua cabeça. "Acorde, *viejo!*", diz uma voz. Ele abre um olho, vê um rosto gordo e suado acima dele. *Estou acordado*, gostaria de dizer, mas sua voz sumiu.

"Olhe para mim!", dizem os lábios grossos. "Está me ouvindo? Pisque os olhos se pode me ouvir."

Ele pisca.

"Ótimo. Vou te dar uma injeção de analgésico, depois vamos tirar você daqui."

Analgésico? *Não estou com dor*, ele quer dizer. *Por que estaria com dor?* Mas seja o que for que fala dentro dele não quer falar hoje.

Como é membro do sindicato dos estivadores — uma afiliação de que não tinha nem conhecimento — tem direito a quarto particular no hospital. É tratado em seu quarto por uma equipe de gentis enfermeiras, de uma das quais, uma mulher de meia-idade chamada Clara, de olhos cinzentos e sorriso sossegado, ele fica bastante próximo nas semanas seguintes.

Parece ser consenso que ele saiu bem do acidente. Quebrou três costelas. Uma lasca de osso perfurou um pulmão e foi preciso uma pequena operação para removê-la (será que ele quer guardar como recordação? — está dentro de um frasco na mesa de cabeceira). Tem cortes e contusões no rosto e na parte superior do corpo e perdeu um pouco de pele, mas não há sinal de danos cerebrais. Alguns dias sob observação, mais uma semana em ritmo lento, e ele deve estar recuperado. Enquanto isso, controlar a dor é a maior prioridade.

Seu visitante mais frequente é Eugenio, que está cheio de remorso por sua incompetência com o guindaste. Ele faz o possível para consolar o homem mais jovem — "Como você podia dominar uma máquina nova em tão pouco tempo?" — mas Eugenio não se conforma. Quando ele vem à tona de seus cochilos é Eugenio que com mais frequência flutua em sua visão, cuidando dele.

Álvaro o visita também, assim como outros camaradas das docas. Álvaro conversou com os médicos e traz a notícia de que, embora ele possa esperar uma completa recuperação, não seria sensato para ele, com sua idade, voltar à vida de estivador.

"Talvez eu possa ser operador de guindaste", ele sugere. "Não haveria de ser pior que Eugenio."

"Se quiser ser operador de guindaste vai ter de mudar para o Departamento de Estradas", Álvaro responde. "Guindastes são perigosos. Não têm futuro nas docas. Guindastes sempre foram uma má ideia."

Ele espera que Inés venha visitá-lo, mas ela não vem. Ele teme o pior: que ela tenha levado a cabo seu plano de pegar o menino e fugir.

Ele menciona essa preocupação a Clara. "Eu tenho uma amiga", ele diz, "de cujo filho ainda menino eu gosto muito. Por razões que não vem ao caso explicar, as autoridades da educação estão ameaçando tirar o menino dela e mandar para uma escola especial. Posso te pedir um favor? Podia telefonar para ela e descobrir se houve alguma novidade?"

"Com prazer", Clara responde. "Mas por que você não fala com ela pessoalmente? Posso trazer um telefone até sua cama."

Ele liga para os Blocos. Quem atende é um vizinho que vai, volta e conta que Inés não está em casa. Ele liga mais tarde, no mesmo dia, de novo sem sucesso.

Na manhã seguinte, cedo, naquele espaço sem nome entre o sono e o despertar, ele tem um sonho, ou uma visão. Com clareza incomum, vê uma carruagem de dois cavalos pairando no ar aos pés de sua cama. A carruagem é feita de marfim ou de algum metal incrustado com marfim, e é puxada por dois cavalos brancos, nenhum dos quais é El Rey. Segurando as rédeas com uma mão, com a outra mão erguida num gesto soberano, está o menino, nu a não ser por uma tanga de algodão.

Como a carruagem e os dois cavalos cabem no quartinho do hospital é um mistério para ele. A carruagem parece pairar no ar sem nenhum esforço da parte dos cavalos ou do cocheiro. Longe de estarem imobilizados, os cavalos de vez em quando batem os cascos no ar, ou jogam a cabeça e bufam. Quanto ao menino, ele parece não se cansar de manter o braço erguido. A expressão de seu rosto é familiar: autossatisfação, talvez até triunfo.

A certa altura, o menino olha diretamente para ele. *Leia os meus olhos*, ele parece dizer.

O sonho, ou visão, dura dois ou três minutos. Depois se dissipa e o quarto está como antes.

Ele conta o que aconteceu para Clara. "Acredita em telepatia?", pergunta. "Tive a sensação de que David estava tentando me dizer alguma coisa."

"E o que era?"

"Não tenho certeza. Talvez que ele e a mãe precisam de ajuda. Ou talvez não. A mensagem estava — como posso definir? — escura."

"Bom, lembre que o analgésico que você está tomando é um opiáceo. Opiáceos produzem sonhos, sonhos de ópio."

"Não era um sonho de ópio. Era uma coisa real."

Daí em diante, ele recusa os analgésicos e, consequentemente, sofre. As noites são piores: o menor movimento produz uma pontada elétrica de dor em seu peito.

Não tem nada para se distrair, nada para ler. O hospital não tem biblioteca, oferece apenas números antigos de revistas populares (receitas, hobbies, moda feminina). Ele reclama com Eugenio, cuja resposta é lhe trazer o livro-texto de seu curso de filosofia ("Sei que você é uma pessoa séria"). O livro é, como ele temia, sobre mesas e cadeiras. Ele o põe de lado. "Desculpe, não é o meu tipo de filosofia."

"De que tipo de filosofia você gosta?", Eugenio pergunta.

"Do tipo que abala a gente. Que muda a vida da pessoa."

Eugenio olha para ele, intrigado. "Então tem alguma coisa errada com a sua vida?", pergunta. "Fora os ferimentos."

"Está faltando alguma coisa, Eugenio. Sei que não devia ser assim, mas é. A vida que eu levo não basta para mim. Eu queria que alguém, algum salvador, descesse do céu, sacudisse uma varinha mágica e dissesse: *Olhe, leia este livro e todas as suas perguntas serão respondidas.* Ou: *Olhe, aqui está uma vida inteiramente nova para você.* Você não entende do que estou falando, não é?"

"Não, não posso dizer que entendo."

"Não importa. É só um humor passageiro. Amanhã vou ser eu mesmo de novo."

Ele deve planejar sua alta, diz o médico. Tem lugar para ficar? Tem alguém para cozinhar para ele, cuidar dele, ajudar a se movimentar enquanto se recupera? Gostaria de falar com uma assistente social? "Nada de assistente social", ele responde. "Deixe eu discutir o assunto com meus amigos e ver o que se pode combinar."

Eugenio oferece um quarto no apartamento em que vive junto com dois camaradas. Ele, Eugenio, pode dormir no sofá. Ele agradece a Eugenio, mas recusa.

A seu pedido, Álvaro pesquisa casas de repouso. Os Blocos Oeste, ele relata, têm uma instituição que, embora voltada para o cuidado de idosos, aceita também convalescentes. Ele pede a Álvaro para colocar seu nome na lista de espera da instituição. "É um pouco embaraçoso dizer", ele fala, "mas espero que não demore para haver uma vaga." "Se não existe má vontade em seu coração", Álvaro garante a ele, "essa esperança é permissível." "Permissível?", ele pergunta. "Permissível", Álvaro confirma.

Então, de repente todas as suas preocupações vão embora. Do corredor vêm sons de vozes jovens e alegres. Clara aparece na porta. "Visitas para você", ela anuncia. Dá passagem e Fidel e David entram correndo, seguidos por Inés e Álvaro. "Simón!", David grita. "Você caiu mesmo no mar?"

O coração dele dá um pulo. Cuidadoso, ele estende os braços. "Venha cá! É, eu tive um pequeno acidente, caí na água, mas nem me molhei. Meus amigos me puxaram."

O menino trepa na cama alta, se chocando com ele, produzindo pontadas de dor pelo seu corpo. Mas a dor não é nada. "Meu menino querido! Meu tesouro! Luz da minha vida!"

O menino se solta do abraço. "Eu escapei", anuncia. "Eu falei para você que ia escapar. Passei pelo arame farpado."

Escapou? Passou pelo arame? Ele está confuso. Do que o menino está falando? E por que a estranha roupa nova: um suéter apertado de gola rulê, calça curta (muito curta), sapatos e meias brancas que mal cobrem os tornozelos? "Obrigado por virem, todos vocês", ele diz, "mas, David, de onde você escapou? Está falando de Punto Arenas? Levaram você para Punto Arenas? Inés, você deixou eles levarem o David para Punto Arenas?"

"Eu não deixei. Vieram quando ele estava brincando lá fora. Levaram num carro. Como eu podia impedir?"

"Nunca pensei que chegaria a isso. Mas você escapou, David? Me conte como foi. Me conte como você escapou."

Mas Álvaro intervém. "Antes de entrar nisso, Simón, podemos falar da sua mudança? Quando você acha que vai conseguir andar?"

"Ele não pode andar?", o menino pergunta. "Você não pode andar?"

"Só durante um tempinho vou precisar de ajuda. Até as dores irem embora."

"Vai ter de andar de cadeira de rodas? Posso empurrar?"

"Pode, sim, empurrar minha cadeira, contanto que não vá muito depressa. Fidel pode empurrar também."

"Estou perguntando", diz Álvaro, "porque entrei em contato com a casa de repouso outra vez. Disse que você esperava completa recuperação e que não precisaria de cuidados especiais. Nesse caso, eles disseram que você pode ir imediatamente, se não se importar de repartir um quarto com alguém. O que você acha? Resolveria uma porção de problemas."

Repartir um quarto com outro velho. Que ronca de noite e cospe no lenço. Que reclama da filha que o abandonou. Que está cheio de ressentimento contra o recém-chegado, o invasor do seu espaço. "Claro, não me importo", ele diz. "É um alívio ter um lugar definido para ir. Tira um peso das costas de todo mundo. Obrigado, Álvaro, por cuidar disso."

"E o sindicato paga, claro", diz Álvaro. "Pela moradia, pelas refeições, por todas as suas necessidades enquanto estiver lá."

"Isso é ótimo."

"Bom, tenho de voltar ao trabalho agora. Vou deixar você com Inés e os meninos. Tenho certeza que eles têm muita coisa para contar."

Ele está imaginando coisas, ou Inés lança um olhar furtivo para Álvaro quando ele sai? *Não me deixe sozinha com ele, com este homem que estamos a ponto de trair!* Largado em algum quarto antisséptico nos longínquos Blocos Oeste, onde ele não conhece ninguém. Abandonado para embolorar. *Não me deixe com ele!*

"Sente, Inés. David, me conte sua história desde o começo. Não esqueça de nada. Temos muito tempo."

"Eu escapei", diz o menino. "Falei para você que escapava. Passei pelo arame farpado."

"Recebi um telefonema", diz Inés. "De um completo desconhecido. Uma mulher. Ela disse que tinha encontrado David vagando pela rua, sem roupa."

"Sem roupa? Você fugiu de Punto Arenas sem roupa? Quando foi isso? Ninguém tentou te impedir?"

"Deixei minha roupa no arame farpado. Eu não prometi para você que ia escapar? Posso escapar de qualquer lugar."

"E onde essa mulher encontrou você, a mulher que telefonou para Inés?"

"Ela encontrou David na rua, no escuro, com frio e nu."

"Não estava frio. Eu não estava nu", diz o menino.

"Não estava com roupa nenhuma", diz Inés. "Isso quer dizer que estava nu."

"Não importa isso", ele, Simón, interrompe. "Por que a mulher entrou em contato com você, Inés? Por que não com a escola? Sem dúvida era a coisa óbvia a fazer."

"Ela odeia a escola. Todo mundo odeia", diz o menino.

"É mesmo um lugar tão terrível?"

O menino faz que sim vigorosamente.

Pela primeira vez, Fidel fala. "Batiam em você?"

"Tem de ter catorze anos para eles poderem bater. Quem tem catorze anos pode apanhar se for insubordinado."

"Conte para ele do peixe", diz Inés.

"Toda sexta-feira, eles faziam a gente comer peixe." O menino estremece, teatral. "Detesto peixe. Olho de peixe é igual o do señor León."

Fidel ri. Um momento depois, os dois meninos estão rindo incontrolavelmente.

"O que mais era tão horrível em Punto Arenas, além do peixe?"

"Faziam a gente usar sandália. E não deixavam Inés me visitar. Diziam que ela não era minha mãe. Diziam que eu era pupilo. Pupilo é quem não tem pai nem mãe."

"Que absurdo. Inés é sua mãe e eu sou seu padrinho, o que vale a mesma coisa que um pai, às vezes mais. Seu padrinho cuida de você."

"Você não cuidou de mim. Deixou eles me levarem para Punto Arenas."

"É verdade. Fui um mau padrinho. Dormi quando devia ter vigiado. Mas aprendi a lição. Vou cuidar melhor de você no futuro."

"Vai brigar com eles se eles voltarem?"

"Vou, do melhor jeito que eu puder. Vou pegar emprestada uma espada. Vou dizer: *Tentem pegar meu menino de novo e vão ter de enfrentar Dom Simón!*"

O menino fulgura de prazer. "Bolívar também", diz ele. "Bolívar pode me proteger de noite. Você vem morar com a gente?" Ele olha para a mãe. "Simón pode ir morar com a gente?"

"Simón tem de ir para uma casa de repouso para se recuperar. Ele não pode andar. Não pode subir escada."

"Pode! Você pode andar, não pode, Simón?"

"Claro que posso. Normalmente, eu não posso, por causa das dores. Mas por você eu posso fazer qualquer coisa: subir escada, montar a cavalo, qualquer coisa. É só você dizer."

"Dizer o quê?"

"A palavra mágica. A palavra que vai me curar."

"Eu sei a palavra?"

"Claro que sabe. Diga."

"A palavra é... *Abracadabra!*"

Ele empurra o lençol (felizmente está usando o pijama do hospital) e gira as pernas para fora da cama. "Vou precisar de ajuda, meninos."

Apoiado nos ombros de Fidel e David, ele se põe precariamente em pé, dá um primeiro passo hesitante, um segundo. "Viu, você sabe a palavra! Inés, pode trazer a cadeira de rodas para mais perto?" Ele despenca na cadeira de rodas. "Agora, vamos dar um passeio. Gostaria de ver como está o mundo, depois de todo este tempo trancado. Quem quer empurrar?"

"Você não vai voltar para casa com a gente?", o menino pergunta.

"Por enquanto ainda não. Não até recuperar minhas forças."

"Mas nós vamos ser ciganos! Se ficar no hospital você não vai poder ser cigano!"

Ele olha para Inés. "O que é isso? Achei que tínhamos desistido dessa história de ciganos."

Inés enrijece. "Ele não pode voltar para aquela escola. Não vou permitir. Meus irmãos vão buscar a gente, os dois. Vamos com o carro."

"Quatro pessoas naquele ferro-velho? E se quebrar? Onde vocês vão ficar?"

"Não importa. Vamos fazer trabalhos avulsos. Colher frutas. O señor Daga nos emprestou dinheiro."

"Daga! Então ele é que está por trás disso."

"Bom, o David não vai voltar para aquela escola terrível."

"Onde fazem os alunos usarem sandálias e comerem peixe. Não me parece tão terrível."

"Alguns meninos fumam, bebem e andam com facas. É uma escola para criminosos. Se David voltar para lá vai ficar marcado por toda a vida."

O menino fala. "O que quer dizer *marcado por toda a vida*?"

"É uma maneira de dizer", responde Inés. "Quer dizer que a escola vai ter um mau efeito sobre você."

"Como uma ferida?"

"É, como uma ferida."

"Eu já tenho uma porção de feridas. Fiz no arame farpado. Quer ver minhas feridas, Simón?"

"Sua mãe está falando de outra coisa. Está falando de ferida na alma. O tipo de ferida que não se cura. É verdade que os meninos na escola andam com facas? Tem certeza que não era só um menino?"

"É um monte de meninos. E tem uma pata com patinhos e um dos meninos pisou em cima de um patinho, as tripas dele saíram pelo bumbum, eu queria botar para dentro de novo, mas o professor não deixou, disse que eu devia deixar o patinho morrer, eu falei que podia soprar dentro dele, mas ele não deixou. E a gente tinha de cuidar do jardim. Toda tarde, depois da aula, faziam a gente cavar. Detesto cavar."

"Cavar é bom. Se ninguém estivesse disposto a cavar, não haveria colheitas, nem comida. Cavar deixa a gente forte. Dá músculos."

"Dá para a semente crescer no mata-borrão. O professor mostrou. Não precisa cavar."

"Uma ou duas sementes, sim. Mas se você quer uma colheita de verdade, precisa plantar trigo suficiente para fazer pão e alimentar as pessoas, a semente tem de ir para dentro da terra."

"Detesto pão. Pão é chato. Eu gosto de sorvete."

"Eu sei que você gosta de sorvete. Mas não pode viver de sorvete, enquanto de pão dá para viver."

"Dá para viver de sorvete. O señor Daga vive."

"O señor Daga só finge viver de sorvete. Tenho certeza que, escondido, ele come pão como todo mundo. Mas você não devia tomar o señor Daga como modelo."

"O señor Daga me dá presentes. Você e Inés nunca me dão presentes."

"Isso é incorreto, meu menino, incorreto e injusto. Inés te ama e cuida de você, como eu também. Enquanto o señor Daga, no fundo do coração, não tem nenhum amor por você."

"Ele me ama sim! Ele quer que eu vá morar com ele! Ele falou para a Inés e ela falou para mim."

"Tenho certeza que ela nunca vai concordar com isso. Seu lugar é com sua mãe. É por isso que nós batalhamos esse tempo todo. O señor Daga pode parecer glamoroso e excitante para você, mas quando ficar mais velho você vai entender que gente glamorosa e excitante não é necessariamente gente boa."

"O que é glamoroso?"

"Glamoroso quer dizer usar brincos e andar com uma faca."

"O señor Daga está apaixonado pela Inés. Ele vai fazer bebê na barriga dela."

"David!", Inés explode.

"É verdade! Inés disse que eu não podia contar para você, que você vai ficar com ciúmes. É verdade, Simón? Você fica com ciúmes?"

"Não, claro que não fico. Não tenho nada a ver com isso. O que estou querendo dizer é que o señor Daga não é uma boa pessoa. Ele pode convidar você para ir à casa dele e te dar sorvete, mas ele não está pensando no que é melhor para você."

"O que é melhor para mim?"

"Sua prioridade é crescer para ser um bom homem. Como a boa semente, a semente que vai fundo na terra, lança raízes fortes, aí sai para a luz e produz muitos frutos. É assim que você deve ser. Como Dom Quixote. Dom Quixote resgatava donzelas. Ele protegia os pobres dos ricos e poderosos. Tome Dom Quixote por modelo, não o señor Daga. Proteja os pobres. Salve os oprimidos. E honre sua mãe."

"Não! Minha mãe tem de me honrar! Mas o señor Daga diz que Dom Quixote é antigo. Diz que ninguém mais monta a cavalo."

"Bom, se você quiser, pode muito bem provar que ele está errado. Monte no seu cavalo e erga a espada bem alto. Isso vai calar a boca do señor Daga. Monte em El Rey."

"El Rey está morto."

"Não, não está. El Rey está vivo. Você sabe disso."

"Onde?", o menino sussurra. Seus olhos de repente se enchem de lágrimas, os lábios tremem, ele mal consegue falar.

"Não sei, mas em algum lugar El Rey está esperando você. Se procurar, com certeza você vai encontrar."

28.

É o dia de sua alta no hospital. Ele se despede das enfermeiras. Para Clara, diz: "Não vou esquecer com facilidade dos seus cuidados. Gostaria de acreditar que existe mais que boa vontade por trás deles". Clara não responde; mas pelo olhar direto dela ele sabe que tem razão.

O hospital providenciou um carro com motorista para levá-lo a sua nova morada nos Blocos Oeste; Eugenio se ofereceu para acompanhá-lo e cuidar para que ele seja instalado em segurança. Quando estão a caminho, porém, ele pede ao motorista que dê uma passada nos Blocos Leste.

"Não posso fazer isso", responde o motorista. "Está fora das minhas incumbências."

"Por favor", ele diz. "Preciso pegar umas roupas. Só cinco minutos."

Relutando, o motorista consente.

"Você falou de dificuldades que está tendo com a escola do seu menino", diz Eugenio quando pegam o rumo leste. "Que dificuldades são essas?"

"As autoridades educacionais querem tirar o menino de nós. À força, se for preciso. Para mandar de volta a Punto Arenas."

"Punto Arenas? Por quê?"

"Porque construíram em Punto Arenas uma escola especial para crianças que se chateiam com histórias de Juan e María e o que fizeram na praia. Que se chateiam e não escondem a chateação. Crianças que não obedecem às regras de somar e subtrair ensinadas pelo professor. As regras artificiais. Dois mais dois igual a quatro, e assim por diante."

"Isso é mau. Mas por que seu menino não soma do jeito que o professor manda?"

"Por que deveria quando uma voz dentro dele diz que o jeito do professor não é o jeito certo?"

"Não estou entendendo. Se as regras são verdadeiras para mim, para você e para todo mundo, como podem não ser verdadeiras para ele? E por que você chama de regras artificiais?"

"Por que dois mais dois podiam do mesmo jeito ser três ou cinco ou noventa e nove se a gente quisesse."

"Mas dois mais dois é igual a quatro. A menos que você dê algum sentido estranho, especial para a palavra *igual*. Você mesmo pode contar: um *dois* três *quatro*. Se dois e dois realmente fossem igual a três então tudo cairia no caos. Estaríamos em outro universo, com outras leis da física. No universo existente, dois e dois é igual a quatro. É uma regra universal, independente de nós, nada artificial. Mesmo que você e eu deixássemos de existir, dois e dois continuariam sendo igual a quatro."

"É, mas *qual* dois e *qual* dois fazem quatro? Acredito, Eugenio, que quase todo o tempo uma criança simplesmente não entende números, como um gato ou um cachorro não entendem. Mas de vez em quando tenho de perguntar a mim mesmo: existe alguém no mundo para quem números são mais reais?

"Enquanto eu estava no hospital, sem mais nada para fazer, tentei, como um exercício mental, ver o mundo através dos olhos de David. Ponha uma maçã na frente dele e o que ele vê? Maçã: não *uma* maçã, apenas *maçã*. Ponha duas maçãs na frente dele. O que ele vê? Maçã e maçã: não duas maçãs, não a mesma maçã duas vezes, só maçã e maçã. Aí, vem o señor León (señor León é o professor da classe dele) e pergunta: *Quantas maçãs, menino?* Qual a resposta? O que é *maçãs*? O que é o singular do qual *maçãs* é o plural? Três homens dentro de um carro indo para os Blocos Leste: quem é o singular do qual *homens* é o plural — Eugenio, Simón ou nosso amigo motorista cujo nome eu não sei? Nós somos três, ou somos um e um e um?

"Você ergue as mãos exasperado e posso entender por quê. Um e um e um fazem três, você diz e sou forçado a concordar. Três homens num carro: simples. Mas David não nos acompanha. Ele não dá os passos que nós damos para contar: *um* passo *dois* passo *três*. É como se os números fossem ilhas flutuando num grande mar negro de nada e a cada vez lhe pedissem que fechasse os olhos e se lançasse no vazio. *E se eu cair?* — é isso que ele pergunta a si mesmo. *E se eu cair e ficar caindo para sempre?* Deitado na cama no meio da noite, eu podia jurar às vezes que também estava caindo — caindo sob o mesmo encantamento que toma conta do menino. *Se ir de um para dois é tão difícil*, eu me perguntava, *como vou fazer para ir de zero a um?* De lugar algum para algum lugar: parecia exigir um milagre a cada vez."

"O menino realmente tem uma imaginação fértil", Eugenio comenta. "Ilhas flutuantes. Mas ele vai superar isso. Deve ser produto de uma prolongada sensação de insegurança. Não dá para ignorar o quanto ele é nervoso, como fica agitado sem razão. Tem alguma história por trás disso, você sabe? Os pais dele brigavam muito?"

"Os pais dele?"

"Os pais reais. Ele tem alguma cicatriz, algum trauma do passado? Não? Não importa. Quando ele começar a sentir mais segurança em seu ambiente, quando ele começar a entender que o universo — não apenas o reino dos números, mas todo o resto também — é regido por leis, que nada acontece por acaso, ele vai criar juízo e se acalmar."

"Foi isso que a psicóloga da escola disse. A señora Otxoa. Quando ele encontrar um lugar para ele no mundo, quando aceitar quem é, as dificuldades de aprendizado vão desaparecer."

"Tenho certeza que ela tem razão. É só questão de tempo."

"Talvez. Talvez. Mas e se a gente estiver errado e ele certo? E se entre um e dois não houver nenhuma ponte, apenas espaço vazio? E se nós, que com tanta confiança pisamos o chão, estivermos de fato caindo pelo espaço, só que não sabemos porque insistimos em manter nossa venda nos olhos? E se esse menino for o único entre nós com olhos para ver?"

"Isso é igual a dizer: *E se os loucos fossem sãos e os sãos, loucos?* Se não se importa que eu diga, Simón, é filosofia de menino de escola. Algumas coisas são simplesmente verdadeiras. Uma maçã é uma maçã é uma maçã. Uma maçã e outra maçã fazem duas maçãs. Um Simón e um Eugenio fazem dois passageiros num carro. Uma criança não acha difícil aceitar afirmações como essas — uma criança comum. Não acha difícil porque são verdadeiras, porque desde o berço estamos, por assim dizer, sintonizados com a sua verdade. Quanto a ter medo dos espaços vazios entre os números, você alguma vez já contou para o David que o número de números é infinito?"

"Mais de uma vez. Não existe último número, eu disse para ele. Os números continuam para sempre. Mas o que isso tem a ver com a história?"

"Existem boas infinidades e más infinidades, Simón. Já falamos antes de más infinidades — lembra? Uma má infinidade é você se ver num sonho dentro de um sonho dentro de outro sonho e assim por diante, sem fim. Ou se ver numa vida que é apenas um prelúdio para outra vida que é apenas um prelúdio etc. Mas os números não são assim. Os números constituem uma boa infinidade. Por quê? Porque, sendo infinitos em número, eles preenchem todos os espaços do universo, apertados uns contra os outros como tijolos. Então estamos seguros. Não tem por onde cair. Mostre isso para o menino. Ele vai ficar mais tranquilo."

"Vou fazer isso. Mas de alguma forma, acho que ele não vai se consolar."

"Não me entenda mal, meu amigo. Não estou do lado do sistema escolar. Concordo, parece muito rígido, muito antiquado. A meu ver, resta muito a dizer sobre um tipo de ensino mais prático, mais vocacional. David podia aprender a ser encanador ou carpinteiro, por exemplo. Ninguém precisa de matemática avançada para isso."

"Ou para ser estivador."

"Ou para ser estivador. A estiva é um trabalho perfeitamente honrado, como nós dois sabemos. Não, concordo com você: seu menino está enfrentando um mau pedaço. Mesmo assim, os professores dele têm razão, não têm? Não é só questão de seguir as regras da aritmética, mas de aprender a seguir as regras em geral. A señora Inés é uma mulher muito boa, mas ela mima demais o menino, como todo mundo pode ver. Se uma criança pode tudo e é sempre elogiada como especial, se pode inventar regras próprias, que tipo de homem vai ser quando crescer? Talvez um pouco de disciplina nesse estágio da vida dele não faça nenhum mal para o David."

Embora tenha a maior boa vontade para com Eugenio, embora tenha ficado tocado com sua prontidão para ficar amigo de um camarada mais velho, assim como por suas muitas atenções, embora não o culpe pelo acidente nas docas — enfiado atrás dos controles de um guindaste ele próprio não teria feito melhor —, nunca sentiu, de coração, gostar do rapaz. Acha-o pernóstico, limitado, cheio de si. Sua crítica a Inés o deixa arrepiado. Mas se controla.

"Existem duas escolas de pensamento, Eugenio, no que diz respeito à criação de filhos. Uma diz que eles devem ser moldados como barro, transformados em cidadãos virtuosos. A outra diz que só somos crianças uma vez, que uma infância feliz é a base para uma vida posterior feliz. Inés pertence a essa última escola; e como ela é a mãe dele, como os laços entre mãe e filho são sagrados, fico do lado dela. Portanto, não, eu não acredito que mais dessa disciplina da sala de aula possa ser bom para David."

Rodam em silêncio.

Nos Blocos Leste, ele pede ao motorista que espere enquanto Eugenio o ajuda a descer do carro. Juntos, sobem a escada devagar. Ao chegarem ao segundo andar, são saudados por uma visão desanimadora. Diante do apartamento de Inés estão duas pessoas, um homem e uma mulher, em idênticos uniformes azul-escuros. A porta está aberta; de dentro, vem a voz de Inés, aguda, furiosa. "Não!", está dizendo. "Não, não, não! Vocês não têm o direito!"

O que impede os estranhos de entrar — ele percebe quando se aproxima — é o cachorro, Bolívar, a postos na soleira, orelhas de pé, dentes à mostra, rosnando baixinho, atento a cada movimento deles, pronto para saltar.

"Simón!", Inés chama, "diga para essas pessoas irem embora! Elas querem levar o David de volta para aquele reformatório horrível. Diga que elas não têm nenhum direito!"

Ele respira fundo. "Vocês não têm direitos sobre o menino", ele diz, dirigindo-se à mulher uniformizada, pequena e graciosa como um passarinho, em contraste com seu parceiro bastante pesadão. "Fui eu quem trouxe o menino para Novilla. Sou o guardião dele. Sob todos os aspectos relevantes sou pai dele. A señora Inés" — ele aponta para ela — "é, sob todos os aspectos, mãe dele. Vocês não conhecem nosso filho como nós conhecemos. Ele não tem nada de errado que precise ser corrigido. É um menino sensível que tem certas dificuldades com o currículo escolar — nada além disso. Ele enxerga alçapões, alçapões filosóficos, onde uma criança normal não vê nada. Não podem castigar o menino por uma discordância filosófica. Não podem tirar o menino de sua casa, de sua família. Não vamos permitir."

Terminado seu discurso, faz-se um longo silêncio. Atrás de seu cão de guarda, Inés olha, beligerante, para a mulher. "Não vamos permitir", ela repete, afinal.

"E o señor?", a mulher pergunta, dirigindo-se a Eugenio.

"O señor Eugenio é um amigo", ele, Simón, intervém. "Fez a gentileza de me acompanhar na saída do hospital. Não tem nada a ver com essa confusão."

"David é um menino excepcional", diz Eugenio. "O pai é dedicado a ele. Vi isso com meus próprios olhos."

"Arame farpado!", diz Inés. "Que tipo de delinquentes vocês têm na sua escola, que precisam de arame farpado para não escapar?"

"O arame farpado é um mito", diz a mulher. "Uma completa invenção. Não faço ideia de como surgiu. Não existe arame farpado em Punto Arenas. Ao contrário, temos..."

"Ele atravessou o arame farpado!", Inés interrompe, elevando a voz outra vez. "Esfarrapou a roupa dele! E vocês têm a cara de pau de dizer que não existe arame farpado!"

"Ao contrário, nossa política é de portas abertas", a mulher insiste, corajosamente. "Nossas crianças têm liberdade para ir e vir. Não há chave nas portas. David, conte a verdade, tem arame farpado em Punto Arenas?"

Agora que observa de mais perto, ele vê que o menino esteve presente a toda essa altercação, meio escondido atrás da mãe, ouvindo solenemente, o polegar na boca.

"Tem arame farpado de verdade?", a mulher repete.

"Tem arame farpado", o menino diz, devagar. "Eu passei pelo arame farpado."

A mulher sacode a cabeça, dá um sorriso de quem não consegue acreditar. "David", ela diz, mansamente, "você sabe e eu também sei que isso é invenção. Não tem arame farpado em Punto Arenas. Eu convido vocês a irem lá para ver com seus próprios olhos. Podemos entrar no carro e ir até lá imediatamente. Não tem arame farpado nenhum."

"Não preciso ver", diz Inés. "Acredito em meu filho. Se ele diz que tem arame farpado, então é verdade."

"Mas é verdade?", a mulher pergunta, se dirigindo ao menino. "É arame farpado real, que você pode ver com seus próprios olhos, ou é o tipo de arame farpado que só algumas pessoas conseguem enxergar e tocar, algumas pessoas com imaginação muito fértil?"

"É real. É verdade", diz o menino.

Cai um silêncio.

"Então é esse o problema", a mulher diz afinal. "Arame farpado. Se eu provar que não existe arame farpado, señora, que a criança está apenas inventando histórias, permite que ele vá?"

"Você não pode provar nada", diz Inés. "Se o menino diz que tem arame farpado, eu acredito nele, tem arame farpado."

"E o senhor?", a mulher pergunta.

"Acredito nele também", ele, Simón, responde.

"E o senhor?"

Eugenio parece desconfortável. "Eu gostaria de ver pessoalmente", diz, afinal. "Não pode esperar que eu me comprometa sem ter visto de fato."

"Bom, parece que chegamos a um impasse", diz a mulher. "Señora, deixe eu colocar a questão. Temos duas escolhas: ou obedece a lei e entrega a criança a nós, ou somos forçados a chamar a polícia. Qual vai ser?"

"Só tiram o menino daqui por cima do meu cadáver", diz Inés. Ela olha para ele. "Simón! Faça alguma coisa!"

Ele olha para ela, desamparado. "O que eu posso fazer?"

"Não será uma separação permanente", diz a mulher. "David volta para casa um fim de semana sim, outro não."

Inés mantém um silêncio inflexível.

Ele faz um último apelo. "Señora, por favor, pense um pouco. O que vocês estão se propondo fazer vai cortar o coração de uma mãe. E para quê? O que temos aqui é uma criança que, por acaso, tem suas próprias ideias sobre, precisamente, aritmética — não história, nem linguagem, mas a humilde aritmética — ideias que ele provavelmente vai superar logo. Que espécie de crime uma criança comete ao dizer que dois mais dois são três? Em que isso vai abalar a ordem social? Mas para vocês é um motivo para querer separar o menino dos pais e trancar atrás de arame farpado! Uma criança de seis anos!"

"Não tem arame farpado", a mulher repete, pacientemente. "E o menino foi mandado a Punto Arenas não porque não sabe somar, mas porque precisa de cuidado especializado. Pablo", ela diz ao companheiro calado, "espere aqui. Eu gostaria de ter uma conversa em particular com este cavalheiro." E para ele: "Señor, posso pedir que venha comigo?".

Eugenio pega o braço dele, mas ele se desvencilha do rapaz. "Estou bem, obrigado, contanto que não tenha de ir depressa." Para a mulher, ele explica: "Acabei de sair do hospital. Acidente de trabalho. Ainda estou um pouco dolorido".

Ele e ela estão sozinhos na escada. "Señor", a mulher diz, baixo, "por favor, entenda, não sou nenhuma policial truculenta. Sou psicóloga por formação. Trabalho com as crianças de Punto Arenas. Durante o breve tempo em que David ficou conosco, antes de fugir, assumi a responsabilidade de observar de perto o comportamento dele. Porque, concordo com o senhor, ele é muito novo para ser tirado de casa e eu estava preocupada achando que ele poderia se sentir abandonado.

"O que vi foi uma criança doce, muito sincera, muito direta, sem medo de falar sobre seus sentimentos. Vi uma outra coisa também. Como ele rapidamente impressionou os outros meninos, principalmente os meninos mais velhos. Até os mais rudes. Não exagero quando digo que todos adoravam seu filho. Queriam que fosse o mascote deles."

"Mascote? O único tipo de mascote que eu conheço é um animal que você coroa com uma guirlanda e leva pela guia. Ser mascote é motivo de orgulho?"

"Ele era o favorito, o favorito de todos. Eles não entendem por que fugiu. Estão desolados. Perguntam por ele todo dia. Por que estou contando isso, señor? Para que entenda que desde o começo David encontrou um lugar para si mesmo em nossa comunidade de Punto Arenas. Punto Arenas não é igual a uma escola comum, onde uma criança passa algumas horas por dia absorvendo instrução e depois volta para casa. Em Punto Arenas professores, alunos e orientadores estão estreitamente vinculados. Então, por que David fugiu, o senhor pode perguntar? Não foi porque estava infeliz, posso garantir. Foi porque tem um grande coração e não podia suportar a ideia da señora Inés sentindo a falta dele."

"A señora Inés é mãe dele", ele diz.

A mulher dá de ombros. "Se tivesse esperado alguns dias, poderia ter voltado para casa, visitar. Será que consegue convencer sua mulher a liberar o menino?"

"E como acha que vou conseguir isso, señora? Viu como ela é. Que fórmula mágica acha que eu possuo para fazer uma mulher como ela mudar de ideia? Não, seu problema não é como tirar David da mãe. Tem esse poder nas mãos. Seu problema é que não consegue segurar o menino. Quando ele resolver que vai voltar para a casa dos pais dele, ele vai voltar. Vocês não têm meios de impedir isso."

"Ele vai continuar fugindo enquanto acreditar que a mãe está chamando por ele. Por isso é que peço que fale com ela. Que convença essa señora que é para o bem dele ir conosco. Porque é para o bem dele."

"Nunca vai conseguir convencer Inés que levar o menino embora é para o bem dele."

"Então, convença a señora ao menos a deixar o menino ir sem lágrimas e ameaças, sem perturbar a criança. Porque de um jeito ou de outro ele terá de ir. A lei é a lei."

"Pode ser, mas existem considerações superiores à obediência à lei, imperativos superiores."

"Existem, é? Não sei, não. Para mim, a lei basta, muito obrigada."

29.

Os dois funcionários foram embora. Eugenio foi embora. O motorista também, sua incumbência incompleta. Ele ficou com Inés e o menino, seguro por enquanto atrás da porta trancada de seu antigo apartamento. Bolívar, uma vez cumprido seu dever, voltou para seu posto diante do radiador, de onde observa gravemente e espera, as orelhas erguidas, pelo próximo intruso.

"Posso sentar para discutirmos a situação com calma, nós três?", ele sugere.

Inés sacode a cabeça. "Não temos tempo para mais discussões. Vou telefonar para Diego e pedir para ele vir nos buscar."

"Buscar e levar para La Residencia?"

"Não. Vamos viajar até ficar fora do alcance dessas pessoas."

Nenhum plano de longo prazo, nenhum esquema de fuga engenhoso, isso está claro. Sente muito carinho por essa mulher obstinada, sem humor, cuja vida de partidas de tênis e coquetéis ao entardecer ele virou de cabeça para baixo quando lhe deu um filho; cujo futuro agora está reduzido a rodar sem rumo por estradas secundárias até seus irmãos se entediarem ou seu dinheiro acabar e ela não ter escolha senão voltar e entregar sua carga preciosa.

"O que você acha, David", ele diz, "de voltar para Punto Arenas, só por algum tempo — voltar e mostrar para eles o quanto você é inteligente, o primeiro da classe? Mostre que você é capaz de somar melhor que todo mundo, que é capaz de obedecer as regras e ser um bom menino. Depois que eles virem isso, vão deixar você voltar para casa, garanto. Então, vai poder levar uma vida normal outra vez, a vida de um menino normal. Quem sabe, talvez um dia até ponham uma placa para você em Punto Arenas: *O famoso David esteve aqui*."

"Por que eu vou ser famoso?"

"Vamos ter de esperar para ver. Talvez seja um mágico famoso. Talvez um matemático famoso."

"Não. Eu quero ir no carro com Inés e Diego. Quero ser cigano."

Ele olha de novo para Inés. "Insisto com você, Inés. Pense bem. Não leve adiante esse plano temerário. Deve haver um jeito melhor."

Inés endireita o corpo. "Você mudou de ideia outra vez? Quer que eu entregue o menino para estranhos, entregue a luz da minha vida? Que tipo de mãe acha que eu sou?" E para o menino: "Vá arrumar suas coisas".

"Já arrumei tudo. Simón pode me empurrar no balanço antes da gente ir?"

"Acho que não consigo empurrar ninguém", diz Simón. "Não tenho mais a mesma força de antes."

"Só um pouquinho. Por favor."

Eles vão para o playground. Choveu; o assento do balanço está molhado. Ele enxuga com a manga. "Só um pouquinho", diz.

Ele só pode empurrar com uma mão: o balanço mal se move. Mas o menino parece contente. "Agora é a sua vez, Simón", ele diz. Aliviado, ele se senta no balanço e deixa que o menino o empurre.

"Você tinha pai ou tinha padrinho, Simón?", o menino pergunta.

"Tenho quase certeza que eu tinha pai e que ele me empurrava no balanço igual você está empurrando. Todo mundo tem pai. É uma lei da natureza, como eu te disse; infelizmente, alguns pais se perdem, ou desaparecem."

"Seu pai empurrava alto?"

"Até lá em cima."

"Você caiu?"

"Não me lembro de ter caído."

"O que acontece quando a gente cai?"

"Depende. Se você tem sorte só faz um galo. Se tem muito, muito azar, pode quebrar um braço ou uma perna."

"Não, o que acontece quando a gente *cai*?"

"Não entendo. Você quer dizer enquanto está caindo no ar?"

"É. É igual voar?"

"Não, nem um pouco. Voar e cair não são a mesma coisa. Só aves podem voar; nós, seres humanos, somos muito pesados."

"Mas só um pouquinho, quando a gente está lá no alto, é igual voar, não é?"

"Talvez sim, se você esquece que está caindo. Por que pergunta?"

O menino dá um sorriso enigmático. "Porque sim."

Na escada, encontram Inés de cara amarrada. "Diego mudou de ideia", ela diz. "Não vem mais. Eu sabia que isso ia acontecer. Ele disse que temos de pegar um trem."

"Pegar um trem? Para onde? Até o fim da linha? O que vai acontecer quando você chegar lá, você e o menino sozinhos? Não. Telefone para Diego. Diga para ele trazer o carro. Eu assumo. Não faço ideia de onde ir, mas vou com você."

"Ele não vai concordar. Não vai entregar o carro."

"O carro não é dele. É de vocês três. Diga que ele já ficou bastante com o carro, que agora é sua vez."

Uma hora depois, Diego aparece, mal-humorado, louco por uma briga. Mas Inés acaba com as reclamações dele. Vestida com botas e sobretudo, ele nunca a viu se comportando tão imperiosamente antes. Enquanto Diego observa, com as mãos nos bolsos, ela ergue uma mala pesada para o teto do carro e amarra. Quando o menino chega arrastando sua caixa de objetos encontrados, ela sacode a cabeça com firmeza. "Três coisas, mais nada", diz. "Coisas pequenas. Escolha."

O menino escolhe um mecanismo de relógio quebrado, uma pedra com uma risca branca, um grilo morto dentro de um vidro e um esterno de gaivota ressecado. Sem dizer uma palavra, ela pega o osso com a ponta de dois dedos e joga fora. "Agora jogue o resto na lata de lixo." O menino fica olhando, pasmo. "Ciganos não carregam museus", diz ela.

O carro está finalmente carregado. Ele, Simón, entra desajeitadamente no banco de trás, seguido pelo menino, seguido por Bolívar, que se acomoda aos pés deles. Dirigindo depressa demais, Diego pega a estrada para La Residencia, onde, sem dizer uma palavra, ele desce, bate a porta e se afasta.

"Por que o Diego está tão bravo?", o menino pergunta.

"Ele está acostumado a ser o príncipe", diz Inés. "A ter tudo do jeito dele."

"E eu sou o príncipe agora?"

"É, você é o príncipe."

"Você é a rainha e Simón é o rei? A gente é uma família?"

Ele e Inés trocam olhares. "Um tipo de família", ele diz. "O espanhol não tem uma palavra exata para o que nós somos, então vamos nos chamar assim: a família de David."

O menino se acomoda no banco de trás, parecendo satisfeito consigo mesmo.

Dirigindo devagar — ele sente uma pontada cada vez que muda a marcha — Simón deixa para trás La Residencia e começa a procurar a estrada principal para o norte.

"Onde nós vamos?", o menino pergunta.

"Para o norte. Tem alguma ideia melhor?"

"Não. Mas não quero morar numa barraca como naquele outro lugar."

"Belstar? Na verdade, não é má ideia. Podíamos ir para Belstar e pegar um barco de volta para nossa vida antiga. Então todos os nossos problemas estariam resolvidos."

"Não! Não quero uma vida antiga, quero uma vida nova!"

"Eu estava só brincando, meu menino. O mestre do porto em Belstar não deixaria ninguém pegar um barco de volta para a vida antiga. Ele é muito rigoroso em relação a isso. Sem volta. Então é ou uma nova vida ou a vida que temos. Alguma sugestão, Inés, de onde podemos encontrar uma nova vida? Não? Então vamos seguir em frente e ver o que acontece."

Encontram a rodovia para o norte e seguem por ela, primeiro atravessando os subúrbios industriais de Novilla, depois a irregular zona rural. A estrada começa a serpentear pelas montanhas.

"Preciso fazer cocô", o menino anuncia.

"Não dá para esperar?", Inés pergunta.

"Não."

Acontece que não há papel higiênico. O que mais, em sua pressa de ir embora, Inés esqueceu de trazer?

"Estamos com o *Dom Quixote* no carro?", ele pergunta ao menino.

Ele faz que sim.

"Você pode usar uma página do *Dom Quixote*?"

O menino faz que não.

"Então vai ter de ficar com o bumbum sujo. Como um cigano."

"Ele pode usar um lenço", Inés diz friamente.

Param; seguem. Ele está começando a gostar do carro de Diego. Pode não ser muito bonito, o manejo é desajeitado, mas o motor é bem forte, bem potente.

Do alto, descem para campos de vegetação rasteira com casas espalhadas aqui e ali, paisagem muito diferente das planícies arenosas ao sul da cidade. Durante longos trechos, o deles é o único carro na estrada.

Chegam a uma cidade chamada Laguna Verde (por quê? — não há nenhuma laguna), onde enchem o tanque. Passa-se uma hora, cinquenta quilômetros completos, até chegarem à próxima cidade. "Está ficando tarde", ele diz. "Devíamos procurar um lugar para passar a noite."

Descem devagar a rua principal. Nenhum hotel à vista. Param num posto de gasolina. "Onde fica a hospedaria mais próxima?", ele pergunta ao frentista.

O homem coça a cabeça. "Se quiserem um hotel, têm de ir até Novilla."

"Nós estamos vindo de Novilla."

"Então não sei", diz o frentista. "As pessoas geralmente acampam."

Voltam para a estrada, na noite que cai.

"Vamos ser ciganos hoje?", o menino pergunta.

"Ciganos têm caravanas", ele responde. "Nós não temos, só temos este carrinho apertado."

"Ciganos dormem debaixo da cerca-viva", diz o menino.

"Tudo bem. Me avise quando encontrar uma cerca-viva."

Não têm mapa. Ele não faz ideia do que existe adiante na estrada. Rodam em silêncio.

Ele olha por cima do ombro. O menino adormeceu, os braços em torno do pescoço de Bolívar. Ele olha nos olhos do cachorro. *Tome conta dele*, diz, sem pronunciar as palavras. Os gélidos olhos cor de âmbar se fixam nele, sem piscar.

Ele sabe que o cachorro não gosta dele. Mas talvez o cachorro não goste de ninguém; talvez gostar esteja fora do alcance de seu coração. O que importa, afinal, gostar, amar, comparado a ser fiel?

"Ele dormiu", fala para Inés, baixinho. E depois: "Sinto muito que seja eu aqui com você. Você teria preferido seu irmão, não é?".

Inés dá de ombros. "Eu sabia que ele ia falhar comigo. Ele deve ser a pessoa mais autocentrada deste mundo."

É a primeira vez que ela critica qualquer dos irmãos na frente dele, a primeira vez que fica do lado dele.

"As pessoas ficam muito autocentradas morando em La Residencia", ela continua.

Ele fica esperando mais — sobre La Residencia, sobre seus irmãos — mas Inés já disse tudo.

"Nunca ousei perguntar", ele diz: "Por que aceitou o menino? No dia em que nos conhecemos você pareceu antipatizar tanto conosco".

"Foi muito súbito, uma surpresa muito grande. Vocês surgiram do nada."

"Todos os grandes presentes surgem do nada. Você devia saber disso."

Será verdade? Os grandes presentes realmente surgem do nada? O que o levou a dizer isso?

"Acha mesmo", diz Inés (e ele não consegue deixar de escutar o sentimento que há por trás de suas palavras), "acha mesmo que eu nunca desejei um filho meu? Como você acha que era, viver trancada em La Residencia?"

Ele agora consegue dar um nome ao sentimento: amargura.

"Não faço ideia de como era. Nunca entendi La Residencia e como você foi parar lá."

Ela não escuta a pergunta ou acha que não vale a pena responder.

"Inés", ele diz, "deixe eu perguntar uma última vez: tem certeza que é isso que você quer fazer — fugir da vida que você conhece — só porque a criança não se dá com o professor?"

Ela se cala.

"Isto não é vida para você, uma vida em fuga", ele insiste. "Nem para mim. Quanto ao menino, ele só vai poder ser fugitivo durante um tempo. Mais cedo ou mais tarde, vai crescer, vai ter de fazer as pazes com a sociedade."

Ela aperta os lábios. Fixa o olhar furiosamente na escuridão diante dela.

"Pense um pouco", ele conclui. "Pense muito. Mas seja qual for sua decisão, eu" — ele faz uma pausa, resistindo às palavras que querem escapar — "vou com você até o fim do mundo."

"Não quero que ele termine como meus irmãos", diz Inés, falando tão baixo que ele tem de fazer um esforço para ouvir. "Não quero que ele seja um funcionário, um professor como aquele señor León. Quero que ele faça alguma coisa da própria vida."

"Tenho certeza que vai fazer. É uma criança excepcional, com um futuro excepcional. Nós dois sabemos disso."

Os faróis iluminam uma placa à beira da estrada. *Cabañas 5 km*. Logo depois, há outra placa: *Cabañas 1 km*.

As cabañas, no caso, ficam afastadas da estrada, em total escuridão. Encontram a recepção; ele desce e bate na porta. Quem abre é uma mulher de penhoar, com uma lanterna na mão. Há três dias a eletricidade foi cortada, ela informa. Nada de eletricidade, portanto nada de cabañas para alugar.

Inés fala. "Estamos com uma criança no carro. Estamos exaustos. Não podemos continuar dirigindo durante a noite. Não tem velas que a gente possa usar?"

Ele volta ao carro, sacode o menino. "Hora de acordar, meu tesouro."

Em um único movimento fluido, o cachorro se levanta e sai do carro, os ombros pesados empurrando Simón de lado como um graveto.

O menino esfrega os olhos, sonolento. "Já chegamos?"

"Não, não ainda. Vamos parar para dormir."

À luz da lanterna, a mulher os leva à cabaña mais próxima. A mobília é esparsa, mas há duas camas. "Vamos ficar", diz Inés. "Tem algum lugar para a gente comer?"

"As cabañas não têm serviço", a mulher responde. "Tem um fogão a gás ali." Ela gira a lanterna na direção do fogão. "Não trouxe nenhum mantimento?"

"Temos um pedaço de pão e suco de fruta para o menino", diz Inés. "Não tivemos tempo de fazer compras. Dá para comprar alguma comida da senhora? Um pedaço de carne, linguiça. Peixe não. O menino não come peixe. E alguma fruta. E qualquer resto que a senhora tenha para o cachorro."

"Fruta!", diz a mulher. "Faz muito tempo que não se vê fruta. Mas venha, vamos ver o que dá para arranjar."

As mulheres se vão, deixando os dois no escuro.

"Eu como peixe", diz o menino. "É só não ter olho."

Inés volta com uma lata de feijão, uma lata do que o rótulo chama de salsichas para coquetel em galantina e um limão, além de uma vela e fósforos.

"E o Bolívar?", o menino pergunta.

"Bolívar vai ter de comer pão."

"Ele pode comer minha salsicha", diz o menino. "Odeio salsicha."

Comem a frugal refeição à luz da vela, sentados lado a lado na cama.

"Escove os dentes que é hora de dormir", diz Inés.

"Não estou com sono", diz o menino. "Vamos brincar? A gente pode brincar de Verdade ou Consequência."

É a sua vez de recusar. "Obrigado, David, mas basta de consequências por hoje. Preciso descansar."

"Então, posso abrir o presente do señor Daga?"

"Que presente?"

"O señor Daga me deu um presente. Disse que era para eu abrir num momento de necessidade. Agora é um momento de necessidade."

"O señor Daga deu um presente para ele levar na viagem", diz Inés, evitando os olhos dele.

"É um momento de necessidade, então posso abrir?"

"Este não é o verdadeiro momento de necessidade, o verdadeiro momento de necessidade ainda está por vir", diz ele, "mas pode abrir, sim."

O menino corre até o carro e volta trazendo uma caixa de papelão, que ele rasga e abre. Contém um roupão de cetim preto. Que ele ergue e desdobra. Não é um roupão, é uma capa.

"Tem um recado", diz Inés. "Leia."

O menino leva o papel para mais perto da vela e lê: *Eis o manto mágico da invisibilidade. Quem o vestir andará invisível pelo mundo.* "Eu falei!", ele grita, dançando, excitado. "Eu falei que o señor Daga sabia mágica!" Enrola a capa no corpo. É muito grande para ele. "Está me vendo, Simón? Estou invisível?"

"Não muito. Não ainda. Você não leu o recado inteiro. Escute. *Instruções para o usuário. Para obter invisibilidade, usuário deve vestir a capa diante de um espelho, depois tocar fogo ao pó mágico e pronunciar o encantamento secreto. Nesse instante, seu corpo terreno desaparecerá no espelho deixando apenas o espírito imperceptível.*"

Ele olha para Inés. "O que você acha, Inés? Deixamos nosso amiguinho vestir o manto da invisibilidade e pronunciar o encantamento secreto? E se ele desaparecer no espelho e nunca mais voltar?"

"Pode vestir o manto amanhã", diz Inés. "Agora é muito tarde."

"Não!", diz o menino. "Vou vestir agora! Cadê o pó mágico?" Ele vasculha dentro da caixa, tira um frasco de vidro. "É este aqui o pó mágico, Simón?"

Ele abre o frasco e cheira o pó prateado. Não tem cheiro.

Na parede da cabaña, há um espelho grande, manchado de cocô de mosca. Ele põe o menino na frente do espelho, abotoa o manto em seu pescoço. As dobras pesadas descem em torno de seus pés. "Pronto: segure a vela numa mão. O pó mágico na outra. Está pronto para a palavra mágica?"

O menino faz que sim.

"Muito bem. Espalhe um pouco do pó mágico em cima da vela e diga a palavra mágica."

"Abracadabra", o menino diz, e espalha o pó, que tomba numa breve chuva. "Estou invisível?"

"Não ainda. Tente com mais pó."

O menino mergulha a chama da vela dentro do frasco. Há uma grande erupção de luz, depois escuro absoluto. Inés dá um grito; ele próprio recua, enceguecido. O cachorro começa a latir como um possesso.

"Estão me vendo?", vem a voz do menino, miudinha, incerta. "Estou invisível?"

Nenhum dos dois responde.

"Não consigo enxergar", o menino diz. "Me ajude, Simón."

Ele tateia em busca do menino, ergue-o do chão, chuta o manto para longe.

"Não consigo enxergar", o menino diz. "Minha mão está doendo. Eu morri?"

"Não, claro que não. Não está invisível, nem morto." Ele tateia pelo chão, encontra a vela, acende. "Me mostre sua mão. Não estou vendo nada de errado com a sua mão."

"Está doendo." O menino chupa os dedos.

"Deve ter queimado. Vou ver se aquela senhora ainda está acordada. Talvez ela tenha manteiga para tirar a queimadura." Ele passa o menino para os braços de Inés. Ela o abraça e beija, deita-o na cama, fala baixinho com ele.

"Está escuro", o menino diz. "Não estou vendo nada. Estou dentro do espelho?"

"Não, meu querido", diz Inés, "não está dentro do espelho, está com sua mãe e vai ficar tudo bem." Ela se volta para Simón. "Ache um médico!", chia.

"Devia ser pó de magnésio", diz ele. "Não entendo como seu amigo Daga pôde dar um presente tão perigoso para uma criança. Mas por outro lado" — a malícia o domina — "tem muita coisa que eu não entendo na sua amizade com esse homem. E por favor, faça o cachorro ficar quieto — não aguento mais esses latidos malucos."

"Pare de reclamar! Faça alguma coisa! Você não tem nada a ver com o señor Daga. Vá!"

Ele sai da cabana, segue sob a luz do luar o caminho até o escritório da señora. *Como um velho casal*, ele pensa. *Nunca fomos para a cama juntos, nunca nem nos beijamos, e brigamos como se estivéssemos casados há anos!*

30.

O menino dorme profundamente, mas quando acorda fica evidente que sua visão ainda está comprometida. Ele descreve raios de luz verde atravessando seu campo de visão, cascatas de estrelas. Longe de ficar perturbado, parece fascinado por essas manifestações.

Ele bate na porta da señora Robles. "Tivemos um acidente ontem à noite", diz. "Nosso filho precisa de um médico. Onde fica o hospital mais próximo?"

"Em Novilla. Podemos chamar uma ambulância, mas teria de vir de Novilla. Seria mais rápido vocês mesmos levarem o menino."

"Novilla fica bem longe. Não tem nenhum médico mais perto?"

"Tem uma clínica em Nueva Esperanza, a uns sessenta quilômetros daqui. Vou procurar o endereço para você. Coitado do menino. O que aconteceu?"

"Ele estava brincando com material inflamável. Pegou fogo e ele ficou cego com o clarão. Achamos que a visão poderia voltar durante a noite, mas não voltou."

A señora Robes estala a língua, comiserada. "Deixe eu dar uma olhada", ela diz.

Encontram Inés louca para ir embora. O menino está sentado na cama, usando o manto preto, os olhos fechados, um sorriso enlevado no rosto.

"A señora Robles diz que tem um médico a uma hora daqui", ele anuncia.

A señora Robles se ajoelha rígida diante do menino. "Meu bem, seu pai disse que você não consegue enxergar. É verdade? Não está me vendo?"

O menino abre os olhos. "Estou vendo sim", ele diz. "Tem estrelas saindo do seu cabelo. Se eu fechar o olho" — ele fecha os olhos — "posso voar. Posso ver o mundo inteiro."

"Que maravilha, poder ver o mundo inteiro", diz a señora Robles. "Pode ver a minha irmã? Ela mora em Margueles, perto de Novilla. O nome dela é Rita. Ela parece comigo, só que mais moça e mais bonita."

O menino franze a testa, concentrado. "Não estou vendo", diz afinal. "Minha mão está doendo muito."

"Ele queimou os dedos ontem à noite", ele, Simón, explica. "Eu ia pedir um pouco de manteiga para passar na queimadura, mas era tarde, não quis acordar a senhora."

"Vou buscar a manteiga. Tentou lavar os olhos dele com sal?"

"É o tipo de cegueira que acontece quando se olha muito para o sol. Sal não vai adiantar. Inés, está pronta para ir embora? Señora, quanto devemos?"

"Cinco reais pela cabana e dois pelos mantimentos de ontem. Querem tomar um café antes de ir?"

"Obrigado, mas não temos tempo."

Ele pega a mão do menino, mas o menino se solta. "Não quero ir", diz. "Quero ficar aqui."

"Não dá para ficar. Você precisa de um médico e a señora Robles precisa limpar a cabaña para os próximos hóspedes."

O menino cruza os braços com força, se recusando a sair.

"Vou dizer uma coisa", a señora Robles fala. "Você vai ao médico e na volta você e seus pais podem ficar aqui comigo outra vez."

"Eles não são meus pais e nós não vamos voltar. Vamos para a vida nova. Quer ir com a gente para a vida nova?"

"Eu? Acho que não, meu bem. Bondade sua me convidar, mas tenho muita coisa para fazer aqui e, de qualquer jeito, eu enjoo se viajar de carro. Onde vocês vão encontrar essa vida nova?"

"Em Estell... Em Estrellita del Norte."

A señora Robles sacode a cabeça, descrente. "Acho que não vão encontrar muita coisa parecida com vida nova em Estrellita. Uns amigos meus mudaram para lá e disseram que é o lugar mais chato do mundo."

Inés intervém. "Venha", ela ordena ao menino. "Se não vier vou ter de te carregar. Vou contar até três. Um, dois, três."

Sem dizer uma palavra o menino se levanta e, erguendo a barra do manto, percorre o caminho até o carro. Com a boca fazendo um bico, ele se acomoda no banco de trás. O cachorro o segue saltando para dentro com facilidade.

"Olhe a manteiga", diz a señora Robles. "Espalhe nos dedos que estão doendo e amarre um lenço por cima. A queimadura logo vai embora. Além disso, pegue estes óculos escuros que meu marido não usa mais. Use até seus olhos melhorarem."

Ela põe os óculos no menino. São grandes demais, porém ele não os tira.

Acenam em despedida e pegam a estrada para o norte.

"Não deve dizer para as pessoas que não somos seus pais", ele observa. "Em primeiro lugar, porque não é verdade. Em segundo porque podem pensar que estamos sequestrando você."

"Não tem importância. Eu não gosto da Inés. Não gosto de você. Só gosto de irmãos. Eu quero ter irmãos."

"Você está mal-humorado hoje", diz Inés.

O menino não dá atenção. Através dos óculos da señora ele olha para o sol, já alto acima da linha de montanhas azuis ao longe.

Veem uma placa de sinalização: Estrellita del Norte 475 km, Nueva Esperanza 50 km. Ao lado da placa, alguém está parado pedindo carona, um rapaz usando um poncho verde-oliva com uma mochila a seus pés, parecendo muito solitário na paisagem vazia. Ele diminui a marcha.

"O que está fazendo?", diz Inés. "Não temos tempo para pegar estranhos."

"Pegar quem?", o menino pergunta.

No espelho retrovisor ele vê o rapaz vindo na direção do carro. Cheio de culpa, acelera e se distancia dele.

"Pegar quem?", o menino pergunta. "De quem vocês estão falando?"

"Só um homem pedindo carona", diz Inés. "Não temos espaço no carro. E não temos tempo. Temos de levar você ao médico."

"Não! Se vocês não pararem eu pulo para fora!" E ele abre a porta que está mais perto dele.

Ele, Simón, dá uma freada brusca e desliga o motor. "Nunca faça isso outra vez! Pode cair e morrer!"

"Não tem importância! Eu quero ir para a outra vida! Não quero ficar com você e Inés!"

Cai um silêncio pasmo. Inés olha fixamente a estrada à frente. "Você não sabe o que está dizendo", ela sussurra.

Um ranger de passos e então um rosto barbudo aparece na janela do motorista. "Obrigado!", o estranho ofega. Ele escancara a porta de trás. "Oi, rapaz!", diz, e se imobiliza quando o cachorro, estendido no banco ao lado do menino, ergue a cabeça e dá um rosnado baixo.

"Que cachorro enorme!", diz. "Como é o nome dele?"

"Bolívar. É um alsaciano. Quieto, Bolívar!" Abraçando o cachorro, o menino o empurra para fora do banco. Relutante, o cachorro se acomoda no chão. O estranho toma seu lugar; o carro se enche de repente do cheiro azedo de roupa suja. Inés abaixa o vidro da janela.

"Bolívar", diz o rapaz. "Que nome estranho. E como é o seu nome?"

"Eu não tenho nome. Ainda tenho de encontrar o meu nome."

"Então vou te chamar de señor Anónimo", diz o rapaz. "Boa tarde, señor Anónimo, eu sou Juan." Ele estende a mão, que o menino ignora. "Por que está de manto?"

"É mágico. Me deixa invisível. Eu estou invisível."

Ele interrompe. "David sofreu um acidente e a gente está indo ao médico. Acho que a carona só pode ser até Nueva Esperanza."

"Tudo bem."

"Eu queimei a mão", o menino diz. "Vamos pegar remédio."

"Está doendo?"

"Está."

"Gostei do seu óculos. Queria ter um óculos assim."

"Pode ficar com ele."

Depois de uma fria viagem de manhãzinha na carroceria de um caminhão carregado de madeira, o passageiro está contente com o calor e o conforto do carro. Pela conversa, vem à tona que ele é gráfico e está a caminho de Estrellita, onde tem amigos e onde, ao que se diz, há muito trabalho disponível.

Na entrada de Nueva Esperanza, ele para o carro para o moço desembarcar.

"Chegamos no médico?", o menino pergunta.

"Não ainda. É aqui que nos separamos do nosso amigo. Ele vai continuar a viagem para o norte."

"Não! Ele tem de ficar com a gente!"

Ele se dirige a Juan. "Podemos deixar você aqui ou pode entrar na cidade com a gente. A escolha é sua."

"Vou com vocês."

Encontram a clínica sem dificuldade. O dr. García está num atendimento em domicílio, a enfermeira informa, mas eles podem esperar.

"Vou procurar um café da manhã", diz Juan.

"Não, não pode ir", diz o menino. "Vai se perder."

"Não vou me perder", diz Juan. Está com a mão na maçaneta.

"Fique aqui, eu ordeno!", o menino vocifera.

"David!", ele, Simón, censura o menino. "O que deu em você hoje? Não se fala desse jeito com um desconhecido!"

"Ele não é desconhecido. E não me chame de David."

"Do que devo chamar então?"

"Tem de me chamar pelo meu nome de verdade."

"E qual seria?"

O menino fica calado.

Ele se dirige a Juan. "Sinta-se à vontade para explorar. Encontramos você aqui."

"Não, acho que vou ficar", diz Juan.

O médico aparece, um homem baixo, corpulento, com um ar enérgico e volumoso cabelo grisalho. Olha para todos com um arremedo de alarme. "O que é isto? E um cachorro também! O que posso fazer por vocês todos?"

"Queimei minha mão", diz o menino. "A moça passou manteiga, mas ainda está doendo."

"Deixe eu ver... Sei, sei... Deve estar doendo. Entre aqui e vamos ver o que se pode fazer."

"Doutor, não é por causa da mão que estamos aqui", diz Inés. "Tivemos um acidente ontem à noite, com fogo, e agora meu filho não consegue enxergar direito. Pode examinar os olhos dele?"

"Não!", o menino grita, se erguendo para confrontar Inés. O cachorro se levanta também, atravessa a sala e assume seu lugar ao lado do menino. "Eu já falei, eu posso enxergar, vocês é que não conseguem me ver por causa do manto da invisibilidade. Ele me deixa invisível."

"Posso dar uma olhada?", diz o dr. García. "Seu guardião deixa?"

O menino põe uma mão refreadora na coleira do cachorro.

O médico ergue os óculos escuros do nariz do menino. "Está me vendo agora?", pergunta.

"Você é pequenininho, pequenininho, como uma formiga, está balançando os braços e dizendo *Está me vendo agora?*"

"Ah, entendi. Você é invisível e nenhum de nós pode ver você. Mas tem também uma mão que dói, que por acaso não é invisível. Então vamos entrar você e eu no meu consultório e você me deixa dar uma olhada nessa mão — nessa parte visível de você?"

"Tudo bem."

"Devo entrar também?", Inés pergunta.

"Daqui a pouco", diz o médico. "Primeiro eu e o moço temos de ter uma palavrinha em particular."

"O Bolívar tem de entrar comigo", diz o menino.

"O Bolívar pode entrar com você contanto que ele se comporte", diz o médico.

"O que aconteceu de fato com o filho de vocês?", Juan pergunta quando ficam sozinhos.

"O nome dele é David. Ele estava brincando com magnésio, que pegou fogo e então ele ficou cego com o clarão."

"Ele diz que o nome dele não é David."

"Ele diz muitas coisas. Tem a imaginação fértil. David é o nome que deram para ele em Belstar. Se ele quiser escolher algum outro nome, que seja."

"Vocês vieram por Belstar? Eu também vim por Belstar."

"Então sabe como funciona o sistema. Os nomes que nós usamos são os nomes que nos deram lá, mas podiam também ter dado números. Números, nomes — é tudo arbitrário, tudo aleatório, tudo sem importância."

"Na verdade, não existe nenhum número aleatório", diz Juan. "Você diz 'Pense num número qualquer' e eu digo '96 513' porque é o primeiro número que me vem à cabeça, mas não é realmente aleatório, é o meu número da Asistencia, ou do meu antigo telefone, alguma coisa assim. Tem sempre uma razão por trás de um número."

"Então você é mais um místico dos números! Você e David podem fundar uma escola. Você pode ensinar as causas secretas por trás dos números e ele pode ensinar as pessoas a irem de um número para outro sem cair dentro de um vulcão. Claro que não existem números aleatórios *aos olhos de Deus*. Mas não vivemos aos olhos de Deus. No mundo em que vivemos existem números aleatórios e nomes aleatórios e acontecimentos aleatórios, como pegar carona aleatoriamente em um carro que contém um homem, uma mulher e um menino chamado David. E um cachorro. Qual você acha que é a causa secreta por trás desse acontecimento?"

Antes que Juan possa responder à sua arenga, a porta do consultório se escancara. "Por favor, entrem", diz o dr. García.

Ele e Inés entram. Juan hesita, mas a voz clara do menino soa lá de dentro: "Ele é meu irmão, tem de entrar também".

O menino está sentado na beira da maca do médico, um sorriso de serena segurança nos lábios, os óculos escuros empoleirados no alto da cabeça.

"Tivemos uma boa e longa conversa, nosso amiguinho aqui e eu", diz o dr. García. "Ele me explicou como ele é invisível para nós e eu expliquei para ele por que nós parecemos a ele insetos mexendo as antenas no ar enquanto ele voa lá no alto. Eu disse para ele que nós preferimos que ele nos veja como nós somos de verdade, não como insetos, e em troca ele me disse que quando voltar a ser visível ele gostaria que o víssemos como ele realmente é. Fiz um relato fiel da nossa conversa, meu amigo?"

O menino faz que sim.

"Nosso jovem amigo me disse também que o senhor" — olha significativamente para ele, Simón — "não é o pai verdadeiro dele e a senhora" — olha para Inés — "não é sua mãe verdadeira. Não peço que se defendam. Tenho minha família, sei que crianças são capazes de dizer coisas estranhas. Mesmo assim, tem alguma coisa que gostariam de me dizer?"

"Eu sou a mãe dele de verdade", diz Inés, "e nós estamos salvando nosso menino de ser mandado para um reformatório onde ele iria se transformar num criminoso."

Depois de ter dito o que tinha a dizer, Inés aperta os lábios e o fuzila com o olhar, desafiadora.

"E os olhos dele, doutor?", ele, Simón, pergunta.

"Não tem nada errado com os olhos dele. Fiz um exame físico e testes de visão. Como órgãos de visão os olhos dele estão perfeitamente normais. Quanto à mão, fiz um curativo. Não é uma queimadura séria, deve melhorar dentro de um ou dois dias. Agora, me deixem perguntar: Devo me preocupar com a história que esse menino me contou?"

Ele olha para Inés. "O senhor deve dar a devida atenção a tudo que o menino diz. Se ele diz que quer ser tirado de nós e levado de volta para Novilla, que volte para Novilla. Ele é seu paciente, está sob seus cuidados." Ele olha para o menino. "É isso que você quer, David?"

O menino não responde, mas faz um gesto para ele se aproximar. Com a mão em concha, cochicha no ouvido dele.

"Doutor, David me informa que não quer voltar a Novilla, mas gostaria de saber se o senhor irá conosco."

"Para onde?"

"Para o norte, para Estrellita."

"Para a vida nova", diz o menino.

"E os meus pacientes aqui em Esperanza que dependem de mim? Quem vai cuidar deles se eu abandonar todos para cuidar só de você?"

"Não precisa cuidar de mim."

O dr. García lança um olhar intrigado para Simón. Ele respira fundo. "David está sugerindo que o senhor abandone a sua clínica e venha para o norte conosco, começar uma vida nova. Seria pelo senhor mesmo, não por ele."

O dr. García se levanta. "Ah, eu entendo! É muita generosidade sua, rapazinho, me incluir nos seus planos. Mas a vida que eu vivo aqui em Esperanza é bem feliz e gratificante. Não preciso ser salvo de nada, obrigado."

Estão no carro de novo, indo para o norte. O menino com humor fervilhante, a mão machucada esquecida. Ele cutuca Juan, luta com Bolívar no banco de trás. Juan adere, embora cauteloso com o cachorro, que ainda tem de se acostumar com ele.

"Você gostou do dr. García?", ele, Simón, pergunta.

"Ele é legal", diz o menino. "Tem pelos nos dedos, igual um lobisomem."

"Por que queria que ele fosse junto para Estrellita?"

"Porque sim."

"Não pode convidar todo estranho que você encontra para ir com a gente", diz Inés.

"Por que não?"

"Porque não cabe no carro."

"Cabe, sim. O Bolívar senta no meu colo, não senta, Bolívar?" Uma pausa. "O que a gente vai fazer quando chegar em Estrellita?"

"Ainda falta muito para chegar em Estrellita. Tenha paciência."

"Mas o que a gente vai *fazer* lá?"

"Vamos procurar o Centro de Realocação e vamos nos apresentar no balcão, você, Inés e eu, e..."

"E o Juan. Você não falou do Juan. E o Bolívar."

"Você, Inés, Juan, Bolívar e eu, e a gente vai dizer *Bom dia, somos recém-chegados e estamos procurando um lugar para ficar.*"

"E daí?"

"Só isso. *Procurando um lugar para ficar, para começar nossa vida nova.*"

1ª EDIÇÃO [2013] 1 reimpressão

ESTA OBRA FOI COMPOSTA EM ELECTRA PELO ACQUA ESTÚDIO
E IMPRESSA PELA GEOGRÁFICA EM OFSETE SOBRE PAPEL PÓLEN NATURAL
DA SUZANO S.A. PARA A EDITORA SCHWARCZ EM AGOSTO DE 2023

A marca FSC® é a garantia de que a madeira utilizada na fabricação do papel deste livro provém de florestas que foram gerenciadas de maneira ambientalmente correta, socialmente justa e economicamente viável, além de outras fontes de origem controlada.